I0699328

Feuertänzerin

Verzauberte Horizonte

*Ein fesselnder, paranormaler
Wolf-Gestaltwandler-Roman*

Anna Lowe

Copyright © 2025-01-17 Anna Lowe

Alle Rechte vorbehalten.

Übersetzung aus der englischsprachigen
Originalversion ins Deutsche durch
Franziska Humphrey

Umschlaggestaltung:
Kim Killion

Inhaltsverzeichnis

Weitere Titel in dieser Serie

Verzauberte Horizonte

Windflüsterin (Buch 1)

Feuertänzerin (Buch 2)

Traumweberin (Buch 3)

www.annalowe.de

Kapitel 1

PIPPA

Mein Rücken schmerzte, als ich mich über die Werkbank beugte und meine neueste Kreation hin und her rollte. Sie entwickelte sich zu einer wahren Schönheit – ein Krug aus klarem Glas, in dem die Farben des Sonnenaufgangs versprenkelt waren. Es gab Rubinrot, Blutorange und Sonnenblumengelb. Blau wie der strahlend klare Himmel in Sedona und leuchtendes Grün wie frische Wacholdertriebe.

Ich hatte mein Haar zu einem Zopf geflochten, aber ein paar der langen, blonden Strähnen hatten sich gelöst. Ich pustete nach oben, um sie aus meinen Augen zu blasen. Eine Schweißperle tropfte von meiner Stirn und zischte leicht, als sie auf das Glas traf, dessen Temperatur ungefähr der des Planeten Merkur entsprach. Anders als ein Maler signierte ich meine Kunstwerke nicht, aber ein kleiner Teil von mir kennzeichnete jede meiner Kreationen.

Die Glocke über der Tür der Glasbrennerei läutete und ich rief, ohne aufzuschauen: „Willkommen bei Sedona Glas. Ich bin gleich bei Ihnen."

Außer dem Neuankömmling stöberte bereits eine Familie durch das Ladengeschäft, aber ich konnte mein Projekt in dieser entscheidenden Phase nicht ablegen. Zum Glück hatten es die Leute in Sedona selten eilig und den meisten gefiel es, den Entstehungsprozess genauso zu beobachten, wie sie die spektakuläre Landschaft genossen – langsam und mit einem Hauch von Ehrfurcht.

„Hallo, Pippa. Keine Eile", antwortete eine vertraute Stimme.

Ich schaute auf und lächelte eine unserer besten Kundinnen an, eine freundliche Rothaarige.

„Danke, Stacy. Ich brauche nur eine Minute", sagte ich und konzentrierte mich auf die letzten Handgriffe.

Mit einer Zange verbreiterte ich die Öffnung des Krugs und hörte dann lange genug auf, ihn zu drehen, um eine Ausgussöffnung in den Rand einzukerben.

„Wow. Schau dir das einmal an", flüsterte die Mutter ihrer Tochter zu.

„Unglaublich", hauchte das Mädchen. „Wie Zauberei."

Ich grinste. Bei diesem Stück gab es keine Zauberei. In der Vase, die ich zuvor hergestellt hatte hingegen…

Ich griff vor, tauchte meine Zange in einen Bottich mit geschmolzenem Glas und befestigte dann eine dicke Glasader an der Seite des Krugs, um einen Henkel zu bilden. Ich klopfte ein paarmal auf die Verbindungsstellen und glättete dann die Unebenheiten mit einem Stahlzylinder. Schließlich erhitzte ich den Boden mit einem Bunsenbrenner und klopfte ihn auf meine Werkbank, um ihn eben zu machen. Und dann, voilà. Zum Abkühlen ging es in den Kühlofen.

Zufrieden mit meinem Werk bürstete ich mir die Hände ab. Kunst würde die chaotische Welt, in der wir lebten, nicht retten, aber sie konnte das Leben auf jeden Fall fröhlicher machen.

Ich wischte mir über die Stirn und wandte mich schließlich meinen Kunden zu. Das ursprüngliche Trio schien zufrieden zu sein, sich umzuschauen, also holte ich die Schachtel mit Stacys letzter Bestellung.

„Hier, bitte schön. Weitere fünfzig." Ich zählte die fingerhutgroßen Ampullen, die in einer recycelbaren Verpackung steckten. „Zwei, vier, sechs, acht…"

Stacy hob eine davon ans Licht und prüfte sie kurz. „Perfekt, wie immer."

Das weckte das Interesse der ersten Kunden, einer Mutter mit zwei Kindern im Teenageralter. Die etwa zwölfjährige Tochter sah fasziniert aus, der etwas ältere Sohn gelangweilt.

„Wofür sind die?", fragte das Mädchen gespannt.

„Das sind Liebesampullen, so wie diese hier." Stacy tippte auf die Ampulle, die an ihrer Halskette hing, und brachte den kleinen Pegasus-Anhänger daneben zum Klirren.

Das Mädchen lehnte sich näher heran. „Was ist da drin?"

„Blut. Nur ein kleines bisschen", fügte Stacy eilig hinzu. „Pärchen tauschen sie als Symbol ihrer Liebe und Verbundenheit aus."

„Cool", hauchte das Mädchen.

„Ekelhaft", murmelte ihr Bruder.

Ich war voll und ganz der Meinung des Jungen, wenn es um diese Ampullen ging. Aber sie waren erstaunlich beliebt, und nun ja... wenn etwas Geld einbrachte, war ich dabei.

Stacy klappte die Schachtel zu und zeigte in einem taktvollen Themenwechsel auf einen dreißig Zentimeter hohen GlasPegasus. „Ist der nicht eine Schönheit? Pippa hat ihn hergestellt."

Die Mutter sah erleichtert aus, die Tochter beeindruckt. „Der ist unglaublich. Er ist so naturgetreu... "

„Nur dass Pegasusse nicht echt sind", fügte der Spielverderber-Bruder hinzu.

„Pegasoi", murmelte Stacy, als sie die Rechnung unterschrieb. Wie die meisten unserer Stammkunden wickelte ihre Firma die Rechnung separat ab. Sie wollte die Schachtel gerade hochheben, hielt dann jedoch inne und zog etwas aus ihrer Tasche.

„Oh – das hätte ich fast vergessen." Sie reichte mir ein Flugblatt. „Mein Boss sponsert einen Designwettbewerb. Ich dachte, Sie möchten vielleicht daran teilnehmen. Sie sind die beste Glasbläserin, die ich kenne."

Ich gluckste. „Die Einzige, die Sie kennen?"

Sie grinste. „Trotzdem die Beste. Und der Preis ist ziemlich beeindruckend."

Das weckte mein Interesse. „Wie beeindruckend?"

Stacy wollte gerade antworten, aber ich quietschte, als ich den Preis auf dem Flugblatt sah.

„$25.000?"

Sie strahlte stolz. „Ja. Das Geschäft läuft gut und mein Chef ist sehr großzügig."

Offensichtlich hatte Stacy eine Schwäche für ihren Boss. Soweit ich es verstanden hatte, hatte sie den Richtigen – noch – nicht gefunden, mit dem sie ihre Ampulle tauschen konnte, aber es war offensichtlich, dass sie sich diese Option für den Tag offen hielt, an dem ihr Boss schließlich auf sie aufmerksam wurde. Dann würde er sie im Sturm erobern, seinen riesigen Reichtum mit ihr in einer Ehe der wahren Liebe teilen, bei der es keinen Ehevertrag brauchte, und sie würden glücklich bis ans Ende ihrer Tage leben.

Wie wahrscheinlich das war, wusste ich nicht. Aber, verdammt. Wir alle hatten unsere geheimen Fantasien.

Währenddessen hatte ich Visionen von lauter Geldscheinen im Kopf. Ich stellte mir vor, wie ich an den Kanälen von Venedig entlangschlenderte und dann mit der Fähre nach Murano übersetzte, dem Mekka der Glasherstellung seit dem Mittelalter. Mit $25.000 könnte ich nicht nur dorthin fahren, sondern auch einen Kurs bei einem der berühmten Meister besuchen – und hätte immer noch genügend Geld übrig.

Das wäre ein wahrer Traum, und ein Gewinn würde meinem Lebenslauf auch nicht schaden.

Ich steckte das Flugblatt in meine Tasche. Das würde ich mir später auf jeden Fall genauer ansehen.

„Vielen Dank, dass Sie an mich gedacht haben."

„Nichts zu danken. Wir sehen uns nächste Woche!" Damit griff die quirlige Rothaarige nach der Schachtel und ging zur Tür.

Der Teenager huschte hinüber, um sie für sie zu öffnen. Entweder hatte er gute Manieren oder die hübsche Rothaarige war sein Typ.

„Oh, vielen Dank." Stacy schenkte ihm ein Lächeln.

Sein dämliches Grinsen bestätigte meine zweite Theorie.

Stacy stieß beim Hinausgehen mit dem Ellbogen gegen den Türrahmen und die Ampullen in der Schachtel klirrten leise.

Durch das Schaufenster konnte man ein großes SUV sehen, das am Straßenrand parkte. Die Ladeluke öffnete sich, Stacy schob die Schachtel hinein und ging um das Fahrzeug herum, um auf dem Rücksitz Platz zu nehmen. Der Fahrer – der durch die dunklen, getönten Scheiben nur als Silhouette zu erkennen war – fuhr los und die Straße hinunter.

„Blutampullen, was?", murmelte das Mädchen und schaute Stacy hinterher.

Ich war versucht, auf die Sets hinzuweisen, die ich im Laden verkaufte, aber die Mutter warf mir einen strengen Blick zu, der zu sagen schien: *Wagen Sie es ja nicht, sie auf dumme Gedanken zu bringen.*

Ich zeigte in die andere Richtung. „Diese Traumfänger sind wirklich beliebt."

„Wow! Ich wette, keine deiner Freundinnen hat so einen." Die Mutter zog ihre Tochter hinüber.

Draußen rollte ein Jeep auf den Platz, den Stacys Wagen frei gemacht hatte. Der Fahrer zögerte, parkte dann und eilte auf den Eingang des Geschäfts zu und riss die Tür auf.

Freudige Schmetterlinge flatterten in meinem Bauch und ein Chor der Engel erfüllte die Kathedrale meines Geistes.

Ingo, seufzte mein Herz, so wie es das immer tat, wenn er hereinkam. Denn Ingo betrat einen Raum nicht einfach. Er nahm ihn in dem Moment für sich ein, in dem er über die Schwelle trat.

Einen Moment später zerbrach meine romantische Träumerei. Er war jetzt ein ganz normaler Typ. Nichts Besonderes an ihm. Nein, wirklich nicht. Nicht einmal diese Mitternachtsaugen, die aufblitzten, wenn er mich sah, oder das rabenschwarze Haar, durch das ich früher mit den Fingern gefahren war.

Er hielt mit strahlenden Augen und geröteten Wangen an der Tür inne und schien einen Moment länger als ich in einer Zeitschleife gefangen zu sein. Offensichtlich erinnerte er sich auch an das, was wir einst hatten.

Dann verhärtete sich seine Miene und er stürmte herein. Ein Meter neunzig großer, unergründlicher Muskelprotz, der auf das Deckblatt eines Kalenders der *Heißen Feuerwehrmänner* oder *Durchtrainierten Rancher* passen würde.

Oder noch zutreffender: *Sexy Geheimagenten*. Nicht, dass das öffentlich bekannt wäre.

Das Teenagermädchen starrte ihn an. Ihre Mutter ebenso. Sogar der Sohn schaute zweimal hin, als er sah, wie Ingos Bizeps die Ärmel seines dunklen T-Shirts spannte.

„Willkommen bei Sedona Glas", sagte ich, als hätten wir nicht einst von einem Glücklich-bis-ans-Ende-unseres-Lebens geträumt.

Er warf mir einen dieser Blicke zu, die meine weiblichen Körperteile in Flammen setzten, und ich schwöre, die Luft zwischen uns knisterte.

„Nun, wir kommen später wieder." Die Mutter drängte ihre Kinder aus dem Laden.

Kluge Frau. Ingo strahlte eine *Gleich passiert etwas*-Intensität aus, bei der sich die Leute auf der Straße nach Drogendealern oder Mafiakillern umsahen.

„Aber Mom...", protestierte die Tochter.

Die Tür schlug hinter ihnen zu und die Klingel läutete fröhlich.

Lange nachdem das Geräusch verklungen war, starrten Ingo und ich uns immer noch schweigend an.

Schließlich zeigte ich auf die flüchtende Familie. „Das war ein sicheres Geschäft, das du da gerade verjagt hast."

Entweder hörte Ingo mich nicht oder er ignorierte meine Worte. Beides war gleichermaßen möglich. Der Typ war so konzentriert. So fokussiert, dass sein Blick nicht einmal zu den hübschen Glaskunstwerken um ihn herum schweifte. Die Glaskunst, in die ich mein Herz und meine Seele steckte.

Grund Nummer eins, warum wir nicht mehr zusammen waren.

Er stapfte zum Fenster hinüber und schaute in einem Winkel hinaus. „Weshalb ist sie hergekommen?"

Ich rollte mit den Augen. Das schon wieder?

Das war Grund Nummer zwei. Eine ungesunde Besessenheit von der Arbeit – seine, nicht meine.

Er starrte in Stacys Richtung, aber ich weigerte mich, ihm zu antworten.

Ich zeigte auf die Mutter. „Sie wollte einen Traumfänger. Du weißt schon, einen Traumfänger? Denn manche Menschen haben glückliche Träume, nicht nur Obsessionen."

„Ich habe glückliche Träume“, brummte er mit dieser rauen, kratzigen Stimme, von der mir früher die Zehenspitzen gekribbelt hatten.

Die Betonung lag auf *früher*. Ich war jetzt älter und weiser. Dieser Mann hatte keine Wirkung mehr auf mich.

Nun, kaum.

„In glücklichen Träumen geht es nicht darum, Bösewichte zu fangen. Sie handeln von guten Zeiten mit netten Menschen“, belehrte ich ihn. „Sie handeln vom Erreichen von Zielen, von denen du nicht einmal wusstest, dass du sie hattest.“ Ich kniff die Augen zusammen und beugte mich vor. „Manche glücklichen Träume handeln von Sex. Wie dem besten Sex, den man je hatte, nur noch besser.“

Seine Nasenflügel bebten und sein Blick fiel auf meine Lippen, dann tiefer.

Mein Kehlkopf wippte, aber ich blieb standhaft. Ja, in allen meinen *besten Sexträumen* kam Ingo vor. Und es waren nicht nur Träume. Es waren Erinnerungen.

Seine Lippen zuckten und ein paar stille Sekunden verstrichen, in denen wir uns gegenseitig anstarrten.

Dann schüttelte Ingo sich und deutete mit dem Daumen in Richtung Straße. „Ich meinte sie.“

„Stacy?“, fragte ich, obwohl ich es bereits wusste.

Die Frage war nur, warum? Stacy war süß, freundlich und aufrichtig. Sie war auf keinen Fall in etwas Zwielichtiges verwickelt.

Ingo hingegen war unergründlich und misstrauisch. Grenzwertig paranoid, zumindest wenn es um die Sicherheit anderer ging. Sogar sein Kumpel Nash machte sich Sorgen um ihn.

Das Tragische war, dass Ingo früher gelacht, getanzt und herumgealbert hatte wie jeder andere auch. Jetzt trug er den abgekämpften Blick eines Zweiten Weltkriegs-Helden – eines Mannes, der gerade über einen Strand gekrochen, eine Klippe erklommen und eine uneinnehmbare Festung erobert hatte, und das alles unter heftigem feindlichen Beschuss. Ein Mann, der keine Zeit mehr für Spaß, Spiele oder Lachen hatte. Auch nicht genug Zeit für mich, denn es gab immer einen weiteren

Feind zu besiegen, eine weitere Schlacht zu schlagen, eine weitere Front im nie endenden Krieg zwischen Gut und Böse.

„Stacy, was? Nachname?"

Ich zuckte mit den Schultern. „Weiß ich nicht."

Er tippte gegen das Fenster, immer noch auf Stacy fixiert. „Ich muss wissen, weswegen sie hergekommen ist. Für *wen* sie hergekommen ist – den Namen und die Anschrift der Firma."

Ich verschränkte die Arme. „Bring mir einen Durchsuchungsbefehl und ich gebe dir die Adresse."

Er schob seine Hand in die Gesäßtasche und zog seine Brieftasche heraus.

Ich behielt meine Hände in meinen eigenen Taschen und befahl mir, ihm dabei nicht zu helfen, so verlockend die Aussicht auch sein mochte.

Mit einem triumphierenden Blick zeigte er seinen Dienstausweis.

Ich beugte mich vor, um ihn genauer zu mustern. „Landwirtschaftsministerium?"

Er klappte ihn zu. „Das ist meine Tarnung."

„Das macht es immer noch nicht zu einem Durchsuchungsbefehl."

In seinen schwarzen Augen flackerten zwei Blitze auf. „Es ist wichtig, Pippa."

Ich schnaubte. „Mein Vater macht das auch immer."

Ingo runzelte die Stirn. „Macht was?"

„Er benutzt meinen Namen, wenn er etwas wirklich, wirklich will."

Und hoppla. Irgendwie war meine Stimme dabei so sinnlich und anzüglich geworden. Ich konnte mir also nur selbst die Schuld geben, als Ingo seinen Blick über meinen Körper schweifen ließ.

Ich verschränkte die Arme, bevor meine Brustwarzen hart werden konnten, aber ich konnte nicht verhindern, dass die Hitze in meine Wangen stieg.

So habe ich das nicht gemeint, wollte ich knurren, aber das war nur die halbe Wahrheit.

Ingo riss seinen Blick zurück auf Kinnhöhe. „Wie ich schon sagte, es ist wichtig."

„Das ist das Geschäft auch und ich will nicht, dass du unsere Beziehung zu einem wichtigen Kunden gefährdest."

Es war gut, dass mein Stolz mich davon abhielt, ausführlich zu erklären, wie sehr ich mir eine andere Art von Beziehung wünschte – oder wie dringend wir das Geschäft brauchten. Nicht nur Sedona Glas, sondern ich persönlich und meine Familie auch.

Er beugte sich näher zu mir heran, und verdammt. Da war er, dieser berauschende Duft von wilden Flüssen und dichten Wäldern mit einem leichten Hauch von Hund.

„Sie könnte in Gefahr schweben", brummte er.

Ich arbeitete in einer Glaswerkstatt – ein warmer, fröhlicher Ort voller Möglichkeiten. Ingo arbeitete in einer streng geheimen Abteilung der Strafverfolgung. Seine Welt war die von Gefahren und Intrigen.

„Sie steckt richtig in Schwierigkeiten, wenn ein Wolfsgestaltwandler hinter ihr her ist", sagte ich.

Seine Augen blitzten auf und er schaute sich im Laden um. Im leeren Laden, denn ich war nicht so dumm, sein großes Geheimnis in der Öffentlichkeit zu verbreiten.

Oder besser gesagt, eines seiner Geheimnisse.

„Verdammt, Pippa..." Er ballte die Hände zu Fäusten.

Ich ballte meine ebenso. „Ja?"

Er trat näher und signalisierte so etwas wie: *Das ist wichtig.*

Ja, nun. Für Ingo war alles wichtig.

Alles außer mir.

Ich verschränkte die Arme und starrte ihn an.

Wir waren so sehr in unsere kleine Pattsituation vertieft, dass wir vergaßen, was passierte, wenn unsere Körper eine unmarkierte Grenze in die Gefahrenzone überschritten. Allmählich versetzten mich die Hitze und seine Nähe in eine andere Zeit und einen anderen Ort. Meine Wut ließ nach und machte etwas viel Angenehmerem Platz.

Ingo senkte die Augenlider und seine Lippen öffneten sich. Ich spürte, wie meine Arme zu seiner Taille wanderten. Auch Zeit und Ort verschoben sich, bis wir uns nicht mehr in der Glasbrennerei befanden. Wir standen an einem Gebirgsbach, vor vielen Jahren, wo wir uns zum ersten Mal geküsst hatten.

Der Bereich um unsere Körper kribbelte, als unsere Lippen sich berührten und wir sie dann in einer kühneren, begierigeren Weise aufeinanderpressten. Wieder und immer wieder, bis wir kaum noch atmen, kaum noch denken konnten. Wir *taten* es einfach.

Mein Kopf füllte sich mit all den sinnlichen Details und meine Brustwarzen wurden hart. Als ich die Augen aufschlug, hatte Ingo meine Wange umschlungen. Seine Augen waren sanft und liebevoll genau wie in dem Sekundenbruchteil vor unserem ersten Kuss.

Mein Herz schlug in freudiger Erwartung. Aber mein gesunder Menschenverstand nutzte schlechtes Timing, um genau in diesem Moment mit einer roten Fahne herumzuwedeln.

„Du machst das schon wieder mit mir", murmelte ich und packte seine Arme, um uns einen Zentimeter voneinander zu entfernen.

„Was denn?", flüsterte er ebenso benommen.

„Das." Ich winkte zwischen uns hin und her. „Du machst es unmöglich, dich *nicht* zu berühren."

Seine Augenlider hingen auf Halbmast. „Vielleicht bist du es, die es mit mir macht."

In Wahrheit wussten wir beide, dass das Schicksal schuld daran war. Aber wir hatten uns schon vor langer Zeit darauf geeinigt, nicht seine Marionetten zu sein.

Ich schob ihn sanft weg. „Geh, bevor ich dich küsse."

Ingo ließ ein winziges, sentimentales Lächeln aufblitzen, aber in seinen Augen lag auch Kummer. „Wäre das denn so schlimm?"

Ich schüttelte den Kopf. „Es wäre großartig. Und genau das ist das Problem."

Wir hatten uns aus gutem Grund getrennt, und so sollte es auch bleiben.

Er holte tief Luft und nickte dann. Gott, ich hasste es, wenn er mir zustimmte.

Ich konnte praktisch seine Gedanken lesen. Mich zu küssen war schön – großartig sogar –, aber irgendwo dort draußen musste jemand oder etwas gerettet werden und er war der Einzige, der ihre Schreie nach Gerechtigkeit hörte.

Mit einem tiefen, beruhigenden Atemzug trat er zurück und wandte sich langsam ab. Dann blieb er stehen und schaute auf den Ladentisch.

„Ähm... "

Ich stemmte die Hände an die Hüften. Glaubte er wirklich, ich würde ihm die Adresse geben, die er haben wollte?

Eine schreckliche Idee, aber ich musste ihn loswerden, bevor das Liebesfieber heißer brannte und uns mit seiner Hitze versengte. Ich konnte bereits das sich nähernde Brummen hören, als das Energiefeld uns näher... und näher... zueinanderschob.

Ich konnte es schon vor mir sehen: wie er das *Geöffnet*-Schild auf *Geschlossen* drehte und dann zu mir zurückstürzte. Am Ende würden wir es halb nackt auf dem Tresen treiben... Und er würde die Adresse am Ende doch bekommen.

Wenn ich ihm schneller gab, was er wollte, – die Adresse, nicht meinen sehnsüchtigen, überhitzten Körper – und ihn so aus dem Laden bekam, würde mein Herz zumindest nicht gebrochen werden.

„Hier. Ein Blick", brummte ich und hielt die Rechnung hoch.

Sein Kehlkopf wippte und er riss seinen Blick von mir los. Ich beobachtete, wie sich seine Lippen bewegten, als er sich die Adresse einprägte. Schlechte Idee, denn meine Libido griff diese kleine Bewegung auf und versetzte sie in einen völlig neuen, nicht jugendfreien Kontext.

„Geh. Und sei vorsichtig." Ich verschränkte die Arme, damit ich ihn nicht aufhalten konnte.

Er nickte, dann hielt er mit einer Hand auf dem Türknauf inne.

„Pippa... ", flüsterte er und flehte mich an, es zu verstehen.

Ich tat es, aber gleichzeitig auch nicht. Die Welt zu retten war eine ehrenwerte Sache, aber es war eine Aufgabe, die man allein tun musste. Doch die Opfer, die man brachte, betrafen alle – den Helden und alle, die ihn liebten.

Und leider waren meine Ziele bei Weitem nicht so hochgesteckt.

„Schön, dich zu sehen", seufzte ich.

Sein Blick füllte sich mit Hoffnung und Sehnsucht. Aber einen Moment später wurde er wieder ganz hart.

„Pass auf dich auf, Pippa."

Er ging zur Tür hinaus wie ein Mann auf einer Mission.

„Du auch", begann ich, aber die Tür schlug zu, bevor ich aussprechen konnte.

Das Glöckchen läutete, aber der Klang konnte mich nicht aufheitern.

Kapitel 2

INGO

Ich legte den Gang ein und raste die Straße hinunter, um dem SUV zu folgen.

Ich schnappte mir mein Handy und notierte die Adresse, die Pippa mir gezeigt hatte. „TTC Limited, 3020 North Baseline Road, Park City, Utah.“

Es hatte auch eine sechsstellige Büronummer gegeben, aber ich war mir nicht sicher, ob ich sie mir richtig gemerkt hatte. Eins-zwei-acht, dann ein Bindestrich und drei weitere Zahlen. Keine Adresse, die ich wiedererkannte, aber ich würde sie bald prüfen lassen.

Mir gefällt 422 Forest Road besser, knurrte mein Wolf die Adresse von Pippas Glasladen in meinen Kopf.

Jede Zelle meines Körpers schrie danach, umzudrehen und zu ihr zurückzurennen, denn sie war alles, was zählte. Ich könnte alles erklären und die Dinge zwischen uns wieder in Ordnung bringen. Wir könnten die Sache klären und wieder auf den Weg zum Glück zurückkehren, welches vor acht langen Jahren so sicher schien.

Aber wie sollte ich es ihr erklären, wenn ich es mir selbst kaum erklären konnte?

Ich umklammerte mein Lenkrad und fuhr in die Richtung, in die das beigefarbene SUV weggefahren war. Das mit den Nummernschildern aus Utah und den getönten Scheiben.

Verdächtig wie die Hölle, wenn du mich fragst, erklärte eine innere Stimme.

Ja und nein. Getönte Scheiben konnten eine Menge bedeuten. Manches legitim, anderes nicht so rechtmäßig.

Ich tippte auf *nicht* rechtmäßig, aber ich konnte nicht erklären warum.

Ich wusste, was Pippa dazu sagen würde. *Entspanne dich. Du brauchst nicht jeden zu verdächtigen.*

Worte, die sie hundertmal gemurmelt hatte, bevor wir Schluss gemacht hatten.

Was zum Besten gewesen war. Pippa verdiente einen Kerl, der sie nicht nur auf Händen trug, sondern auch daran dachte, sie nicht im Stich zu lassen, während er selbst gegen Windmühlen kämpfte.

Mein Wolf knurrte unaufhörlich und ich zögerte an der nächsten Ecke – der perfekte Ort, um zu wenden und dorthin zurückzukehren, wo ich hingehörte. Zu Pippa, der einzigen Frau, der ich je begegnet war, die den Schneid eines Wildfangs mit der Anmut eines Supermodels verband.

Andererseits entfernte sich das SUV schnell. Irgendetwas an dem Fahrer – einem Bärengestaltwandler, den ich ein paar Minuten zuvor an der Tankstelle erschnuppert hatte – schien nicht stimmig zu sein. Es war meine Aufgabe, die Übernatürlichen in Sedona im Auge zu behalten, also hatte ich beschlossen, ihn aus diskreter Entfernung zu beobachten, nur für alle Fälle. Als er an Pippas Glasladen anhielt, klangen alle Alarmglocken in meinem Körper laut.

Ich packte das Lenkrad fester und fuhr über die Kreuzung. Ich folgte meinem Instinkt und nicht meinem Herzen.

Während der Fahrt prüfte ich die Seitenstraßen, dann bog ich auf den Parkplatz eines Einkaufszentrums. Und Bingo. Ein beiger Chevy Tahoe und eine Rothaarige, die in die Drogerie ging.

Ich musterte das geparkte Fahrzeug, nicht, dass ich durch die stark getönten Scheiben viel sehen konnte. Ich rief einen Kontakt auf meinem Handy an, während ich jedes Detail prüfte. Das Fahrzeug hatte eine Delle an der vorderen Stoßstange, aber es war blitzsauber und nicht mit Staub oder Schlamm vom Sturm der letzten Woche bedeckt. Keine Parkplakette der Forstbehörde, keine Stoßstangenaufkleber, kein Händleretikett.

Als sich eine Stimme am Ende der Leitung meldete, die ich angerufen hatte, antwortete ich mit einem kleinen Anflug von Stolz. „Agent Kemper, Sedona-Außenstelle. Ich brauche die Abteilung für Aufzeichnungen & Rückverfolgung, bitte."

Dutzende von Agenten hatten sich um die Stelle beworben, aber ich hatte sie bekommen. Die Übernahme einer brandneuen 1-Personen-Außenstelle war eine großartige Gelegenheit, meine eigenen Prioritäten zu setzen und Initiative zu zeigen, was mir helfen würde, mich auf der Karriereleiter nach oben zu arbeiten. Hinzu kam, dass mein Freund Nash gerade nach Sedona gezogen und die Stadt wunderschön war. All diese roten Felsen, all der Platz, den man auf zwei oder vier Beinen durchstreifen konnte.

Und Pippa, hatte mein Wolf damals eifrig argumentiert.

Ich hatte ihn ignoriert und mir vorgestellt, ich könnte in Pippas Nähe sein, ohne von dem verfolgt zu werden, was hätte sein können.

Aber, ha. Sedona könnte mir eine Statue bauen und sie *Wunschdenken* nennen.

Offenbar war ich jetzt nicht klüger als mit zweiundzwanzig, aber andererseits waren wir damals andere Menschen und wirklich perfekt füreinander gewesen.

Wir sind immer noch perfekt füreinander, beharrte mein Wolf.

Vielleicht. Wahrscheinlich. Aber ein Mann jagte nicht tagsüber – oder nachts – Vampire und führte gleichzeitig ein besinnliches Leben mit einer süßen, lebhaften Frau an seiner Seite. Das Risiko war einfach zu groß – vor allem, wenn diese süße, lebhafte Frau nicht wusste, was das Wort *Risiko* bedeutete. Pippa war vertrauensselig. Optimistisch. Unbefangen. In der normalen Welt waren das alles positive Eigenschaften.

In meiner Welt könnten sie ihren Tod bedeuten.

In diesem Moment sah ich, wie Stacy die Drogerie verließ und mit einem strahlenden Lächeln die Tür für die nächste Person aufhielt.

In gewisser Hinsicht war sie Pippa sehr ähnlich. Auf all die Arten, die sie umbringen könnten.

„Aufzeichnungen & Rückverfolgung. Hier spricht Agent Heller", meldete sich eine Stimme am Telefon.

Ich konzentrierte mich wieder. „Ich möchte, dass Sie bitte ein Kennzeichen überprüfen."

Ich nannte ihm das Nummernschild, hörte zu und nickte dann. „Es wäre schön, wenn ich es baldmöglichst wissen würde. Ich danke Ihnen."

Ich legte auf und beobachtete Stacy weiter. Sie legte ihre Einkäufe in den Wagen, ging dann zu einem Café und verschwand darin.

Stacy wer? Woher kam sie? Was machte sie, für wen und warum?

Und was war mit ihrem bulligen Fahrer, der sich kaum sehen ließ? Er war weder ihr Leibwächter noch ihr Angestellter, denn er war nie ausgestiegen, um die Tür zu öffnen oder ihr zu helfen. Das bedeutete zwei Angestellte von ähnlichem Rang. Aber Angestellte für wen oder welche Firma?

Mein Funkgerät meldete sich mit einem Fahndungsbefehl.

„Alle Einheiten. Bericht über einen 10-54 am Gunnery Point. Ich wiederhole, möglicher 10-54 am Gunnery Point."

Ich runzelte die Stirn. Ein 10-54 war eine Leiche. Ich hörte zu, als sich zwei Polizeieinheiten meldeten. Beide wurden zum Tatort entsandt.

Ich starrte auf das SUV, dann auf das Funkgerät und war hin und hergerissen. Der 10-54 konnte alles und jeder sein und ich könnte den Polizeibericht später lesen. Aber zwei Einheiten – und die Dringlichkeit im Tonfall des Disponenten – ließen auf einen Fall von besonderem Interesse schließen. Und so gut die örtliche Polizei auch sein mochte, sie waren nur Menschen und würden daher wahrscheinlich jeden Hinweis auf übernatürliche Aktivitäten übersehen.

Stacy kam aus dem Café und sah so sorglos aus wie immer. Währenddessen fuhr auf der Hauptstraße ein Polizeiauto entlang, dicht gefolgt von einem zweiten. Sie beide hatten kein Blaulicht an, hatten es jedoch eindeutig eilig.

Ich warf einen letzten Blick auf Stacy und legte den Gang des Jeeps ein. Im Moment hatte der Polizeiruf Vorrang.

Ich bog auf die Hauptstraße und folgte den Streifenwagen.

∞∞∞∞

Wie sich herausstellte, war Gunnery Point ein Aussichtspunkt acht Kilometer nördlich der Stadt und weitere drei Kilometer auf einem unwegsamen Pfad. Zwei rosafarbene Jeeps und etwa ein Dutzend Touristen befanden sich dort. Einige schauten nach unten, andere wandten sich entsetzt ab. Einige umarmten sich und vergossen Tränen, andere hielten einander an den Händen und sahen niedergeschlagen aus.

Die Polizei winkte mich zunächst weg, ließ mich dann aber einen Moment später durch.

„Ah, Agent Kemper", seufzte die erste Beamtin, eine Frau mit olivfarbener Haut, mit einem Hauch von Resignation.

Die Polizeibeamten der Stadt wussten nicht, für welche Behörde ich arbeitete, aber sie wussten, dass ich die Erlaubnis hatte, alle lokalen Ermittlungen zu observieren. Ich hatte alle möglichen Gerüchte gehört, davon, dass ich für das FBI arbeitete, bis hin zu einer streng geheimen NSA-Einheit, die auf außerirdische Aktivitäten spezialisiert sei.

Es war nah genug dran, nahm ich an, denn mein tatsächlicher Arbeitgeber war die Agentur zur Beobachtung, Dokumentation und Kontrolle des Supernatürlichen, oder einfach ABDKS.

„Officer Jimenez." Ich nickte zur Begrüßung und ging hinüber zum Mittelpunkt des Geschehens, wo ein Polizist und einer der Jeep-Fahrer damit begonnen hatten, die Touristen in eine sichere Entfernung zu treiben. Zwei weitere Beamte spähten über den Rand der Klippe, während der zweite Fahrer und ein Touristenpaar erklärten, wie sie die Entdeckung gemacht hatten.

„… Fotos gemacht und dann haben wir sie dort entdeckt", sagte einer der Touristen.

Ich trat vor und nickte den Polizisten stumm zur Begrüßung zu.

„Wir wollten hinuntergehen und nachsehen, ob es noch Hoffnung gibt", sagte der andere Tourist. „Aber Jim hier meinte, es sei zu spät."

Ich warf einen Blick über die Klippe und verzog das Gesicht. Es war definitiv zu spät für die Frau, die dort unten mit verdrehten Gliedern und vor Schreck und Angst weit aufgerissenen Augen auf den Felsen lag.

Ich biss die Zähne zusammen, als ich mich an einen anderen Ort und eine andere junge Frau erinnerte, einen weiteren sinnlosen Tod. Ein weiterer Fall, bei dem ich zu spät gekommen war.

Ich atmete einen Zug saubere Bergluft ein und dann langsam wieder aus.

Meine Gedanken schweiften zu Stacy. Schlimmer noch, als Nächstes fiel mir Pippa ein und mein Atem stockte heftig. Die schöne, quirlige Pippa mit ihren strahlend blauen Augen, den vielen Sommersprossen und dem langen, gewellten Haar in der Farbe der Sonne. Es war unmöglich, mir vorzustellen, dass all dieses Leben, all diese Schönheit, viel zu früh ausgelöscht werden könnte. Aber nicht unmöglich genug.

Einer der Beamten klopfte mir auf die Schulter. „Man gewöhnt sich nie daran, oder?"

Ich schüttelte den Kopf. Seine Gedanken waren nicht dort, wo meine waren, aber es war trotzdem wahr.

„So etwas habe ich noch nie gesehen", beklagte Jim, der Tourenleiter. „Wollte ich auch nie."

„Was glauben Sie, wie lange sie schon da unten liegt?", fragte einer der Touristen.

„Es ist noch zu früh, um das zu sagen", sagte einer der Beamten und scheuchte sie weg.

Ich trat zurück und verließ den Ermittlungsbereich, den die Polizei abzustecken begann. Alle Spuren auf dem Boden waren durch die Tourenfahrzeuge und Dutzende Fußabdrücke verwischt worden, also machte ich mir keine großen Hoffnungen auf visuelle Hinweise. Stattdessen schloss ich die Augen und schnupperte.

Kiefer... Eiche... ein paar Tropfen Öl... Meine Wolfseite sezierte und identifizierte einen latenten Geruch nach dem anderen. *Schweiß...*

Dann rümpfte ich die Nase und erstarrte. *Gestaltwandler. Bärengestaltwandler.* Mindestens zwei, in Tiergestalt, nicht in menschlicher Form, der Intensität des Geruchs nach zu urteilen.

Ich ging umher und schnupperte hier und da, während ich den Boden musterte. Keine eindeutigen Bärenspuren und nur ein paar weitere Spuren eines Jeeps, aber nichts Neues. Die tote Frau schien zu Fuß hier hinausgekommen zu sein.

„Eine Wanderin, nehme ich an", hörte ich die Touristen spekulieren. „Oder eine von diesen Trailrunnern?"

Leise schüttelte ich den Kopf. Nicht in dieser gerüschten Bluse und ihren Sandalen.

Ich stellte mir vor, wie Pippa sich morgens anzog und im Spiegel betrachtete, ob alles zusammenpasste und gut aussah. Die tote Frau hatte wahrscheinlich die gleiche Sorgfalt walten lassen, heute Morgen oder gestern Abend, ohne zu ahnen, dass es das letzte Mal sein würde.

„Vielleicht ist sie zu nah an den Rand getreten, um ein Foto zu machen?", vermutete jemand anderes.

Officer Jimenez und ich tauschten zweifelnde Blicke aus. So etwas kam vor, aber man musste schon die Augen schließen, um einen so offensichtlichen Abgrund zu übersehen.

„Selbstmord?", versuchte es ein anderer.

„Warum den ganzen Weg hier hinauskommen, um das zu tun?", fragte ein weiterer.

Ich spitzte die Lippen. Warum, in der Tat?

„Vielleicht hatte sie vor etwas – oder jemandem – Angst", schlug eine weitere Person vor.

Darauf tippte ich auch, obwohl alle verräterischen Pfotenabdrücke von der Reisegruppe verwischt worden waren. Trotzdem war es nicht schwer, sich ein paar Bären vorzustellen, die sich auf die arme junge Frau stürzten, die um ihr Leben gerannt sein musste.

Stirnrunzelnd schaute ich auf die Klippe. Das Leben war manchmal einfach scheiße. Der Tod aber sogar noch mehr, vor allem, wenn er viel zu früh eintraf.

Ich trat erst nach links, dann nach rechts, und ein düsteres Bild erschien vor meinem inneren Auge. Ein paar Bärengestaltwandler hatten die Frau über die Klippe gejagt und waren dann mehrmals auf und ab gepirscht, um sich zu vergewissern, dass sie tot war, bevor sie sich davonmachten.

Das Szenario war nur allzu leicht vorstellbar, aber schwerer zu erklären. Wer waren diese Bären? Warum wollten sie diese Frau tot sehen?

Wieder musste ich an Stacy denken – und an den Bärengestaltwandler, der das SUV fuhr.

„Gott, ich hasse diese Fälle“, murmelte einer der Polizisten. Ein Mann, der alt genug war, um eine Tochter im Alter des Opfers zu haben.

„Selbst wenn man herausfindet, was passiert ist, hilft es der Familie nicht“, beklagte Jimenez.

Die Polizei würde ihr Bestes tun, aber ich bezweifelte, dass sie Beweise finden würden, die auf ein Verbrechen schließen ließen. Selbst wenn sie Bärenabdrücke fänden, würden sie zu dem Schluss kommen, dass ein wildes Tier beteiligt gewesen war. Und ich konnte ja nicht gerade sagen: *Es war ein Gestaltwandler. Mehrere Gestaltwandler genau genommen. Ich kann sie hier überall riechen.*

Ich trat in den Dreck und stimmte den Beamten im Stillen zu. *Ja, ich hasse diese Fälle auch.*

Kapitel 3

PIPPA

Es war ein herrlicher Tag in der Glaswerkstatt gewesen – zumindest bevor die Meldung über einen Todesfall die Runde machte. Eine junge Frau, die offensichtlich bei einem Wanderunfall nicht weit nördlich der Stadt ums Leben gekommen war.

Schrecklich, hatte meine Freundin Amy geschrieben, gefolgt von einem weinenden Emoji.

Ihre nächste Nachricht, die sie Sekunden später abschickte, war ein abrupter Wechsel des Tons. *Wollen wir heute Abend tanzen gehen?*

Ich zuckte zusammen. Taktgefühl, irgendjemand?

Andererseits... es würde mich aufmuntern und ich hatte mir selbst schon seit einer Woche versprochen, mal wieder auszugehen.

Nach der Arbeit gedachte ich der toten Frau, zündete eine der Kerzen im Laden an und schloss die Augen, um daran zu denken, wer sie gewesen sein könnte und wen sie zurückgelassen hatte. Dann blies ich mit einem traurigen Seufzer die Kerze aus und machte mich auf den Weg zu einer schnellen Dusche im Gemeinschaftsbad hinter Sedona Glas.

Danach fuhr ich zum Buffalo Bill's – dem Lokal, das meine Schwestern und ich wegen des überwiegend einheimischen, entspannten Publikums bevorzugten. Der Abend war nach all den schweißtreibenden Stunden in der heißen Glaswerkstatt frisch, kühl und belebend.

Der Todesfall war ein heißes Thema in der Bar, aber das Leben ging weiter, zumal die Frau von außerhalb kam und niemand sie kannte. Außerdem war mittwochs immer Oldies

Night – obwohl die Hälfte der Stammgäste gegen diese Bezeichnung protestierte –, so dass es unmöglich war, verdrießlich zu sein.

Ich tanzte mir meinen Weg zu den Klängen von Pat Benatars „Hit Me With Your Best Shot" hinein. In kürzester Zeit hatte ich ein halbes alkoholfreies Bier getrunken – ich würde später nach Hause fahren – und bewegte mich rhythmisch in dem Bereich, der als Tanzfläche diente. Im Buffalo Bill's spielt es keine Rolle, ob man allein, mit jemand anderem oder mit allen tanzt. Mir genügte *allein*, aber es klappte nur selten, denn die Jungs fanden unweigerlich ihren Weg zu mir.

Der erste des Abends war Hank, ein süßer, witziger Trucker, der doppelt so alt war wie ich, was in Ordnung war, denn *süß* und *witzig* waren meine beiden Hauptkriterien. Außerdem behielt er seine Hände für sich, was gut war. Ich würde es hassen, einem Kerl den Abend zu verderben, indem ich ihm in die Eier trat.

Beim nächsten Song – „Any Way You Want It" von Journey – wurde Hank von Ryder verdrängt, einem typisch amerikanischen Ex-Footballer/Bauarbeiter/Möchtegern-Rodeo-Ass. Äußerlich war er eine Zehn. Was seinen Verstand anging, war er ebenfalls eine Zehn – auf der IQ-Skala wohlgemerkt.

Wie dem auch sei, Ryder erfüllte meine Kriterien in den Punkten eins, zwei, drei *und* vier: witzig, süß, attraktiv *und* gut gebaut. Das war in etwa alles, was er zu bieten hatte, aber was soll's. Auch er hielt seine Hände von den Gefahrenzonen fern.

Ja, ich tanzte gern, vorzugsweise mit einem platonischen Partner. Mit einem Platzhalter, den meine Fantasie durch Ingo ersetzen konnte – ähm, mit dem Richtigen, den ich eines Tages finden und mit dem ich glücklich bis ans Ende meiner Tage leben würde.

Mehr als zu tanzen, tat ich jedoch nicht. Ein Platzhalter war nur ein Platzhalter und es war noch nie jemand gekommen, der sich richtig anfühlte.

Niemand wie Ingo.

Ich tanzte weiter, ohne darauf zu achten, wer kam oder ging, aber vielleicht hätte ich es tun sollen. Denn nach ein paar Tönen des dritten Liedes – passenderweise Bostons „More Than a Feeling" – spürte ich ein kribbelndes Gefühl auf meinem Rücken. Ich rieb ein paarmal über die juckende Stelle, bevor ich den Takt verlor und mich langsam umdrehte.

„Verdammt, Ingo...", murmelte ich.

Dort war er und nahm viel zu viel Platz in einer schummrigen Sitzecke ein, wo er ganz allein saß.

Ich verfluchte den Tag, an dem Ingo von Nash ins Buffalo Bill's gebracht worden war. Nash war die Flamme meiner Schwester, Erin. Im wahrsten Sinne des Wortes. Denn er war ein Drachengestaltwandler. Und verdammt. Meine Schwester war jetzt auch einer.

Meine Schwestern Erin und Abby gingen viel seltener aus als ich, aber wenn sie es taten, kamen sie hierher.

„Du kennst den Kerl?", knurrte Ryder.

Wir tanzten weiter. „Ja."

„Was ist er – ein Auftragskiller oder so etwas?"

Ich lachte laut auf. „Rate noch einmal."

Ryders Auge fing nervös an, zu zucken. „Ein FBI-Agent mit einer Lizenz zum Töten?"

Ich lachte erneut. So viel zum Thema, dass Ingo sich unauffällig verhielt.

„Hast du etwas zu verbergen?", stichelte ich. Als er zusammenzuckte, hob ich eine Hand. „Vergiss, dass ich das gefragt habe."

Es war nur allzu leicht, sich vorzustellen, wie Ryder nach einem Wochenendausflug mit den Jungs die Tasche eines Freundes über die mexikanische Grenze brachte, oder so etwas in der Art. Er war durchaus in der Lage, aus Versehen, in Unwissenheit oder durch schiere Dummheit ein Verbrechen zu begehen, obwohl er nicht bewusst etwas tun würde, das jemanden verletzen könnte. Seine Mutter – die Schatzmeisterin des örtlichen Rotary Clubs – würde ihn umbringen, wenn er das täte.

Ich stupste ihn an, weiter zu tanzen. Ich war hier, um mich zu amüsieren, verdammt.

Aber Ryder zog sich am Ende des Liedes zurück und murmelte etwas von einer Knieverletzung. Die anderen Jungs taten dies ebenfalls und so tanzte ich nur noch mit Amy, die endlich aufgetaucht war, und Lauren, einer anderen Freundin. Aber auch sie waren mehr auf Ingo fixiert als auf den Song.

„Gott, ist der heiß", murmelte Amy, als wir zu „Sultans of Swing" der Dire Straits tanzten.

Ja, vielleicht, aber das waren die meisten Wolfsgestaltwandler. Es lag an ihrer Art.

„Heiß, aber unnahbar", fügte Lauren hinzu.

Ha. So konnte man Ingo perfekt zusammenfassen.

Und das war er, wenn er nicht im Dienst war. Oder so nah, wie er einem außerdienstlichen Zustand kam.

Im Dienst hatte Ingo glühende Augen und einen fest zusammengebissenen Kiefer, der tiefe Falten in seinen Wangen verursachte. Falten, über die ich auf dem Weg zu anderen Orten lecken wollte. Außerhalb seiner Dienstzeit war Ingo etwas zugänglicher als die arbeitende Version – an einem guten Tag. Beide waren ein Fest für die Sinne.

Eine Schande, dass es heutzutage mehr diensthabenden Ingo gab als den privaten.

„Er starrt uns an", bemerkte Amy.

Lauren schüttelte den Kopf. „Er starrt Pippa an."

Ich verzog das Gesicht. „Ignoriert ihn einfach, in Ordnung?"

Ich konnte praktisch sehen, wie ihre Antennen ausschlugen und sich drehten.

„Du kennst ihn?", fragten sie beide gleichzeitig.

Ich seufzte. Ja. Intim. Oder hatte, jemanden zu kennen, ein Verfallsdatum? Es war genug Zeit vergangen – und Ingo hatte sich so weit einer Seite seiner Persönlichkeit hingegeben –, dass ich mich fragte, ob ich immer noch behaupten konnte, ihn zu kennen.

„So etwas in der Art. Er ist ein Freund von Nash", gab ich zu. „Neues Thema, okay?"

Amy und Lauren tauschten Blicke aus und tanzten weiter.

Eine dritte Freundin gesellte sich zu uns – Lucille, aus dem Yoga-Studio –, aber nicht zum Tanzen.

„Hey, Pippa. Ist es wahr? Verkauft ihr wirklich die Ranch?"

Ich blieb auf der Stelle stehen. Was?

„Nein!", bellte ich. „Niemals!"

Lucille streckte die Hände hoch. „Das habe ich auch nicht gedacht. Ich habe es nur gehört."

„Von?"

Sie zuckte mit den Schultern. „Der Freund eines Freundes hat gesagt, Bob wäre dabei, sie auf den Markt zu bringen." Sie deutete auf einen pummligen Mann in einer Sitzecke nahe des Eingangs.

Ich funkelte den Mann böse an. Bob Hardy von Red Rock Vistas Real Estate. Der Kerl hatte meine Tante jahrelang bedrängt, zu verkaufen, und nachdem sie das Haus für einen Spottpreis an uns weitergegeben hatte, hatte er uns genauso hartnäckig genervt.

Normalerweise ignorierten wir den Idioten. Aber ich mochte die selbstgefällige *Ich weiß etwas, was sie nicht weiß*-Art nicht, mit der er den Typ neben sich angluckste.

„Ja, nun. Sie steht nicht zum Verkauf – und das wird sie auch nie."

„Dann habe ich wohl etwas Falsches gehört." Lucille fuhr sich durch die Haare und neigte den Kopf in die andere Richtung. „Außerdem sitzt dort drüben ein total heißer Typ, der dich beobachtet."

Ich folgte ihrem Blick zu Ingo und seufzte. Das *Beobachten* gab es in willkommenen und unwillkommenen Varianten. Irgendwie war bei Ingo stets beides der Fall.

„I Want You to Want Me" ertönte als Nächstes aus den Lautsprechern, aber dazu würde ich jetzt auf keinen Fall tanzen. Stattdessen pustete ich die Backen auf, entschuldigte mich und stapfte zu Ingo hinüber.

„Oh, er ist dran", flüsterte Amy.

„Zwanzig Mäuse, dass Pippa ihm die Meinung geigt", warf Lauren ein, bevor die Musik sie übertönte.

Ich spürte, dass Dutzende von Augen auf mich gerichtet waren, und schaute mich um. Alle zuckten zurück und konzentrierten sich plötzlich auf die Kerzen auf ihren Tischen. Kerzen, die plötzlich aufflackerten.

Hoppla.

Ich marschierte zu Ingo hinüber, blieb dann stehen und stemmte die Hände an die Hüften.

Er deutete um sich. „Sieh dich lieber vor. Du willst den Laden doch nicht abfackeln.“

Gott, ich hasste Männer, die mich besser kannten als ich mich selbst.

„Es würde helfen, wenn du nicht so starrst“, sagte ich.

„Ich habe nicht gestarrt.“

Seine Worte kamen in einem tiefen, brummenden Knurren heraus, das alle möglichen wunderbaren Dinge verhieß, die er mit mir machen könnte, wenn ich ihm freie Hand ließe.

Ich tat mein Bestes, um mich vor ihm aufzubauen, was nur funktionierte, wenn er saß. Als Kinder war ich immer die Größere gewesen. Dann hatte er einen Wachstumsschub durchgemacht und war zwischen seinem sechzehnten und siebzehnten Lebensjahr ganze dreißig Zentimeter gewachsen. Es war nicht fair, aber so war das Leben.

„Du hast gestarrt, und es verdirbt mir den Abend.“

Er schnaubte. „Als ob diese Typen deine Zeit wert wären.“

„Als wäre ich ein so guter Fang.“

Sein fester Blick verriet, dass er anderer Meinung war, und das kleine Lächeln, das über seine Lippen geisterte, als der nächste Song begann – „Every Little Thing She Does Is Magic“ – deutete an, dass er Sting zustimmte.

Ich schüttelte verärgert den Kopf. Wir wussten beide, dass wir perfekt – ähm, nicht gut – füreinander waren. Aber das war leicht zu vergessen, wenn wir uns einander näherten.

Ich stand noch eine Minute lang da, dann setzte ich mich zu ihm in die Sitzecke, bevor ich eine Szene machen konnte.

Ingo drückte seine Lippen an die Bierflasche und trank ein paar Schlucke. Und verdammt, war die wippende Bewegung seiner Kehle faszinierend.

Ich wandte meinen Blick ab, bevor er es bemerkte, und keiner von uns sagte ein Wort.

Seit Ingo vor ein paar Wochen in die Stadt gekommen war, hatte ich mir in Gedanken einen Vortrag für ihn zurechtgelegt. Darüber, dass dieses Mal etwas anderes sei als die Situationen, in denen uns das Schicksal im Laufe der Jahre zusammengeführt hatte. Als wir uns dieser lästigen Macht widersetzen konnten, indem wir so schnell wie möglich in entgegengesetzte

Richtungen rannten. Sedona war mein Zuhause, also konnte ich nicht einfach packen und gehen. Ingo musste es tun, und es war an der Zeit, um ihm das unmissverständlich zu sagen.

Aber jetzt, da wir uns gegenübersaßen, waren all die klugen Sprüche aus meinem Kopf verschwunden und ich konnte kein Wort herausbringen.

Außerdem war Hank im Anmarsch. Er hatte drei andere Männer zusammengetrommelt und sie kamen nervös auf uns zu.

„Belästigt dich dieser Typ, Pippa?"

Ja. Nein. Vielleicht?

Ihre Sorge ging mir jedoch ans Herz. Wie süß.

„Ist schon in Ordnung. Danke, Leute. Ingo und ich kennen uns schon lange."

Trotzdem taten sie ihr Bestes, um gegen Ingos vernichtenden Blick ihren Mann zu stehen.

„Es ist wirklich in Ordnung. Vielen Dank", wiederholte ich. „Wir brauchen nur ein paar Minuten, um zu quatschen."

Hank warf Ingo einen zweifelnden Blick zu. „Also gut, ruf uns, wenn du Hilfe brauchst."

Die Gruppe schlurfte zurück zu ihrem Tisch, wo sie sich steif hinsetzten, ohne uns aus den Augen zu lassen.

Ich seufzte. „Für einen Undercover-Agenten ziehst du verdammt viel Aufmerksamkeit auf dich. Was machst du überhaupt hier?"

Er schwenkte seine Bierflasche. Alkoholfrei, versteht sich. „Ich bin hier, um mich zu entspannen."

Ha. Nur Ingo konnte einen freien Abend wie eine Observation aussehen lassen.

„Entspannen. Genau." Ich schüttelte verärgert den Kopf. „Wie lange hast du noch mal vor, in der Stadt zu bleiben?"

„Mache ich dich schon verrückt?"

„Ja. Und nicht auf gute Weise."

Er spitzte die Lippen und obwohl er nicht antwortete, hielt er fragend sein Bier hoch. Wider besseres Wissen nickte ich, denn wir mussten wirklich reden – und sei es nur, damit wir herausfinden konnten, wie wir das Schicksal überlisten und getrennte Wege gehen konnten.

Er signalisierte der Kellnerin, ein weiteres Bier zu bringen, und sie kam Sekunden später damit herbeigeeilt, während sie ihn praktisch mit den Augen auszog.

„Kann ich dir noch etwas bringen?"

„Einen Cheeseburger mit Speck bitte." Ingo drehte sich wartend zu mir und einen Moment später gab ich nach und bestellte das Gleiche.

„Aber sicher doch, Schätzchen", sagte die Kellnerin – zu Ingo, nicht zu mir. Dann schlenderte sie davon und stellte ihre beträchtlichen Vorzüge zur Schau. Ingo starrte nicht auf ihre schwingende Hüfte, was ich ihm anrechnete. Stattdessen funkelte er wieder Hank und die anderen an.

Ich schnippte vor seinem Gesicht mit den Fingern. „Hör auf damit. Sie werden eine einstweilige Verfügung beantragen, wenn du so weitermachst."

Er biss die Zähne zusammen und sein Gesichtsausdruck wurde grimmig.

Ich erstarrte und musterte ihn. „Moment. Diese Typen haben bereits eine einstweilige Verfügung gegen dich?"

„Natürlich nicht."

Aber jemand anderes, wurde mir klar.

„Wer?", drängte ich weiter. „Stacy?"

Er sah verletzt aus. „Ich bin nicht hinter Stacy her. Ich will sie nur beschützen."

Dass Ingo einen ausgeprägten Beschützerinstinkt hatte, war mir nicht neu. Aber dass jemand eine einstweilige Verfügung gegen ihn erwirkt hatte... Wow.

„Wer dann?", fragte ich.

Ingo hielt seine Lippen versiegelt.

„Jemand, gegen den du einmal ermittelt hast?"

Ingo verzog die Lippen und ein zweiter Sturm gesellte sich zu dem, der ständig in seinen Augen brodelte.

Aha. Es war also ein ehemaliger Verdächtiger.

„Ein Mafiaboss?"

Ein Zucken fing neben seinem Auge an.

Okay, ich kam der Sache näher. Aber verdammt. Wie lange sollte ich dieses Ratespiel noch weiterspielen?

Ich wirbelte mit der Hand durch die Luft. „Wer, Ingo?"

Er starrte auf den Tisch, dann grunzte er. „Ein Typ, der in einen Brandstiftungsfall verwickelt war, den ich vor einiger Zeit untersucht habe."

Ich wirbelte weiter mit der Hand und hoppla. Die Kerze auf dem Tisch spiegelte die Bewegung wieder und wurde zu einem kleinen Wirbelwind.

Ich drückte meine Hand flach auf den Tisch. Gut, dass Ingo zu abgelenkt war, um es zu bemerken.

„Victor Jananovich", sagte er schließlich. „Schon mal gehört?"

Ich stieß ein trockenes Lachen aus. Ingo war derjenige, der FBI-Berichte las. Ich blätterte in alten Ausgaben von *Arizona Highways*.

„Der Rodeo-Profi?", sagte ich, nur um ihn zu ärgern.

Ingo kaufte es mir einen Moment lang ab, dann verzog er das Gesicht, als er merkte, dass ich es mir ausgedacht hatte. „Victor Jananovich, der *Vampir*", zischte er.

Ich lehnte mich zurück. Wow. Ein Vampir mit einer einstweiligen Verfügung gegen einen Wolfsgestaltwandler?

„Seit wann gehen Vampire zur Polizei, um eine einstweilige Verfügung zu erwirken?"

„Tun sie nicht. Aber Jananovich ist zur *Agentur* gegangen, um eine einstweilige Verfügung zu erwirken."

Ich riss die Augen weit auf. „Wow. Was hast du getan?"

Ingo umklammerte sein Glas so fest, dass es ein Wunder war, dass es nicht zerbrach.

Temperglas oder laminiertes? fragte sich meine professionelle Seite. Ich tippte auf Temperglas.

„Er ist der Kriminelle, nicht ich", beharrte Ingo.

„Und doch bist du derjenige mit der einstweiligen Verfügung."

„Ja, nun. Die Welt kann schon beschissen sein."

„Vermutlich", murmelte ich und dachte eine Weile darüber nach.

Unsere Beine berührten sich, aber ich hatte nicht den geistigen Willen, mich zu entfernen.

„Hattest du Beweise?", fragte ich schließlich.

Ingo verzog das Gesicht. „Er ist verdammt aalglatt, aber alles deutete auf Jananovich hin.“

„Es deutete auf ihn hin oder es war tatsächlich bewiesen?“

„Ich war gerade dabei, diese Beweise zu beschaffen, als ich von dem Fall abgezogen wurde.“

„Hast du jemals in Betracht gezogen, dass du dich geirrt haben könntest? Dass er kein Verbrecher ist?“

„Und zu riskieren, dass eine weitere unschuldige Person stirbt?“

Eine weitere? Ich starrte ihn an. Was war schiefgegangen? Und verdammt. Gab Ingo sich selbst die Schuld an dieser speziellen Tragödie – was auch immer geschehen war?

„Zwei Cheeseburger mit Speck.“ Die Kellnerin stellte jedem von uns einen Teller hin, während sie Ingo mit riesigen, pelzigen Raupen – ähm, falschen Wimpern – zuzwinkerte. „Darf es noch etwas sein? Noch etwas zu trinken? Extra Ketchup?“

Ich, nackt? fügte sie mit funkelnden Augen hinzu.

Ingo riss die Hände hoch. „Wir haben alles, vielen Dank.“ Enttäuscht entfernte sie sich.

Ich drückte meinen Burger zusammen, um ihn auf mundgerechte Größe zu bringen.

„Wo waren wir?“, fragte Ingo.

„Vampire“, murmelte ich und biss hinein.

Und, lecker, war der gut. Saftig *und* mit viel Käse – so viel, dass etwas aus meinem Mundwinkel tropfte und an meinem Arm hinunterlief.

Ingo griff hinüber und tupfte es mit einer Serviette ab, bevor es meinen Ärmel erreichte.

„Ja, Vampire“, brummte er, als hätte der Burger meinen Standpunkt bestätigt.

Ich kaute, schluckte und wischte mir den Mund ab. „Also dieser Viktor Jananofisch…“

„Jananovich.“

„Wo ist er? In Kalifornien?“ Dort war Ingos letzter Posten, das wusste ich.

Ingo schaute mich an. Sein Gesichtsausdruck war vollkommen leer und emotionslos – bis auf die kleine Ader, die neben seinem Auge pulsierte.

Dann verstand ich es. „Er ist hier?"

Ingo schaute zur Tür, als könnte jeden Moment ein Transsylvanier mit Reißzähnen und einem Umhang hereinkommen. „Könnte sein."

Könnte sein, von wegen. Entweder war der Vampir schon hier oder Ingo hatte Grund zu der Annahme, dass der Kerl auf dem Weg hierher war.

Wo auch immer er ist, ich werde es herausfinden, schworen seine Augen.

Ich schüttelte den Kopf und war versucht, nach seinen Händen zu greifen und ihn zur Vernunft zu bringen. Ja, es gab eine Menge böser Jungs – und Mädels – auf der Welt. Das bedeutete aber nicht, dass Ingo persönlich jeden Einzelnen davon zur Strecke bringen musste.

Aber das könnte ich wohl eher meinem Burger erklären, also versuchte ich es gar nicht erst.

Ich hatte jedoch eine Frage. „Moment mal. Wenn dieser Jananovich eine einstweilige Verfügung gegen dich erwirkt hat, warum hat die Agentur dich dann mit seinem Fall betraut?"

Ingo starrte auf die Kerze und schaute mir nicht in die Augen.

Oh-oh. Ich beugte mich zu ihm vor. „Sie haben dir den Fall nicht zugewiesen?"

„Nicht direkt."

Ich überlegte einen Moment länger. „Gibt es überhaupt einen Fall?"

„Nicht offiziell, nein."

Oh Mann. Ingo befand sich auf sehr dünnem Eis, und er wusste es.

„Und trotzdem hat dir die Agentur den Job in Sedona gegeben."

Er nickte. „Sie wussten nicht, dass Jananovich ein Auge auf Sedona geworfen hatte. Niemand wusste es."

Als ich ihm in die Augen sah, fügte sich das letzte Puzzleteil an seinem Platz ein. „Niemand, außer dir."

Ingos Nasenlöcher bebten bei einem tiefen Einatmen und er nickte schwach.

Wow. Es war also wirklich etwas Persönliches, nicht wahr?

Und ein wenig enttäuschend, denn ein Teil von mir wollte glauben, dass Ingo wegen... nun, meinetwegen... nach Sedona gekommen war.

Ein ziemlicher Egokiller, musste ich zugeben.

„Du bist also hier, um den Bösewicht zu fangen? Und deshalb bist du Stacy gefolgt – um sie zu beschützen?"

Ingo wartete, als wollte er, dass ich etwas erkannte, das ich übersehen hatte. Aber ich konnte es beim besten Willen nicht.

„Ich will *alle* vor Jananovich beschützen." Er starrte mir tief in die Augen.

Ich starrte zurück. Was verstand ich hier nicht?

Eine lange Minute später schaute er enttäuscht weg.

Alles in allem brachte dieses Gespräch unser Grundproblem auf den Punkt. Ingo wollte die Welt retten. Ich wollte schöne Glasobjekte herstellen. Zwei Ziele, die nichts gemeinsam hatten, außer dass sie beide furchtbar zerbrechlich waren.

Von Trauer erfüllt schaute ich ihn an. Mein süßer, treuer Kindheitskamerad. Mein sanfter, großzügiger Ex-Geliebter. Mein lieber, schmerzlich vermisster Freund.

Wir hatten uns nicht wegen einer großen Sache getrennt. Es waren all die kleinen Dinge gewesen, die uns langsam kaputtgemacht hatten. Seine Arbeitszeiten. Die Nächte, in denen ich wachblieb und mir Sorgen um ihn machte. Dass er kleine, aber wichtige Anlässe verpasste, wie eine meiner Kunstausstellungen. Tatsächlich *alle* meine Kunstausstellungen. Kleine, verzeihliche Dinge, die einzeln betrachtet nichts bedeuteten, aber sie summierten sich zu einem Berg. Zu viele – zumindest für mich.

Ein Teil von mir hatte wohl noch Hoffnung auf ein Happy End gehabt, aber in diesem Moment akzeptierte ich die Wahrheit. Wir würden es nie schaffen, dass es zwischen uns funktionierte. Niemals. Unsere Liebe war ein Zug, der längst in eine Sackgasse gefahren war, und er würde nicht wieder zurückkommen. Die Dampfwolken der Lokomotive waren alles, was noch übrig war, aber bald würden sie mit dem Rest meiner süßen Erinnerungen verblassen.

Ich legte meinen Burger ab. Er würde es durch den Kloß in meinem Hals sowieso nicht hinunter schaffen.

Inzwischen stand die Kerze auf unserem Tisch kurz davor, in ihrer eigenen Wachslache zu ertrinken, aber ich konnte mich nicht dazu durchringen, sie wieder aufzupeppen.

Dann tönte das nächste Lied aus den Lautsprechern und ich konnte nicht anders, als die ersten Töne mitzusummen. Ingos Augen begegneten meinem Blick und wir lächelten beide leicht.

Ich holte tief Luft, stand auf und streckte eine Hand aus.

Ingo neigte den Kopf, als ich abrupt die Gangart wechselte. „Du forderst mich zum Tanzen auf?"

Ja, das tat ich. Denn wie Kenny Rogers es ausdrückte, machte Ingo etwas mit mir, das ich nicht erklären konnte.

Ich nickte langsam. „Wider besseres Wissen... "

Ingos Grinsen war wahre Schönheit. Er stand auf, nahm meine Hand und folgte mir auf die Tanzfläche.

Ein letztes Mal, sagte ich mir. *Ein letztes Mal.*

Kapitel 4

INGO

Ich zwang mich, die Bar vor Pippa zu verlassen, denn sonst wäre ich in Versuchung gekommen, ihr nach Hause zu folgen, und das ging einfach nicht. Es spielte keine Rolle, wie sehr ich sie liebte, oder dass sie mich auch liebte, wie der langsame Tanz, den wir geteilt hatten, bewies.

Ja, ein langsamer Tanz. Eine schreckliche Idee, aber wir konnten beide nicht widerstehen. „Islands in the Stream", hatte gespielt und der Footballer, mit dem Pippa zuvor getanzt hatte, hatte ihr schöne Augen gemacht, als wäre dies seine Chance. Was es absolut nicht war. Schon gar nicht bei diesem Song – dem, den Pippa und ich unseren nannten, als das Leben noch einfacher war.

„Wider besseres Wissen...", hatte sie gemurmelt und mir die Hand gereicht.

Die Kerze auf unserem Tisch war aufgeflackert und brannte hell.

Auch gegen mein besseres Wissen, was mich jedoch nicht davon abhielt, ihr auf die Tanzfläche zu folgen und mich in alten, vertrauten Bewegungen zu verlieren. Enge Bewegungen mit ihrem Kinn an meiner Schulter und unseren Oberkörper aneinandergepresst. Ganz wie an den vielen Morgen danach, die wir einst erlebt hatten, ohne dass jemand zwischen uns stand, genau wie es in diesem Song hieß.

Man sollte meinen, dass die Tochter eines Pyromagiers und einer Drachengestaltwandlerin den Duft von Rauch oder Asche verströmte. Aber Pippas Duft war eher wie Lavendelräucherstäbchen. Jeder Atemzug beruhigte und zentrierte mich – so sehr, dass ich mich fragte, wie ich ohne sie zurechtkam.

Den ganzen Tag über hatte ich mich mit dem Rätsel der toten „Wanderin" herumgeschlagen. Aber selbst das verblasste, wenn ich bei Pippa war, und ich konnte zumindest für eine Weile an das Gute glauben.

Zu schade, dass der nächste Song – Michael Jacksons „Thriller" – uns aus der Stimmung riss. Ich verabschiedete mich von Pippa mit einem Kuss auf die Wange, anstatt mit einem wie in *Vom Winde verweht* nach hinten gebeugten Kuss, von dem ich geträumt hatte. Dann war ich zu meinem Auto geeilt, wo ich fünf Minuten lang gewartet hatte, bis sich mein Herzschlag beruhigte. Schließlich ließ ich den Motor an und fuhr in die Nacht hinein.

Janet Sullivan, erinnerte ich mich. Die tote Wanderin. Mein Büro war nicht weit entfernt. Ich konnte leicht dorthin fahren, mich in die Datenbank der Agentur einloggen und weitere Nachforschungen anstellen.

Aber ich hatte mich schon den ganzen Tag in diesem Labyrinth verrannt und mein Wolf heulte, weil er etwas anderes wollte.

Nun, er heulte nach Pippa. Aber eine Runde zu laufen, wäre gut.

Also fuhr ich „nach Hause" zu der Hütte, die ich gemietet hatte, nachdem ich den Mietvertrag von Nash übernommen hatte. Sie lag weit außerhalb der Stadt an einer unbefestigten Straße auf einem Grundstück, das einem älteren Mann namens Henry gehörte.

Im Drachenflug gerechnet waren es nur etwa fünf Kilometer westlich von Pippas Ranch. Im Wolfslauf eher acht Kilometer. Ich wusste es, weil es mich Nacht für Nacht in diese Richtung zog. Ich war mir nicht sicher, wovon ich angezogen wurde. Von Pippa? Vom Schicksal? Von meinen eigenen törichten Hoffnungen und Sehnsüchten?

An diesem Abend sagte ich mir, so wie an jedem Abend, ich würde nicht dort hingehen. Aber an diesem Abend ging ich, wie jeden Abend, trotzdem hin.

Nur ein kleiner Lauf, bettelte mein innerer Wolf. *Ich will einfach nur raus und mich bewegen. Wir müssen nicht einmal in ihre Richtung gehen.*

Die gleiche Lüge, auf die ich jedes Mal hereinfiel.

Ich ging gerade lang genug in die Hütte, um meine Autoschlüssel und meine Jacke abzulegen. Dann trat ich wieder hinaus und entledigte mich nach und nach aller Schichten. Pullover, Hemd, Hose, Stiefel, Socken. In dieser Hinsicht war Henry der perfekte Nachbar – weit weg und um neun schon im Bett, weil er mit der Heißluftballonfirma, die er besaß, früh aufstehen musste. Ich war also völlig allein.

Die Aprilnächte in Sedona waren so kühl wie die Tage warm, also verwandelte ich mich im Gehen. Die winzigen Härchen auf meiner Haut verdickten sich und wuchsen. Die Farben verschwanden aus meinem Blickfeld, während Gerüche in meine Nase strömten. Ich war noch nicht lange genug in Arizona, um alle Blumen benennen zu können, die ich erschnupperte, aber es gab eine erstaunliche Vielfalt – von stacheligen Kakteen bis hin zu klebrig süßen Blüten, um die Kolibris schwirrten.

Ich ließ mich auf alle viere sinken, krallte meine Hände zusammen und krümmte meinen Rücken. Mein Körper schmerzte und brannte. Dann, als jeder Knochen, jeder Muskel und jede Sehne an seinem Platz war, setzte der übliche Adrenalinstoß ein und ich rannte in einem Sprint los.

Seit meinem siebzehnten Lebensjahr konnte ich mich verwandeln, aber das Gefühl der Freiheit war immer wieder aufregend. Den ganzen Tag über war ich an tausend menschliche Regeln gebunden: wo ich fahren durfte und wie schnell (oder wie langsam), wann ich warten musste (immer zu lange), was ich sagen sollte (und was nicht). Jetzt konnte ich alles tun. Ich konnte mich im Dreck wälzen oder den Mond anheulen. Ich konnte mich mit den Hinterpfoten an einem Ohr kratzen, ohne dass man mir sagte, dies sei unhöflich. Ich musste mich nicht mehr mit Kleidung herumschlagen. Wo immer mich mein Instinkt hinführte, konnte ich hingehen, ohne darüber nachzudenken, wieso oder warum. Eigentlich musste ich gar nicht denken.

Und so fand ich mich keuchend unter den Sternen auf einem Bergrücken wieder, der eine vertraute Ansammlung von Gebäuden und Scheunen überragte. Die Painted Rock Ranch, wo Pippa und ihre Schwestern wohnten. Auch Nash, obwohl meine Nase nicht in die Richtung der Hütte zeigte, in der er mit Erin wohnte, und auch nicht zum Haupthaus, in dem die jüngere Schwester Abby mit ihrer Tochter Claire lebte.

Nein, meine Nase war in die Richtung von Pippas Heim gerichtet, einer umgebauten Scheune am äußersten Ende der Ranch.

Das gesamte Anwesen lag unter einem Schutzzauber, den keine der Schwestern erklären konnte – oder wollte – so dass es zunächst verschwommen wirkte. Wenn ein normaler Mensch über meinen Aussichtspunkt gestolpert wäre, hätte er nur eine Weite aus Schmutz, Gestrüpp und ockerfarbenen Felsen gesehen. Aber wenn man wusste, wohin man schauen musste, und sich genau genug konzentrierte, nahmen die Gebäude und Pferdekoppeln Gestalt an, so wie sie es jetzt für mich taten.

Pippas Wagen stand an seinem üblichen Platz neben der Scheune und der Lagerfeuerstelle geparkt. Kein Feuer, obwohl noch etwas Glut darin brannte. Ich spitzte die Ohren halb in der Hoffnung, Pippa würde herauskommen, winken und mich hereinbitten.

Da bist du ja, mein Liebster. Ich stellte mir vor, wie sie nach mir rief. *Komm herein und fühl dich wie zu Hause.*

Natürlich passierte das nicht. Nicht in den ersten fünf Minuten, in denen ich wartete, wünschte und hoffte. Und auch nicht in den Folgenden, die noch langsamer vergingen. Allmählich wurde mein wedelnder Schwanz schlaff. Meine Ohren hingen hinunter und ich setzte mich auf den kalten Boden und versuchte, die Wahrheit zu verdauen. Wir waren füreinander bestimmt, aber mein Job trieb uns immer wieder auseinander. Pippa hatte recht, dass meine Arbeit zur Besessenheit wurde. Aber wie könnte ich mit mir selbst leben, wenn ich sie aufgab?

Ein Heulen stieg in meiner Kehle auf, aber ich hielt es zurück, bis ich auf halbem Weg zurück zu meinem Haus war. Pippa brauchte mich in diesem Zustand weder zu sehen noch zu hören.

Erst als ich einen weit entfernten, einsamen Fleck in der Wüste erreichte, hielt ich inne und heulte lange und gut.

Nun, zumindest lange. *Gut* konnte man nicht wirklich sagen, wenn die Emotionen das eigene Herz in Stücke rissen. Die lang gezogenen, traurigen Töne hingen in der kühlen Nachtluft und die Sterne blinzelten im Versuch, mich aufzuheitern. Sie konnten es nicht, aber ich fand Trost in der Tatsache, dass Pippa sicher zu Hause war. Sie musste die Bar kurz nach mir verlassen haben, anstatt weiterzutrinken und zu tanzen. Vielleicht gab es also doch noch Hoffnung. Vielleicht lag sie jetzt im Bett und sehnte sich nach mir, so wie ich mich nach ihr sehnte.

Ich lauschte, als mein letzter Ton in der Nacht verklang, und machte mich dann auf den Heimweg. Vor meiner Hütte verwandelte ich mich missmutig und ging dann zu Bett. Es gab Bösewichte, die gefangen werden mussten – wirklich, wirklich böse Typen, die bereit waren, anderen zu schaden, zu stehlen und zu töten. Wenn ich sie nicht aufhielt, wer würde es dann tun?

∞∞∞∞∞

Der Schlaf half mir ungefähr genauso wie das Heulen, so dass der sonnige Tag, zu dem ich aufwachte, nicht bis in meine Seele schien. Auf der Fahrt in die Stadt verfluchte ich jeden Lieferwagen und jedes monströse Wohnmobil, das über die Straßen kroch. Ich machte einen Zwischenstopp in meinem Büro – einem Hinterzimmer der örtlichen Außenstelle des Landwirtschaftsamtes, passend zu meiner Tarngeschichte – dann ging ich wieder hinaus. Es gab keinerlei Spur im Fall der Wanderin, nicht, dass ich mir auf offiziellem Wege zu viel Hoffnung gemacht hätte.

Aber ich hatte eine Spur zu einem Bärengestaltwandler, unabhängig davon, ob er etwas mit dem Fall der Wanderin zu tun hatte oder nicht. Also beschloss ich, dort anzufangen. Das bedeutete, dass ich das Einkaufszentrum überwachte und hoffte, dort die Spur von Stacys SUV – und ihrem Fahrer – aufzunehmen.

Tatsächlich tauchte der Chevy Tahoe mit getönten Scheiben auf und setzte Stacy vor dem Café ab. Alles, was ich von dem Fahrer sehen konnte, war ein schwaches Profil.

Während ich wartete, schweiften meine Gedanken ab und brachten mich an einen anderen Ort und eine andere Zeit. Zu einem anderen Fall – mein einziger großer Misserfolg. Ich hatte mir Zeit gelassen, meinen Fall gegen Jananovich aufzubauen… zu lange, zumindest für die Frau, die mir einen Tipp gegeben hatte. Sie hatte Angst um ihr Leben, und das zu Recht.

Ihr Name war Bridget und sie war erst fünfundzwanzig, als sie starb.

Ein Tod, den ich hätte verhindern können, hätte ich nicht so lange gewartet.

Also, ja. Ich übertrieb es manchmal und der Preis, den ich dafür zahlte, waren meine eigenen Beziehungen. Aber damit hatte ich mich abgefunden.

Nun, größtenteils.

Als ein Wagen in die Parklücke neben mir bog, schaute ich hinüber, dann wieder zu Stacys SUV. Dann atmete ich tief durch. Es war an der Zeit, Beweise zu sammeln oder diesen Fall fallen zu lassen. So oder so, ich würde mit den Konsequenzen leben müssen.

Mein Wolf knurrte und ich entschied mich für Option A. Beweise sammeln.

Ich holte tief Luft und atmete wieder aus, dann wählte ich die Nummer der Agentur.

„Agent Kemper hier, Abteilung für Aufzeichnungen & Rückverfolgung bitte", sagte ich, als die Vermittlung antwortete.

Ich wartete, tippte mit den Fingern auf das Armaturenbrett und runzelte dann die Stirn, als ich die Antwort erhielt.

„Sie können meine Anfrage nicht bearbeiten? Warum nicht?", fragte ich den Mann am anderen Ende der Leitung.

Er hatte keine Ahnung, versprach aber, sich zu erkundigen.

Als ich verärgert auflegte, kam Stacy mit einem dampfenden Becher aus dem Café und schlüpfte zurück in den Wagen. Ich ließ meinen Jeep an, um ihr zu folgen, und trat dann plötzlich auf die Bremse, als meine Nasenflügel bebten.

Pippa! heulte mein innerer Wolf.

Ich riss den Kopf gerade noch rechtzeitig herum, um zu sehen, wie sie in eine Parklücke bog, aus ihrem Auto sprang und auf eine Ladenfront zustürmte. Ich zog die Handbremse an, verließ meinen Wagen und rannte ihr hinterher. Offensichtlich stimmte etwas nicht. Aber was?

Ich stürmte gerade noch rechtzeitig in das Büro, das sie betreten hatte, um zu sehen, wie sie eine Zeitung vor einem glatzköpfigen, pummligen Mann auf den Schreibtisch knallte.

Sie packte ihn nicht beim Kragen, aber sie knurrte ihn an: „Was zum Teufel ist das, verdammt noch mal?"

Ich lenkte meinen Blick zum Namensschild auf seinem Schreibtisch. *Robert Hardy, Red Rocks Vistas Real Estate.*

Der Mann riss die Hände hoch. „Aber, aber, Ms. Martin... "

Er kannte sie also – gut genug, um mit seinem Drehstuhl in eine sichere Entfernung zu manövrieren.

„Kommen Sie mir nicht mit Ms. Martin." Sie schlug auf das Papier. „Was zum Teufel ist das?"

„Ähm, die neuesten Immobilienanzeigen?" Er klang bereits schuldig.

Pippa warf mir einen *Was zum Teufel machst du hier*-Blick zu, dann wandte sie sich wieder an Hardy.

„Ich meine das hier." Sie tippte mit einem Finger auf die Mitte der Seite.

„Ähm... ein Inserat?"

Unglaublich, wie ein erwachsener Mann wie ein Kind aussehen konnte, das mit der Hand in einer Keksdose erwischt wurde.

Pippa schnappte sich die Zeitung und las vor: „*Dreißig atemberaubende Hektar abgelegenes Land entlang des Painted Rock Creek, perfekt für ihren eigenen privaten Erholungsort oder für die Erschließung in Parzellen...* "

„Das könnte jedes Grundstück sein", versuchte er es.

„Wem sonst gehören dreißig Hektar am Painted Rock Creek?" Sie spottete und schleuderte die Zeitung wieder auf den Tisch. „Wie oft haben wir es Ihnen schon gesagt? Unser Grundstück steht nicht zum Verkauf, und das wird es auch nie."

„Ich will nur das Beste für Sie, Ihre Schwestern und Sedona.“

„Ha. Sie wollen nur das Beste für sich selbst. Also hören Sie auf, uns zu belästigen oder... oder...“ Sie schaute sich nach etwas um, womit sie ihm drohen könnte, dann sah sie mich und strahlte plötzlich. „Oder wir werden eine einstweilige Verfügung erwirken.“

Autsch.

Hardy tippte auf das Kleingedruckte am unteren Rand des Eintrags. „Sehen Sie das? Da steht, dass wir für Ungenauigkeiten oder Änderungen nicht verantwortlich gemacht werden können.“

„Ich werde Ihnen zeigen, wie Sie verantwortlich gemacht werden können...“, zischte Pippa.

Ich griff nach ihrer Hand, bevor sie etwas Unüberlegtes tun konnte.

Hardy warf der einzigen anderen Person im Büro – Louise Bartly, ihrem Namensschild nach – einen wilden Blick zu. Sie griff nach ihrem Telefon und beäugte die Zahlen neun, eins und eins.

Ich zeigte meine Dienstmarke und steckte sie wieder ein, bevor sie den Teil mit dem Landwirtschaftsministerium sehen konnten. „In Ordnung, allerseits. Beruhigen Sie sich.“

Hardy zeigte auf Pippa. „Sagen Sie ihr das.“

Sie verschränkte die Arme. „Nein, Sie sagen *mir*, warum mein Grundstück gelistet ist, obwohl es nicht zum Verkauf steht.“

Er stotterte ein wenig. „Wie ich schon sagte, will ich nur das Beste für Sie und Ihre Schwestern. Wenn sich Ihre Umstände ändern sollten...“

„Welche Umstände?“

Ein zufriedener Blick blitzte hinter der Angst in Hardys Augen auf.

„Sagen wir, eine neue Bewertung des Grundstücks oder eine Steuererhöhung, die Sie nicht bezahlen können...“

Pippa zog die Augenbrauen zusammen. „Steuererhöhung?“

Hardy blätterte durch ein paar Papiere und drehte dann eins um. Pippa öffnete den Mund, um zu schreien, hielt dann aber fassungslos inne. Ihr Blick huschte wieder und wieder über den Text.

Ich runzelte die Stirn. Was nun?

Sie griff nach dem Papier, um es genauer zu studieren. „Was machen Sie mit einer Bewertung meines Grundstücks?“

Hardy wandelte sich von erschrocken zu selbstgefällig. „Immobilienbewertungen sind öffentliche Aufzeichnungen. Und in diesem Dokument steht, dass Ihr Grundstück seit Jahren unterbewertet wurde.“

Pippa las die Seite wieder und murmelte: „Der verfluchte Harlon Greene. Er steckt dahinter, nicht wahr?“

Ich wurde hellhörig, als sie den Hexenmeister erwähnte, der kürzlich von der Agentur aufgegriffen worden war. Ich war an dem Fall nicht beteiligt gewesen, aber er hatte zur Schaffung der neuen Außenstelle in Sedona geführt – den Posten, den ich jetzt innehatte.

Ich beugte mich vor, um über Pippas Schulter mitzulesen. Die illegalen Geschäfte von Harlon Greene waren von Pippa, ihren Schwestern und Nash aufgedeckt worden. Jetzt schien sich der Hexenmeister zu rächen, vielleicht durch einen anonymen Hinweis an die Steuerbehörde.

„Immobilien in Sedona sind heute hundertmal mehr wert als zu Zeiten Ihrer Großtante“, erklärte Hardy.

Ich kniff die Augen zusammen. Es schien, als hätte Hardy die Ranch schon seit Jahren im Visier.

„Vielleicht, aber sechsundzwanzig Millionen?“ Pippa schüttelte den Kopf.

Hardy zückte einen Taschenrechner und rechnete demonstrativ nach. „Das ist... mal sehen... ja. Das ergibt eine Grundsteuererhöhung von etwa zehntausend Dollar.“

„Zehntausend Dollar?“, kreischte Pippa.

„Pro Jahr.“ Hardy legte seine Brille mit Schadenfreude auf den Schreibtisch. „Und da solche Bescheide drei Jahre zurückdatiert werden können...“

Pippas Augen wurden groß. Meine auch. Sie oder ihre Schwestern konnten auf gar keinen Fall so viel Geld aufbringen.

„$30.000“, murmelte Hardy. „Eine ziemliche Last, ich weiß.“

Pippa knallte das Dokument zurück auf den Schreibtisch und beugte sich vor. Sie sah gefährlich aus. „Sie scheinen jede Menge darüber zu wissen, Bob."

Die Räder seines Bürostuhls quietschten, als er sich leicht entfernte.

„Glauben Sie, ich durchschaue sie nicht?", fuhr Pippa fort.

Ich berührte ihre Schulter, aber sie schlug meine Hand weg.

„Sie sind schon seit Jahren hinter unserem Grundstück her und Sie wissen es", wütete Pippa weiter. „Ich wette, Sie haben schon alle Pläne entworfen. Parzellen, Villen, einen Golfplatz…"

Meine Nase zuckte und ich schaute mich um. Was war das für ein beißender Geruch?

„Lassen Sie mich raten", fuhr Pippa fort. „Sie haben sogar schon die Vermarktung geplant. Wie werden Sie den Ort nennen? Painted Rock Geschlossene Wohnanlage? Painted Rock Ruinierte Teilparzellen?"

„Brennt hier etwas?", fragte Louise Bartly.

Pippa schien sie nicht zu hören. „Painted Rock Ranch 08 15 Villen? Painted Rock Schlösser für Anfänger, jedes mit seinem eigenen Garagen-Mahal?"

Mein Blick fiel auf den Schreibtisch und scheiße. Der Immobilienprospekt war an den Rändern schwarz geworden. Die Seiten kräuselten sich und dünne Rauchschwaden stiegen auf.

Ich packte Pippa bei den Schultern, während Hardy auf die Flammen einschlug.

„Feuer! Feuer! Stopp!", grunzte er, als ob das Feuer auf ihn hören würde.

Tat es aber nicht. Erst als ich Pippas Schulter drückte – fest. Sie blinzelte ein paarmal, dann schaute sie mit einem säuerlichen Blick hinab.

„Heilige Scheiße…" Hardy klopfte weiter auf die Flammen und schließlich erloschen sie. „Wo kam das denn her?"

Pippa verschränkte die Arme und starrte ihn an.

Ich zog sie weg und deutete auf seine Brille. „Sieht so aus, als wäre der Winkel genau richtig für einen Lupeneffekt."

Hardy schnappte sich seine Brille und betrachtete die Gläser und dann das Sonnenlicht, das durch das Fenster hereinfiel. „Hmm. Das ist noch nie passiert... "

Ach was. Ich zerrte Pippa zur Tür.

„Vielleicht sollten Sie etwas vorsichtiger sein", schnauzte sie.

„Mit Ihrer Brille", fügte ich hastig hinzu. „Auf Wiedersehen."

In dem Moment, in dem ich die Tür aufstieß, traf uns die Hitze des Tages wie eine Wand. Ich schob Pippa hindurch und auf den Bürgersteig hinaus.

Sie starrte Hardy an, dann mich. „Auf wessen Seite stehst du eigentlich?"

„Auf deiner." Ich zog sie weg, bevor Hardy herausfinden konnte, was das Feuer ausgelöst hatte. „Willst du wegen tätlichen Übergriffs und Brandstiftung angeklagt werden?"

Sie riss ihren Arm los. „Mit einem Stück Papier auf einen Schreibtisch zu schlagen, ist kein tätlicher Übergriff."

„Und was ist mit dem Feuer?"

„Was soll damit sein?"

Ich warf ihr einen strengen Blick zu und zog sie zu ihrem Wagen. Ein Blick zurück zeigte mir, dass sie Tränen in den Augen hatte, aber erst als wir das Auto erreichten, ließ sie sie fließen.

„Ich kann mich von Venedig verabschieden", murmelte sie durch ihre Tränen.

Ich beugte mich vor. Venedig?

„Noch schlimmer ist, dass ich mich vielleicht von der Ranch verabschieden muss", fuhr sie kläglich fort. Dann ballte sie die Fäuste und schlug auf das Autodach. „Ich muss diesen Wettbewerb gewinnen. Das muss ich einfach."

„Welchen Wettbewerb?"

Ihre Antwort war so undeutlich, dass ich mich damit begnügte, ihr sanft den Rücken zu reiben.

„Das wird schon wieder."

Ich wünschte mir allerdings, jemand würde meinen Rücken reiben. Ich wusste genau, was das Feuer in Hardys Büro ausgelöst hatte. Und als Agent der ABDKS war ich verpflichtet, es zu melden – und auch jede andere übernatürliche Aktivität, die als Bedrohung oder tätlicher Angriff zu werten war. Aber ich war auch unsterblich in Pippa verliebt und ich würde immer, immer auf ihrer Seite stehen. Aber irgendwann...

Ich schlang meine Arme um Pippa, drückte meinen Kopf an ihren und fragte mich, wohin das alles führen würde. Bittere Enttäuschungen, ohne Zweifel. Für sie, für mich und für unsere törichten Herzen.

Kapitel 5

PIPPA

Ich atmete tief ein und blies dann, wobei ich die glühende Masse am Ende des Stabs, die sich langsam ausdehnte, genau im Auge behielt. Als mir der Atem ausging, drückte ich meinen Daumen auf das Ende des Blasrohrs und fing an, den Stab zu schwingen. Vielleicht etwas zu heftig, denn ich war in Gedanken immer noch bei dem, was am Vortag geschehen war.

Dieser verdammte Bob Hardy! Verdammte Immobilienbewertungen und Steuern!

Ich hatte die Neuigkeiten mit meinen Schwestern geteilt, die genauso wütend – und genauso knapp bei Kasse – waren wie ich. Wir waren bis spät in die Nacht aufgeblieben, um das Problem zu besprechen, aber jede Idee, die wir hatten, würde Zeit brauchen. Der erste Schritt bestand darin, zu prüfen, ob der Grundsteuerbescheid tatsächlich erhöht worden war, und wenn ja, wie man dagegen vorgehen konnte. Ich hatte mich freiwillig gemeldet, im Rathaus vorbeizuschauen, um mich zu erkundigen, aber meine Schwestern hatten die Idee abgelehnt, nachdem sie von meinem klitzekleinen, völlig unbedeutenden Malheur mit dem Feuer erfuhren.

Also fiel die Aufgabe, ins Rathaus zu gehen, Abby zu, und ich konnte nur alle paar Minuten auf mein Handy schauen und auf Neuigkeiten hoffen.

In der Zwischenzeit tat ich mein Bestes, um meine Wut in Entschlossenheit zu verwandeln. Ich musste diesen Wettbewerb gewinnen!

In meinem Kopf sprudelte es nur so von Ideen, aber ich musste zuerst andere Projekte beenden. Die Besitzer von Sedona

Glas waren damit einverstanden, dass ich die Glaswerkstatt für private Projekte nutzte, aber erst nachdem ihre Auftragsliste abgearbeitet war. Hier saß ich also und arbeitete an einem weiteren Projekt für einen weiteren Kunden.

Ich setzte mich an die Werkbank und gab mein Bestes, um mich zu konzentrieren. Ein gehobenes Resort am Stadtrand hatte mehrere Sätze passender Gläser bestellt – Wassergläser, Weingläser, Brandy und so weiter –, also musste ich weitermachen. Je eher ich damit fertig war, desto schneller konnte ich mich an die Arbeit für den Wettbewerbsbeitrag machen. Das Preisgeld in Höhe von $25.000 war zwar in weiter Ferne, aber es würde mir sehr gelegen kommen.

Besser gesagt, es wäre entscheidend.

Bis zum Mittag hatte ich zwei ordentliche Reihen von Gläsern in den Kühlöfen aufgereiht – ein verdammt guter Anfang. Dann läutete das Glöckchen und Stacy kam mit einem fröhlichen Winken herein.

„Hallo Pippa. Wie geht es Ihnen?"

Ich zog meine Arbeitshandschuhe aus und ging auf den Tresen zu. „Großartig, und Ihnen?"

„Fantastisch!", zwitscherte Stacy.

Wir logen beide. Nun, ich auf jeden Fall, aber auch Stacy sah nicht gerade toll aus. Andererseits konnte das auch am Licht liegen, an ihrer Schminke oder daran, dass sie vielleicht schlecht geschlafen hatte.

Oder an einem Vampir, der ihr das Blut aussaugte, dachte ich, nach dem was Ingo gesagt hatte.

Trotzdem bezweifelte ich, dass Stacy der Typ war, der sich mit irgendwelchen Kriminellen einließ, geschweige denn mit kriminellen Vampiren. Und ehrlich gesagt, sah ich mit meinen zerzausten Haaren und der dreckigen Arbeitskleidung auch nicht gerade gut aus. Wenigstens war Stacy gut gestylt, in passenden Farben, mit Schminke und allem Drum und Dran.

Ich deutete auf den bunten Stoff ihres Halstuchs mit einem Monet-Blumenmuster. „Wow. Sie tragen immer so schöne Tücher. Sie müssen eine ganze Sammlung haben."

Sie erstarrte. Hoppla. Hatte ich das Falsche gesagt?

Sie fing sich schnell wieder und warf ein Ende des Halstuchs über ihre Schulter wie ein Filmstar der 1930er-Jahre. „Vielen Dank, Schätzchen."

Wir lachten beide.

„Ich habe Ihre Bestellung erhalten, aber es stand Dienstag drauf, also ist sie noch nicht fertig", sagte ich und ging zum Geschäftlichen über. „Ist das in Ordnung?"

Stacy nickte. „Vollkommen. Ich bin nur wegen eines Geschenks für eine Freundin hier."

Ich drückte meine Hand auf mein Herz und war wirklich gerührt. „Oh, danke, dass Sie dabei an uns gedacht haben. Ich hoffe, Sie finden etwas, das Ihnen gefällt."

Sie gluckste. „Das einzige Problem wird sein, zwischen all den Dingen zu wählen, die ich hier liebe."

Meine Wangen wurden warm. Wenn doch nur jeder Kunde so nett und einfach wäre wie sie.

Die Tür wurde von einem jungen Pärchen geöffnet – das Gegenteil von Stacy, zumindest was ihren Stil betraf. Beide waren von Kopf bis Fuß in Schwarz gekleidet. Ihre Haut war von einem Dutzend Piercings durchbohrt und mit einem Netzwerk aus heftigen Tätowierungen bedeckt. Aber, hey. Was auch immer sie glücklich machte.

„Hi." Die Frau in ihren Zwanzigern trat an den Tresen und fuchtelte mit den Händen durch die Luft. „Wir suchen ein paar von diesen Liebesampullen."

Der Typ nickte und das Skelett-Tattoo an seinem Hals kräuselte sich. „Zwei davon."

Das Mädchen gluckste und stieß ihn mit dem Arm an. „Das ist doch ein Paar, Dummkopf. Wie wir."

Er grinste genauso dämlich verliebt. Eine etwas ausgefallene, schaurige Art von Liebe, aber hey. Ein *glückliches Goth*-Pärchen war mir allemal lieber als ein *gepflegtes, aber mürrisches.*

Ich öffnete eine Schublade und zog ein paar Muster heraus. „Wir haben ein paar verschiedene Arten... "

Sie beugten sich vor und inspizierten die Ampullen.

„Wie gefallen sie dir?", fragte der Typ.

„Sie sind hübsch", entschied seine Freundin.

Ich zwang mich zu einem höflichen Lächeln, obwohl ich ihnen nicht zustimmte. Es gab so viele Möglichkeiten, seine Liebe auszudrücken. Warum sollte man eine Ampulle mit Blut mit sich herumtragen?

Stacy hingegen berührte ihr eigenes Fläschchen mit einem aufrichtigen Lächeln. Doch Sorge huschte um ihre Mundwinkel und sie warf einen verstohlenen Blick auf das draußen geparkte SUV.

„Ha. Die sind etwa halb so groß wie ein Schnapsglas", scherzte der Typ und machte eine abweisende Handbewegung.

Igitt. Die Ampullen waren dazu da, um Blut darin aufzubewahren, nicht um es zu trinken.

Dann erstarrte ich und dachte an den Vampir, den Ingo erwähnt hatte. Victor Janano-irgendwas. Ich warf einen Blick auf die Mappe, in der wir unsere Rechnungen ablegten. Wie lautete der Name der Firma, für die Stacy arbeitete? TTC Limited, erinnerte ich mich. Von einem Victor oder Vampiren war keine Rede. Andererseits konnte eine Firma namens TTC jedem beliebigen Menschen gehören.

Oder jeder beliebigen *Kreatur*. Ein Schauer lief mir über den Rücken.

Aber das war sehr, sehr unwahrscheinlich. Lächerlich, um ehrlich zu sein. Ich schob den Gedanken beiseite und konzentrierte mich auf das Geschäft. Je schneller ich diesen Kunden half, desto eher würden sie wieder gehen und desto schneller konnte ich meinen Beitrag zum Wettbewerb herstellen.

Die tätowierte Frau hielt die Ampullen gegen das Licht und drehte sie hin und her. „Ich schätze, man muss sich schneiden und das Blut hineintropfen lassen?"

Igitt. Manchen gefiel das wahrscheinlich, aber anderen stieg die Galle auf. Wie mir zum Beispiel.

Ich öffnete den Mund und schloss ihn dann wieder, als mir imaginäre Schlagzeilen durch den Kopf schossen. *Ermittlungen gegen Glaskünstlerin wegen ihrer Rolle bei einem tragischen Aderlassunfall.*

Ich behielt meine Lippen versiegelt. Das gehörte nicht zu den Dingen, in denen ich qualifiziert war, Ratschläge zu erteilen.

Glücklicherweise fuhr die junge Frau fort, ohne auf eine Antwort zu warten. „Und wie versiegelt man sie? Ich meine, was wenn sie undicht sind?"

Der Typ klopfte mit einem abgekauten Fingernagel gegen das Glas. „Ich würde sagen, das Risiko ist größer, dass das Blut da drin eintrocknet."

Ein weiterer Grund, warum ich das ganze Konzept eklig fand. Aber es war mein Job zu verkaufen, also verkaufte ich.

„Sie werden mit diesem Set geliefert." Ich zeigte auf einen eingeschweißten Beutel mit einer Kappe und einem Röhrchen mit Gerinnungshemmer. „Es soll ganz einfach sein, und ich habe noch nie gehört, dass eine undicht war."

Stacy schaute hinter ihnen auf und ich erwartete fast, dass sie sich einmischen würde. Aber sie schwieg und schaute sich weiter Kerzenständer an.

Das Pärchen musterte die Anleitung.

„Sekundenkleber?", murmelte die Frau. „Gibt es keine bessere Methode, sie zu versiegeln – wie diese hier?" Sie zeigte auf eine Auslage mit Glasröhrchen, die an beiden Enden verschlossen waren.

Das waren unsere kitschigsten Souvenirs, auf denen stand: *Nimm die saubere Luft von Sedona mit nach Hause* oder: *Echter Sedona Sand – gesammelt von Sedonas stärksten Wirbeln!* Wir verkauften nicht viele davon, aber die Gewinnspanne war riesig.

„Ich schätze, man könnte es machen...", sinnierte ich. „Aber Sie bräuchten die richtigen Werkzeuge..."

Die Frau zeigte mit einem Finger auf die Werkbank hinter mir. „Wie diese?"

Stacy schaute neugierig auf.

„Technisch gesehen, ja. Aber wir sind nicht für den Umgang mit Biogefahren zugelassen."

Das hatte ich mir ausgedacht, denn ich wollte wirklich, wirklich nicht mit dem Blut eines anderen Menschen hantieren.

Einen kurzen Moment lang zweifelte ich an mir selbst. Vielleicht, wenn sie verdammt viel Geld bieten würden...

Aber igitt. *So* verzweifelt war ich nicht. Noch nicht.

„Wirklich schade“, seufzte die Frau.

„Ich bin ziemlich gut mit einem Bunsenbrenner“, sagte der Mann. „Könnten Sie mir zeigen, was ich tun muss?“

Wow. Wenn seine Frau etwas wollte, fand er einen Weg. Ein echter Glücksgriff der Typ, ganz sicher.

Die Frau strahlte.

„Nun... “ Ich warf einen Blick auf die Uhr. Ich musste unbedingt mein aktuelles Projekt fertigstellen.

Der Mann kramte in einer tiefen Tasche herum, zog seine Brieftasche heraus, die mit einer schweren Kette an seiner tief sitzenden Jeans befestigt war, und zückte einen Zwanzigdollarschein.

„Würde das reichen?“

Ich starrte ihn an. Oh. Ich hatte nicht auf ein Trinkgeld oder eine Bestechung angespielt, aber was soll’s. Jetzt, da er es anbot...

Es waren keine zwanzigtausend, aber verdammt. Zwanzig Dollar für eine zweiminütige Demonstration waren nicht schlecht.

Fast hätte ich ja gesagt, dann fing ich mich wieder. Man mischte sich nicht in junge Liebe ein und man verdiente ganz sicher kein schnelles Geld daran.

„Nicht nötig“, sagte ich. „Ich zeige es Ihnen gern – aber Sie haben nicht gesehen, wie ich es Ihnen gezeigt habe, wenn Sie wissen, was ich meine.“

Er grinste und steckte seine Brieftasche ein. „Uns was gezeigt haben?“

Gut. Ich war froh, dass dies unser kleines Geheimnis blieb.

Ich machte mich an die Arbeit und legte die Materialien auf den Tresen – einen Bunsenbrenner und ein paar Stücke eines abgebrochenen Glasrohrs.

„Im Grunde hält man die Spitze der Ampulle in der Hitze des Bunsenbrenners an ein anderes Glasstück. Sobald sie zu verschmelzen beginnen, dreht man sie so... “

Er sah genau zu, als ich es demonstrierte, ebenso wie seine Freundin und Stacy, die über ihre Schultern schaute.

„Wenn Sie sie langsam auseinanderziehen, werden beide Enden versiegelt... “ Ich dehnte das Glas, bis es so dünn wie ein Faden war. Es trennte sich von selbst, sodass ich zwei abgekniffene Röhrchen hatte. Ich klopfte die geschmolzenen Enden auf eine Stahlplatte, dann rollte ich sie vorsichtig. „Dann tun Sie das hier, um sie zu glätten. Das war es schon." Ich hielt das versiegelte Röhrchen hoch. „Ganz einfach."

Der Mann strahlte wie ein Kind zu Weihnachten und seine Freundin ebenfalls. „Das ist großartig! Das müssen wir all unseren Freunden erzählen!"

Gott, ich hoffte es nicht. Wir würden am Ende mit Anfragen dafür überschwemmt werden, es selbst zu tun, was meinem Chef nur schwer zu erklären wäre. Oder schlimmer noch, meinem Boss könnte die Idee gefallen und er könnte dafür werben, um eine ganz neue Einnahmequelle zu erschließen. Dann würde ich den Rest meines Lebens Blutampullen versiegeln.

„Das ist wirklich cool." Stacy berührte ihre eigene Ampulle.

Es war zwar besser als die Sekundenkleberlösung, aber *cool* würde ich Blutampullen nicht nennen. Eher *gruselig*.

„Das ist supercool. Danke", schwärmte das Pärchen.

Schließlich kauften sie drei Ampullensets – eins für sich selbst, zwei für Freunde – und gingen zur Tür. Der Typ hatte eine Wirbelsäule auf seinen Nacken tätowiert, und das war mein letzter Blick auf ihn. Das und der Arm, den er zärtlich um seine Freundin geschlungen hatte.

Ach, ja, die Liebe. Es gab sie in allen Formen und Größen.

Stacy schaute zu, wie ich die Arbeitsmittel der provisorischen Demonstration von der Theke räumte.

„Haben Sie etwas gefunden, das Ihnen gefällt?", fragte ich.

Sie zuckte mit einem weiteren aufgesetzten Lächeln zusammen und wandte sich dann wieder den Kerzenständern zu. „Die sind alle so schön. Es ist schwer, sich zu entscheiden."

„Lassen Sie sich Zeit."

Und das tat sie. Eine lange, lange Zeit unterbrochen von verstohlenen Blicken nach draußen.

Sie schien es heute wirklich nicht eilig zu haben, wieder in ihr schickes SUV zu steigen.

Ich ging um den Tresen zu ihr herum. „Kann ich Ihnen sonst noch irgendwie helfen?", fragte ich leise und neigte meinen Kopf in die Richtung des Wagens.

„Oh, nein, vielen Dank. Es geht mir gut." Ihr Lachen war ein nervöses Wiehern.

Ich behielt meinen Blick auf die Gegenstände vor uns gerichtet und flüsterte: „Im Ernst, Stacy. Ist alles in Ordnung?"

Sie sagte nichts, was in meinem Kopf Alarmglocken auslöste. Dann strahlte sie mit einem breiten Lächeln und zwitscherte: „Alles ist großartig! Ich versuche nur, mich zu entscheiden."

Ich ließ meinen Blick zu der Pinnwand neben der Tür schweifen. Sie war voll mit Flugblättern für lokale Veranstaltungen, Künstler, Yoga-Lehrer... und eine Hotline für misshandelte Frauen.

„Vielleicht kann ich Ihnen bei Ihrer Entscheidung helfen?" Ich richtete meinen Blick auf das Flugblatt.

Ihre Augen folgten meinen und sie hob ihre Hand an ihren Nacken. „Danke", flüsterte sie, „aber das muss ich schon selbst regeln." Dann setzte sie ihr falsches Lächeln auf und deutete auf die Kerzenständer. „Das Schwierigste ist, sich zu entscheiden."

Ja, das war es. Die Entscheidung, wo die Grenze zwischen *besorgter Mitbürgerin* und *mich um meine eigenen Angelegenheiten zu kümmern* lag. Denn irgendetwas war hier hundertprozentig, total, definitiv nicht in Ordnung.

Stacy berührte meinen Arm und lächelte jetzt aufrichtiger. „Es geht mir gut, danke. Wirklich. Ich brauche nur eine Minute."

Ich ging zurück hinter den Tresen. „Ich bin hier, wenn Sie mich brauchen. Jederzeit." Ich betonte das letzte Wort.

Sie nickte mit ihrem süßen Lächeln und ich musste an Ingo denken, an Vampire und seine leisen Warnungen.

Ich will alle vor Jananovich beschützen.

Wenn Jananovich tatsächlich in Sedona und derjenige war, für den Stacy arbeitete. Zwei große Wenns.

Ich grübelte darüber nach, während ich mich ein oder zwei Minuten lang beschäftigte, und schaute dann auf. Stacy hielt zwei Kerzenständer in der Hand, aber ihre Augen waren unkonzentriert und ihre Gedanken woanders.

Ich brannte darauf, sie nach dem Namen ihres Chefs zu fragen und danach, was TTC Limited machte, aber das wäre in einer Beziehung zu einer Kundin unangebracht. Außerdem könnte es sein, dass sie gar nicht mehr zu mir käme, wenn ich zu neugierig wäre, und welche Hilfe wäre ich dann für sie?

„Wenn Sie möchten, können Sie die Kerzenständer mit diesen Musterkerzen testen", sagte ich sanft. „Das könnte Ihnen bei Ihrer Entscheidung helfen."

Sie schnupperte an einer der Kerzen, aber ihre Gedanken waren eindeutig woanders.

„Die Vanillekerze wirkt wirklich beruhigend", schlug ich vor.

Stacy griff danach und zündete ein Streichholz in der Schachtel an, die wir daneben aufbewahrten. Aber ihre Hände zitterten – nicht sehr, aber gerade genug – und das Streichholz ging aus. Sie versuchte ein weiteres, und dann noch eins.

Ich kniff beim dritten Streichholz die Augen zusammen und wackelte mit den Fingern, um ihr unter die Arme zu greifen. Und hoppla. Es flackerte so hell auf, dass sie es fast fallenließ.

„Oha. Na also", murmelte sie, als die Kerze aufflammte und den Laden mit ihrem süßen Duft erfüllte.

Ich streckte meine Finger aus und formte dann stumm eine Faust.

„Oh. Es riecht wirklich gut", sagte sie und schloss die Augen.

Wenn wir doch nur Kerzen mit Knoblauchduft hätten, mit denen ich sie nach Hause schicken könnte. . .

Stacy schnupperte noch einen Moment und wirkte etwas ruhiger. Dann hupte der Fahrer draußen und sie riss ihren Kopf herum.

„Oh, ich sollte besser gehen", rief sie.

Ich überlegte schnell. Normalerweise würde ich die Gelegenheit nutzen, um ein Geschäft abzuschließen. Aber es ging hier nicht um Kerzenständer.

„Warum nehmen Sie sich nicht Zeit, um darüber nachzudenken?", schlug ich vor. „Sie können sich entscheiden und dann zurückkommen, wenn Sie Ihre Bestellung abholen." Ich warf dem Flugblatt einen weiteren spitzen Blick zu.

Sie neigte kurz den Kopf und fast wäre ich damit herausgeplatzt: *Oder ich schließe die Tür ab, ziehe die Vorhänge zu und rufe die Nummer sofort an. Wir können gleichzeitig auch die Polizei kommen lassen. Oder besser noch, meinen Ex und seinen Kumpel. Sie sind BDSM-Agenten, wissen Sie.*

Mir fiel auf, dass BDSM nicht richtig klang, aber egal.

Stacy holte tief Luft und blies dann traurig die Kerze aus, die sie angezündet hatte. Aber als sie sich zu mir umdrehte, rang sie sich ein weiteres Lächeln ab.

Sie brauchen sich nicht zu verstellen, wollte ich zu ihr sagen. *Ich bin auf Ihrer Seite. Ich kann Ihnen helfen.*

Ihre Augen schimmerten mit einem hohlen, *Niemand kann mir helfen*-Blick.

„Ich denke darüber nach und gebe Ihnen Bescheid, wenn ich zurückkomme", sagte sie schließlich. Dann wurde ihr Lächeln wärmer und ein wenig Frechheit kam in ihre Stimme zurück. „So viel zu tun, so wenig Zeit", scherzte sie und warf das Halstuch über ihre Schulter.

Wir lachten beide und das Glöckchen über der Tür klingelte, als sie ging.

„Bis bald", rief ich und schaute ihr hinterher.

Noch lange Zeit danach dachte ich über sie nach. Ich dachte an sie, ihr Halstuch und diese Ampullen.

Kapitel 6

PIPPA

Um sieben Uhr am nächsten Morgen klingelte mein Handy mit seiner Ragtime-Melodie. Ich starrte darauf. Wer rief um diese Uhrzeit an?

Ich frühstücke gerade – und las die Nachrichten vom Vortag in einer Zeitung, die Erin mit nach Hause gebracht hatte.

Traurige Nachrichten. Die tote Wanderin war als Janet Sullivan aus Denver identifiziert worden, erst vierundzwanzig Jahre alt. Die Polizei hatte die Todesursache noch nicht festgestellt, aber es schien sich um einen Unfall zu handeln.

Ich konnte mir Ingos finsteren Blick vorstellen, als er dies las.

Währenddessen ging die fröhliche Ragtime-Melodie meines Handys in die vierte Wiederholungsschleife.

„Gehst du endlich ran?", fragte Abby, die durch die Küche eilte, um die Pausenbrote für Claire fertigzumachen. Claire war oben und zog sich schon wieder ein anderes Outfit an.

Auf der Ranch hatte jede von uns Schwestern ihren eigenen kleinen Bereich. Erin teilte sich eine gemütliche Hütte mit Nash, während Abby und Claire das Obergeschoss im Haupthaus bewohnten und ich in der umgebauten Scheune lebte. Der Umbau war noch nicht ganz fertig – okay, er hatte gerade erst begonnen –, also aß ich die meisten Mahlzeiten im Haupthaus, wo das Erdgeschoss ein gemeinsamer Bereich war.

Ich zog ein säuerliches Gesicht und zeigte dem Handy meinen Unmut, bevor ich antwortete.

„Hallo?"

„Hi, Pippa. Ich bin es", sagte Erin und klang atemlos.

Oh-oh.

Ich machte mich bereit. Meine Schwestern und ich wohnten in Rufweite voneinander und wir sahen uns oft. Wir konnten auch in Gedanken miteinander kommunizieren, wie die meisten verwandten Übernatürlichen. Ein Handy benutzten wir eigentlich nur, wenn wir sofort etwas brauchten – und Erins Tonfall klang dringend.

„Hi", dehnte ich das Wort vorsichtig aus.

Sie kam direkt auf den Punkt. „Du musst mir einen Gefallen tun."

„Dachte ich mir."

Erin erzählte mir eine lange, komplizierte Geschichte über einen Riss in einem Korb bei Desert Skies Balloon Adventures.

„Wir müssen ihn bis morgen reparieren. Und das Material, das wir dazu brauchen, befindet sich in Phoenix..."

Subtext: Fast zwei Stunden entfernt, pro Strecke.

„... und es wird ein paar Stunden dauern, das Geflecht zu weben..."

Ich wedelte mit der Hand durch die Luft. „Was brauchst du, Erin?"

Sie verzichtete auf den übertrieben vorsichtigen Tonfall. „Nash hat versprochen, einem Freund die Nebenstraßen von Sedona zu zeigen, aber ich brauche seine Hilfe bei der Reparatur. Also brauchen wir jemanden, der seinem Freund die Gegend zeigt."

Das klang gar nicht so schlimm.

Dann dämmerte es mir. Nash war nicht gerade ein geselliger Typ, der loszog, um ein Dutzend Freunde kennenzulernen. Tatsächlich kannte ich nur einen einzigen Freund von ihm.

„Welcher Freund?", knurrte ich.

Abby schaute vom Schneiden der Apfelstücke auf.

„Ingo", gab Erin zu und fügte sofort hinzu: „Bitte!"

Ich hatte meinen Schwestern nie erzählt, wie ernst es zwischen Ingo und mir einst gewesen war, damals, und ich hatte ihnen auch nicht von meinen derzeitigen widersprüchlichen Gefühlen berichtet. Aber meine Schwestern konnten mich lesen wie ein Buch – ein Buch, das sie schon mehrfach von vorne bis hinten gelesen hatten, so wie *Black Beauty* – oder neuerdings auch *Fifty Shades of Grey*.

Ich schüttelte den Kopf. „Nein. Kann ich nicht."

Will ich nicht, lag wohl näher an der Wahrheit, aber hey. Je weniger Zeit Ingo und ich miteinander verbrachten, desto besser.

„Bitte, Pippa. Du musst das wirklich für mich machen."

Ich ballte meine Hände so fest zu Fäusten, dass meine Fingernägel in meine Handflächen schnitten.

„Es geht nur um zwei Stunden", fuhr sie fort.

Genug für meinen Körper, um mich zu verraten. Und was Ingo anging... Er gab sich gern als Zen-artiger Meister der Selbstbeherrschung, aber ich wusste es besser.

„Ich habe keine Zeit. Ich hinke im Laden hinterher... "

Ich schaute Abby an, die vehement mit dem Kopf schüttelte, um zu vermitteln: *Was auch immer es ist, ich habe keine Zeit dafür.*

Was völlig legitim war. Abby arbeitete lange Tage in der Metallwerkstatt und machte nur für ein kurzes Mittagessen und um Claire von der Schule abzuholen eine Pause. Selbst danach gingen die beiden noch ein paar Stunden in die Werkstatt zurück, bis es Zeit fürs Abendessen war.

„Bitte, Pippa", flehte Erin. „Wenn der Korb nicht repariert wird, müssen wir den Gästen absagen, die für morgen gebucht haben."

Subtext: Geld, das weder sie noch die Ballonfirma verlieren durften.

„Wann wolltet ihr euch mit Ingo treffen?", fragte ich.

„Um vier."

Ich rechnete schnell nach. „Ihr könntet es bis nach Phoenix und zurück schaffen und hättet immer noch ein paar Stunden Zeit für die Reparaturen."

„Wenn wir uns an kein Tempolimit halten, ja." Sie wartete einen Moment, dann fuhr sie fort. „Aber wenn wir sowieso in Phoenix sind, können wir noch ein paar andere Besorgungen machen. Und Nash und ich könnten endlich diese Pizzeria ausprobieren, von der alle reden."

Aha. Jetzt wurden ihre Hintergedanken klar.

Ich seufzte. Das Zusammenkommen meiner Schwester mit Nash hatte darin bestanden, dass sie sich bei der Arbeit kennenlernten, einander eine Zeit lang hassten und dann gegen einen kriminellen Hexenmeister und einen skrupellosen Vampir kämpften und mehrere lebensgefährliche Situationen überlebt hatten. Eine sichere Formel für ein glückliches Leben bis ans Ende ihrer Tage.

Meine Gedanken schweiften zu Ingo, aber ich verscheuchte sie wieder. Daran wollte ich nicht denken.

Ich freute mich für Erin – ich war wirklich, wirklich glücklich für sie – und auch für Nash. Sie hatten beide jemanden gebraucht, der einen Funken in ihr Leben brachte.

Funken. Ich musste über mein eigenes Wortspiel kichern. Sie beide waren Drachengestaltwandler und verdammt, es hatte gefunkt. Nicht nur in den Flammen, die sie speien konnten – ich war nur ein wenig eifersüchtig, das schwöre ich –, sondern auch, wenn ihre Lust hochkochte und nach einer heißen Nummer verlangte. Und glaubt mir, Drachengestaltwandler hatten *andauernd* Lust.

Und auch dahingehend... nur ein wenig Eifersucht meinerseits.

Wie dem auch sei, ich wünschte ihnen wirklich das Beste, und sie hatten sich definitiv eine kleine Verabredung verdient, auch wenn es nur eine schnelle Pizza zwischen Besorgungsrunden war. Aber das letzte Mal, als Ingo und ich in einem Jeep auf Erkundungstour gegangen waren, hatten wir stattdessen den Rücksitz *erkundet*. Und das war eine Reise in die Vergangenheit, die ich nicht wirklich wiederholen wollte.

„Sag Ingo einfach, dass ihr die Sache verschieben müsst", erwiderte ich.

„Das haben wir schon. Zweimal. Und Nash sagt, es sei wirklich wichtig."

Ha. Gleich und gleich gesellt sich gern, diese beiden Agenten. Okay, in Nashs Fall ehemaliger Agent – einer, der sich endlich zu einem ruhigeren, glücklicheren Leben zurückgezogen hatte.

Wenn Ingo nur das Zeug dazu hätte, das Gleiche zu tun.

Und was die Wichtigkeit anging... daran hatte ich keinen Zweifel. Die Strafverfolgung war ein wichtiger und oft undankbarer Job, und ich war den Leuten dankbar, die ihn ausübten. Ich zog es nur vor, dass das nicht der Mann war, den ich liebte. Ich wusste nur zu gut, was es bedeutete, denn ich hatte einen Vater, der Feuerwehrmann war.

All die Nächte, die ich als Kind damit verbracht hatte, zu beten, dass er und seine Mannschaft nach einem wütenden Waldbrand heil nach Hause kommen würden. All die Ferien, die von Sirenen unterbrochen wurden, die den nächsten großen Notfall verkündeten, zu dem mein Vater oft tagelang ausrücken musste...

Ich liebte es, dass mein Vater ein Held war. Aber das bedeutete nicht, dass ich den Rest meines Lebens mit einem anderen Helden verbringen wollte.

Ich seufzte. Egoistisch, das wusste ich. Aber wenigstens war ich ehrlich.

„Bitte, Pippa", flehte Erin. „Ich könnte dir im Laufe der Woche im Laden helfen, um es wiedergutzumachen."

Ich schnaubte. Erin hatte mir einmal geholfen und ich hatte das zerbrochene Glas als Beweis dafür. Wenig bekannte Tatsache: selbst eine toughe Heißluftballonpilotin/Drachengestaltwandlerin/Windflüsterin ist nicht unbedingt ein nützlicher Assistent in einer Glasbläserei.

„Das ist fast noch schlimmer, als mit Ingo in einem Jeep zu sitzen", murmelte ich.

„Hey! Ich habe mein Bestes getan... "

Trotzdem blieb ich hartnäckig. „Es ist wirklich keine gute Idee, dass ich mit Ingo fahre."

Zeit mit ihm zu verbringen, war nicht nur eine Gefahr für mein Herz. Es gefährdete auch meine Geheimnisse.

Erin, Abby und ich hatten beschlossen, unsere kleine... ähm... Wirbelerfahrung für uns zu behalten. Selbst vor Nash spielten wir es herunter. Niemand musste genau wissen, was an dem Tag passiert war, als wir die Kraft des geheimen Wirbels unserer Ranch genutzt hatten, um den Angriff eines Hexenmeisters abzuwehren.

Verdammt, ich war mir selbst nicht einmal sicher, was passiert war – oder warum ich mich seitdem irgendwie anders fühlte.

Als Wolfsgestaltwandler wusste Ingo alles über das Übernatürliche. Er wusste auch, dass ich nur sehr geringe magische Fähigkeiten besaß, obwohl ich zwei mächtige, übernatürliche Eltern hatte.

Aber das war alles, was er wusste, und ich wollte, dass es so blieb. Vor allem, wenn wir nicht den Rest unseres Lebens zusammen verbringen würden, um *alle* unsere Geheimnisse zu teilen.

Meine Brust zog sich zusammen.

„Außerdem ist Ingo heiß." Erin senkte die Stimme. „Und zwischen euch beiden knistert es wie verrückt."

Genau das war das Problem. Konnte sie das nicht verstehen?

„Ich habe gesehen, wie du ihn angeschaut hast..." , fuhr sie fort.

Oh, ich habe viel mehr getan, als ihn nur anzuschauen, damals. Die Sache war, dass ich das hinter mir lassen musste. Das mussten wir beide.

Ich schluckte gegen den Kloß in meinem Hals an. „Das reicht jetzt, Erin."

„Okay, okay. Es geht mich nichts an. Aber ich wüsste deine Hilfe wirklich zu schätzen. Nur dieses eine Mal..."

Mein Kopf sagte *Nein*. Mein Herz sagte *Ja* – zu Ingo und dazu, Erin zu helfen. Zählte das als zwei gegen eins?

Claire kam die Treppe hinunter und wirbelte herum, um ihr rosa Pegasus-T-Shirt und ihr lila Tutu zur Schau zu stellen. „Wie sieht das aus, Mommy?"

Abby musste sich eine skeptische Bemerkung verkneifen. Der Apfel war so weit vom Stamm gefallen, wie es nur möglich war, zumindest wenn es um die Wahl der Mode ging.

„Sehr bunt", sagte Abby. „Und ich liebe den Pegasus."

Ich zeigte Claire einen Daumen hoch, während Erin wieder und wieder wie eine kaputte Schallplatte klang.

„Bitte..."

Ein *Nein* lag mir auf der Zunge, aber Schuldgefühle hielten es zurück.

„Was braucht Tante Erin, Mommy?", fragte Claire und bewies damit, wie laut Erin sprach. Und ich hatte nicht einmal den Lautsprecher an.

Abby zuckte mit den Schultern. „Eine Art Gefallen."

Claire strahlte so eifrig wie immer. „Können wir helfen?"

Abby warf mir einen spitzen Blick zu.

Schon als Kinder hatten wir Schwestern uns geschworen, zusammenzuhalten, besonders mit drei verschiedenen Vätern und *ohne* hingebungsvolle Mutter, die als Klebstoff in der Familie fungierte. Als Abby zur alleinerziehenden Mutter werden sollte, hatten Erin und ich diesen Schwur erneuert und wir alle drei hatten versprochen, Claire diese Werte vorzuleben.

Ich biss die Zähne zusammen und zwang mich zu einem Lächeln. „Das braucht ihr nicht, Süße. Ich kann es machen."

„Du tust es?", heulte Erin am Telefon. „Du bist die Beste! Vielen Dank! Er wird heute Nachmittag um vier am Büro von Desert Skies warten. Okay?"

„Okay, okay", seufzte ich und hielt mir bereits selbst einen Vortrag.

Ich war eine erwachsene Frau. Ich konnte ein paar geschäftsmäßige Stunden in Ingos Gesellschaft verbringen, ohne ihm an die Wäsche zu gehen. Vielleicht konnte ich ihn sogar davon überzeugen, dass es in Sedona nicht von bösen Vampiren wimmelte.

„Um vier", wiederholte Erin. „Vergiss es nicht."

„Also gut, schon gut. Ich muss los." Bevor ich auflegte, warf ich noch ein: „Aber du schuldest mir etwas. Und Nash auch."

„Wir schulden dir wirklich etwas", stimmte Erin zu. „Danke."

„Tschüss", murmelte ich und ignorierte all die Alarmglocken in meinem Kopf.

„Bist du bereit, zu gehen?", fragte Abby ihre Tochter, als ich auflegte.

Claire eilte zur Tür. „Ich muss mich nur noch von den Pferden verabschieden."

Abby schaute auf die Uhr. „Drei Minuten. Und lass sie nicht auf dein schönes neues T-Shirt sabbern."

Fröhlich wie immer huschte Claire davon. Ein weiteres Beispiel dafür, wie der Apfel vom Stamm gefallen und weit, weit weggerollt war. Allerdings hatte sie Abbys kreativen Kopf.

„Okay, Mommy! Ich bin in einer Minute am Auto!"

Abby setzte sich mit einem Seufzen und biss in ihr Toast.

Ich wandte mich wieder der Zeitung zu und schaute mir den Sportteil auf der letzten Seite an.

„Das mit der Wanderin ist traurig, nicht wahr?", murmelte Abby, als sie die Vorderseite las.

Ich nickte geistesabwesend, hielt dann inne und spähte über den Rand der Zeitung. Abby starrte auf einen Artikel auf der Titelseite, irgendwo ganz unten. Ich drehte sie halb, um einen Blick darauf zu werfen. Irgendetwas über ein Grubenunglück in Nevada.

Oh-oh. Ich kniff die Augen zusammen und sah Abby an. Machte sie sich Sorgen um ihren Vater?

Nicht auf eine *Was wäre, wenn er bei dem Unfall verletzt worden wäre*-Art und Weise. Eher: *Was, wenn er ihn verursacht hatte?*

Erin und ich hatten das Glück, tolle, liebevolle Väter zu haben, aber Abby hatte nie ein gutes Verhältnis zu ihrem Vater gehabt. Ich hatte ihn nur zweimal getroffen und er schien kein schlechter Kerl zu sein. Er war nur etwas übereifrig in seinem „Job" als Umweltschützer.

Ich seufzte und dachte an Ingo. Wenigstens landete er wegen der Mission, der er sich verschrieben hatte, nicht alle paar Jahre im Knast. Aber wahrscheinlich wäre er am Ende ein genauso abwesender Vater, und das wollte ich meinen Kindern nicht zumuten.

Kinder, die ich nie haben würde, wenn ich sie nicht mit Ingo haben konnte.

Ich biss mir auf die Lippe, dachte nach und schaute dann wieder Abby an.

„Alles in Ordnung?", fragte ich sie.

Sie spitzte die Lippen und zuckte dann mit den Schultern. „Was soll ich sagen? Ich hoffe es."

Kapitel 7

INGO

Ich trommelte mit den Fingern auf das Lenkrad des mir von der Regierung zur Verfügung gestellten Jeeps und schaute dann auf die Uhr. Es sah Nash nicht ähnlich, zu spät zu kommen. Was hielt ihn auf?

Ich hatte meine SMS immer wieder und wieder geprüft, aber nichts. Natürlich war der Empfang dort, wo Nash wohnte, lückenhaft, und seine Arbeit führte ihn in ebenso abgelegene Gebiete, so dass seine SMS-Nachrichten oft erst Stunden nach dem Absenden ankamen.

Ich befand mich auf dem Supermarkt Parkplatz, nicht weit von der Kreuzung entfernt, die zum Mittelpunkt meines Kompasses für Sedona geworden war. In meinem Rückspiegel huschten Leute hin und her, schoben leere Einkaufswagen in den Laden und volle wieder heraus. Das Café, in dem Stacy häufig verkehrte, befand sich auf der rechten Seite nur ein paar Türen von Red Rocks Vistas Real Estate entfernt.

Ich warf einen finsteren Blick auf beide Läden und schaute dann zurück zum Büro von Desert Skies Balloon Adventures.

Fünf Minuten vergingen und Nash war immer noch nicht da.

Ich rief erneut bei der Agentur an und folgte der Spur des Kennzeichens. Es hatte noch nie so lange gedauert und ich war auch noch nie so oft in eine Warteschleife gestellt worden.

„Entschuldigen Sie die Wartezeit", meldete sich eine Frau von der Agentur schließlich zurück in der Leitung. „Mir wurde gesagt, ich solle Ihre Anfrage an Captain Edwards weiterleiten."

Ich runzelte die Stirn. Edwards stand in der Befehlskette weit oben. Warum er?

„Ähm, habe ich etwas falsch gemacht?", fragte ich nur halb im Scherz.

Das Lachen der Frau klang ähnlich. „Fragen Sie Edwards. Soll ich Sie durchstellen?"

Ein staubiger, orangefarbener Subaru hielt neben mir an. Ich warf einen Blick hinüber, dann noch einen und beendete mein Gespräch hastig.

„Ich rufe zurück, danke." Ich legte auf und starrte den Neuankömmling an.

Nicht Nash.

Pippa.

Freude und Hoffnung durchströmten mich so wie jedes Mal, wenn wir uns trafen. Meine Gedanken wurden selig leer und mein innerer Wolf heulte, als ich aus dem Jeep stieg.

„Hi." Pippas Begrüßung war trocken, aber das hielt meinen inneren Wolf nicht davon ab, mit dem Schwanz zu wedeln.

„Pippa", murmelte ich und warf einen Blick auf das Büro. „Bist du hier, um einen weiteren Rundflug zu buchen?"

Vor ein paar Wochen hatte ich eine Ballonfahrt unternommen, um mir für meine erste Risikobewertung einen Überblick über das Gebiet zu verschaffen. Ich hatte nicht so viel erreicht, wie ich gehofft hatte, denn Pippa war ebenfalls dabei gewesen. Ich war zu sehr damit beschäftigt, eine ganz andere Risikobewertung vorzunehmen – die, in der ich die Chancen eingeschätzt hatte, ob wir uns jemals wieder versöhnen würden.

Mit einem trockenen Kichern warf sie einen Blick auf das Heißluftballonbüro. „Noch ein Rundflug? Wenn ich es mir leisten könnte, würde ich es tun."

Wären da nicht die jüngsten Ereignisse gewesen, hätte ich gelacht. Stattdessen stellte ich mich zwischen Pippa und das Immobilienbüro, bevor sie es sich in den Kopf setzen konnte, wieder dort hineinzustürmen und den Laden in Brand zu setzen. Pippa war eine freundliche, liebevolle Seele, aber wenn man sich mit ihr anlegte...

Der Wind wehte mir ihren Lavendelduft entgegen und meine Kehle wurde vor Sehnsucht so trocken, dass es schmerzte. Mein Herz tat auch weh.

„Bist du hier, um dich mit Erin zu treffen?", fragte ich.

„Nein. Ich bin deinetwegen hier."

Worte, die in den letzten Jahren tausendmal in meinen Träumen aufgetaucht waren.

„Erin sagte, du bräuchtest jemanden, der dir die Nebenstraßen zeigt", sagte Pippa in einem vorsichtig neutralen Ton.

Ich räusperte mich, aber meine Worte kamen trotzdem heiser heraus.

„Das stimmt."

Sie schaute auf ihre Uhr. „Nun, dann fangen wir besser an. Ich habe höchstens anderthalb Stunden."

Eine Lüge und ich wusste es. Pippa berechnete die Zeit nach der Sonne, nicht nach einer Uhr. Aber sie hatte recht. Hier ging es ums Geschäft und auch ich hatte einen Zeitplan einzuhalten.

Trotzdem machte mein Wolf einen Freudentanz, als ich auf das Fahrzeug deutete. „Nun, dann sollten wir besser gehen."

Sie sprang in meinen Jeep und ich tat es ihr gleich.

„Was genau möchtest du sehen?", fragte sie ganz geschäftsmäßig.

Mein Wolf drängte mich fast dazu, eine völlig unpassende Antwort zu geben. So etwas wie, *dich, schlafend, mit deinen Armen um mich herum.*

Pippa war wunderschön, wenn sie schlief. Nun ja, sie war wunderschön, in allem was sie tat. Sie schlafend zu betrachten, stand jedoch ganz oben auf meiner Liste.

Aber ich bezweifelte, dass sie das gemeint hatte.

„Ich habe bereits alle großen Wirbel besucht." Ich deutete auf die atemberaubenden Felsen rund um die Stadt „Cathedral Rock, Flughafen Mesa, Bell Rock und Boynton Canyon. Ich habe nichts gespürt, aber ich war dort."

Pippa gluckste. „Nicht jeder kann sie spüren."

Nun, ein paar New Age-Typen, die ich am Bell Rock beim Trommeln getroffen hatte, hatten darauf bestanden, dass sie es konnten. Ich war allerdings skeptisch. Die meisten Menschen konnten einen Vampir nicht von einer Rübe unterscheiden. Waren die Wirbel, die sie zu spüren behaupteten, Wunschdenken oder nicht?

Ich ließ den Jeep an und lenkte zur Ausfahrt des Parkplatzes, während ich Pippa aus dem Augenwinkel beobachtete. „Kannst du sie spüren?"

Ich sah einen verschlossenen Blick in ihren Augen, wie ich ihn nur selten gesehen hatte.

„Manchmal. Zumindest wenn sie aktiv sind. Sie scheinen aber mehr zu schlummern, als zu strahlen." Sie neigte den Kopf. „Willst du jetzt zu einem fahren?"

„Nein. Ich möchte mir die Nebenstraßen ansehen. Nicht die, denen die dort folgen." Ich deutete auf eine vorbeifahrende Jeep-Safari. „Ruhige Nebenstraßen, die vielleicht nur von jemandem benutzt werden, der sich unauffällig verhalten will."

Sie warf mir einen dieser Blicke zu, die sagten: *Das schon wieder, du verdächtigst alles und jeden.* „Du meinst die Art, die die Einheimischen benutzen, um sich von den Touristen fernzuhalten?"

Ich nickte. „Und vielleicht ein paar Aussichtspunkte, damit ich mich etwas besser orientieren kann."

Die Ampel schaltete auf grün und ich wartete mit einem Blick auf Pippa. Sie zog die Nase ein wenig in Falten, als sie nachdachte – eine ihrer vielen unwiderstehlichen Eigenheiten. Dann zeigte sie nach links. „Okay, hier abbiegen und dann an der nächsten Abzweigung rechts."

Auf den nächsten Kilometern folgten viele *Links* und *Rechts*, die uns zu einer vornehmen Siedlung namens *Cactus Point Manor* führten.

Kein einziger Kaktus in Sicht – wir befanden uns viel zu hoch oben – und definitiv kein Herrenhaus, nur ein Haufen Möchtegern-Lehmziegelvillen.

„Ähm...", sagte ich.

„Habe Geduld", versicherte sie mir. „Es ist nicht mehr weit."

Sie lehnte sich zurück und stützte ihre Arme auf die Rückenlehne des Jeeps ungefähr dort, wo sich ihr Fuß befunden hatte, als wir vor fast zehn Jahren auf dem Rücksitz eines ähnlichen Fahrzeugs Sex hatten.

Ich trat etwas kräftiger auf das Gaspedal und der Motor heulte auf.

„Oha, Junge, Junge", kicherte Pippa.

Was meine Jeans nur noch enger werden ließ. Derselbe Witz wie damals nur in einem *ganz* anderen Zusammenhang.

Ich schluckte und rutschte auf meinem Sitz hin und her.

Sekunden später zeigte sie in eine Richtung. „Wir kommen zur Abzweigung. Gleich... ungefähr... hier." Sie deutete auf einen schmalen, überwucherten Pfad.

Ich trat auf die Bremse. „Das ist ein Privatgrundstück."

Sie schüttelte den Kopf. „Die Leute, die hier wohnen, tun ihr Bestes, um diesen Eindruck zu vermitteln, aber hier gilt öffentliches Wegerecht. Der Pfad wurde geschützt, um den Zugang zum Dead Mans Creek zu gewährleisten. Fahr weiter."

Ich verbarg ein Grinsen. Das war genau die Art von einheimischer Ortskenntnis, von der ich gehofft hatte, profitieren zu können. Und die Tatsache, dass es sich bei der *Einheimischen* um Pippa handelte, war das Tüpfelchen auf dem i.

Nach hundert Metern auf dem holprigen Weg kamen wir an eine steile Schlucht und ich blieb wieder stehen.

„Soll ich da hinunterfahren?"

So war es, mit Pippa zusammen zu sein. Es war stets mit Freude, Herzschmerz und riesigen Vertrauensvorschüssen verbunden.

Sie tätschelte den Rahmen des Wagens. „Das ist ein Jeep, weißt du."

Ah, wie in den alten Zeiten, wenn sie mich herausforderte und ich den Köder jedes Mal schluckte.

Ich schaltete den Jeep in den Allradmodus und fuhr langsam über die Kante, aufgeregt und ein wenig ängstlich – was auch allem entsprach, was ich mit Pippa tat. Einschließlich des Verliebens.

Ich verkrampfte die Hände um das Lenkrad, als wir eine gefühlt senkrechte Abfahrt hinunterrutschten. Pippa kreischte vor Freude.

Dann, *platsch!* Wir landeten am Boden in einer Pfütze, fuhren über ein paar Felsen und bogen um eine Kurve an einem steilen Abhang, ohne dass ich ahnen konnte, was vor uns lag.

„Bist du dir dessen sicher?", brüllte ich über das Knarren des Fahrgestells und das Heulen des Motors hinweg.

Sie stemmte die Hände gegen das Armaturenbrett, aber ihr Lächeln war breiter denn je. „Vertrau mir, Baby. Vertrau mir."

In neunundneunzig von hundert Fällen hatte Pippa recht. Es war der *eine* Fall, vor dem ich mich fürchtete... Aber, puh. In dem Moment, als wir um die schlecht einsehbare Ecke bogen, war der Pfad für den Jeep nicht holpriger oder steiler als die beliebten Strecken um die Stadt herum. Der einzige Unterschied war, dass wir ihn für uns ganz allein hatten.

„Meine Tante ist mit uns immer zu einer alten Berghütte gefahren", erklärte Pippa.

Ich hatte die Tante nie kennengelernt, aber ich hatte das Gefühl, dass sie Pippa sehr ähnlich war. Mit drei kleinen Mädchen den ganzen Weg hier hochzukommen... Ich zog vor der Frau meinen imaginären Hut.

„Also, es schlängelt sich eine Weile herum... ", erzählte Pippa die nächsten fünfzehn Minuten der Route und begründete damit die ruckartigen Bewegungen des Fahrzeugs. „Wenn man dort hinunterfährt, kommt man zu einer Sackgasse. Nach einer Stunde Fußmarsch erreicht man die Hütte an der Klippe... "

Eine Stunde. Ich nahm an, dass die Tante das für einen tollen Ausflug hielt. Kein Wunder, dass Pippa so abenteuerlustig war.

„Und wenn du diesen Weg nimmst, musst du sehr vorsichtig sein, denn er ist ausgewaschen und du wirst wahrscheinlich den größten Teil des Weges hinunterrutschen." Pippa deutete lässig nach links.

Ich hielt mich an die rechte Seite des Weges und fuhr weiter nach oben. Eine Serpentine nach der anderen mit Schotter, der unter den Reifen knirschte, und Gestrüpp, das über die Seiten des Jeeps kratzte.

„Hier geht es links ab... " Pippa zeigte in die Richtung.

Ich starrte sie an. Vielleicht mit einem Mountainbike. Für einen Jeep gab es da nicht genug Platz.

„Ach, komm schon", stichelte sie. „Du willst doch zu einem Aussichtspunkt, oder?"

„Ich will auch lebend in die Stadt zurückkehren."

Pippa gluckste und gab mir einen Klaps auf das Knie. „Der ist gut."

Kleine, ähm – Neutronen? Protonen? Irgendetwas sehr Kleines, aber mit einer Tonne Energie Geladenes – zischte durch meinen Körper und meine Wolfsseite seufzte.

Meine Gefährtin...

Ich ließ den letzten Rest Vernunft zurück und bog auf den Seitenpfad ab. Er war schmal und verdammt holprig, aber Pippa hatte recht. Wir konnten durchkommen.

Was mich einen Schritt näher an den einen von hundert Fällen brachte, bei denen Pippa unrecht hatte. Das merkte ich mir.

„Kann man hier irgendwo umdrehen?"

Sie schüttelte ganz und gar nicht beunruhigt den Kopf. „Du musst rückwärts hinunterfahren." Sie kniff die Augen zusammen, als ich sie entgeistert anstarrte. „Ich kann fahren, wenn du willst."

Besitzergreifend umklammerte ich den Schaltknüppel. Pippa fuhr so, wie sie alles andere tat: erst springen, dann schauen.

„Nicht nötig", grunzte ich.

Nach fünf Minuten Fahrt hatten wir die Federung ausgiebig getestet und begannen, in den Himmel aufzusteigen. So schien es zumindest. Die Strecke neigte sich in einem Winkel nach oben und ich sah nur noch Himmel. Mehr und mehr davon, als die Büsche um uns herum immer lichter wurden.

„Weiter... weiter... Stopp!" Pippa legte einen Arm auf meine Brust, als wir den Kamm des Weges erreichten.

Ich trat auf die Bremse und es schleuderte uns beide nach vorn.

Pippa schnallte sich ab und stieg lässig aus dem Wagen. „Da ist ein Abhang."

Damit meinte sie die zweihundert Meter hohe Klippe, die ich grade hinunterstarrte.

Ich folgte ihr langsam und schlich um den Jeep herum, bis wir uns an der vorderen Stoßstange trafen, wo wir etwa einen

Meter Platz hatten, bevor die Klippe abfiel. Ich hielt meine rechte Hand offen hinter Pippa bereit, um zuzugreifen, falls sie einen weiteren Schritt machte.

Gott sei Dank tat sie es nicht. Sie führte mich einfach ins Gestrüpp, bis wir an einen Felsvorsprung kamen.

„Hier drüben gibt es einen weiteren Wirbel. Allerdings weiß kaum jemand davon."

Hier drüben war ein schmaler, zweifelhafter Pfad, über den eine Bergziege zweimal nachdenken würde.

Pippa stürmte los.

Ich warf einen Blick auf den Abgrund zu unserer Linken und fragte mich, ob sie mehr Drachengestaltwandlerin in sich hatte, als ihr bewusst war.

„Pippa...", warnte ich.

„Wir sind fast da."

Berühmte letzte Worte?

„Das ist es nicht wert", sagte ich und blieb zurück.

„Oh, natürlich ist es das. Es ist für deinen *Job*."

Oh Mann, was sie alles zwischen den Zeilen sagte.

Ich folgte ihr langsam und fand sie schließlich in einem offenen Schlitz zwischen zwei vorspringenden Felsen hoch oben am Hügel. Auf der Hinfahrt war es schattig gewesen, aber jetzt tauchte die späte Nachmittagssonne Pippa von hinten in ihr Licht und warf ihren Schatten auf den unteren Hang des Berges.

„Dort unten ist eine Abzweigung... Cathedral Rock... Die Straße zum Slide Rock..." Mit den Fingern zeigte sie hier und dort in die Luft. „Die Ranch ist dort hinten..."

Die Ranch war *ihre* Ranch, ein Ort, von dem sie so lange geschwärmt hatte, wie ich sie kannte. Sie zu verlieren, würde sie zerstören.

Sie fuhr fort, andere wichtige Punkte zu benennen, wie zum Beispiel eine Stelle mit einem verborgenen Sinkloch – nach Ansicht einiger indigener Kulturen ein Tor zur Unterwelt. Dann gab es einen Berghang, der bei einem angeblichen Brandanschlag abgebrannt war und sie erwähnte noch den Standort des Tierarztes, der Roscoe und die anderen Hunde der Ranch versorgte.

Sie musste meine Verwunderung über die letzte Bemerkung bemerkt haben, denn sie klopfte mir auf den Arm. „Was? Das ist wichtig. Außerdem bist du auch ein Hund."

Ja, aber weit, weit über Roscoes Linie in der evolutionären Hierarchie.

„Oh, sei nicht so hochnäsig", schimpfte Pippa.

Und schon wieder las sie meine Gedanken, so wie Schicksalsgefährten und eng verbundene Übernatürliche es immer konnten. Die Frage war nur, in welche Kategorie wir fielen.

Sie rutschte vorwärts. Der Felsen, auf dem wir standen, endete in einem sprungbrettgroßen Vorsprung, der ins Nichts herausragte, und dorthin ging Pippa.

„Hier ist er. Der Wirbel." Sie tippte mit einem Fuß darauf.

Mein Puls schoss in die Höhe, als ich mir vorstellte, wie der Vorsprung in sich zusammenfiel. Außerdem, wenn das ein Wirbel war, schien es keine gute Idee zu sein, sich direkt darauf zu stellen. Was wäre, wenn plötzlich Tausende von Volt an Energie herausschossen?

„Ähm, ich nehme an, er ist im Moment nicht aktiv?", fragte ich so neutral, wie ich nur konnte.

„Oh doch, er ist aktiv", sagte sie. „Nur nicht sehr stark."

Als würde ich mich damit besser fühlen.

Ich rutschte neben sie. „Was fühlst du?"

Sie schaute mich fragend an. „Kannst du es nicht fühlen?"

Ich zuckte mit den Schultern. „Was genau soll ich fühlen?"

„Es ist ein aufsteigender Strudel mit einem leicht pulsierenden Gefühl." Sie hielt meine Hand über die Mitte des Felsens.

Ich spürte ihre Hand, was schön war, aber keinen Wirbel.

„Oh, warte." Sie ging ans sicherere Ende des Felsvorsprungs zurück. Uff. „Hier ist er stärker."

Sie tastete mit geschlossenen Augen herum und ließ ihre freie Hand über verschiedene Stellen des Vorsprungs schweben.

„Oh. Wow", murmelte sie.

Ich schaute sie seitlich an. War das ihr Ernst?

Ja, denn ihre Augen waren halb geschlossen und ihr Gesichtsausdruck entsprach dem eines Menschen, der einer Symphonie zuhörte.

Aus Angst, wie ein Idiot zu klingen, sagte ich gar nichts. Aber ich hielt ihre Hand fest. Zu Forschungszwecken.

„Ja, hier ist er viel stärker", murmelte sie.

Ein Rabe flog über uns hinweg und krächzte.

Pippa runzelte die Stirn, tastete noch eine Minute lang herum und seufzte dann. „Jetzt ist er wieder weg. Sie kommen und gehen."

Ihr Ton war so beiläufig, als würde sie über Modetrends oder texanische Touristen sprechen. Dann lächelte sie und zeigte auf etwas. „Schau mal. Unsere Schatten."

Die gute, alte Pippa. Sie hatte die Fähigkeit, in allem ein Wunder zu sehen. In Blumen. Herumtollenden Welpen. Sogar in ihrem eigenen Schatten.

Ich musste allerdings zugeben, dass das hier besonders cool war. Die Sonne warf einen Schatten auf den Felsvorsprung in der Landschaft und in dem Schlitz zwischen den beiden sich erhebenden Felsen standen zwei kleine Gestalten. Wir.

Pippa winkte und ihr Schatten winkte zurück.

„Du musst auch winken!", sagte sie.

Ich tat, wie mir geheißen, und mein Schatten winkte ebenso gehorsam zurück.

Ein bittersüßes Gefühl stieg in mir auf, als ich auf unsere beiden Schatten hinunterblickte. Wir beide zusammen – so sollten wir sein. Und mit nichts als unseren Silhouetten dort unten konnte ich mich der Fantasie fast hingeben. Ein glückliches, junges Paar, das in eine vielversprechende gemeinsame Zukunft blickte.

Ein enges, mulmiges Gefühl machte sich in meiner Brust breit, so wie immer, wenn ich an Pippa dachte.

Sie fing an, Buchstaben mit ihren Armen zu formen und wie die Village People zu singen. „Y-M-C-A..."

Ich gluckste. Als Nächstes versuchte sie den Macarena, aber das war im Schatten nicht gut zu sehen.

„Oh hier! Mach einen Stern!" Sie schlüpfte vor mich und hielt ihre Arme an den Seiten hinaus. Wie ein treuer Hund, der seinem Herrchen gefallen wollte, streckte ich meine Arme in einem Winkel von fünfundvierzig Grad nach oben.

„Ist dieses Verhalten in der Nähe eines Wirbels angemessen?“, beschwerte ich mich.

„Nun, da der Wirbel nicht aktiv ist. . . “ Sie fuhr fort, andere Formen auszuprobieren.

Irgendwann wurde sie jedoch langsamer und betrachtete einfach nur die Landschaft.

„Es ist so schön hier oben. . . “ Ihre Brust hob und senkte sich.

Meine ebenfalls, denn wir waren uns ziemlich nah gekommen und meine Hände waren auf ihren Schultern gelandet.

„Wunderschön. . . “, flüsterte ich.

„Das ist diese Sache mit Sedona“, murmelte Pippa. „Selbst wenn man die Augen schließt, ist es immer noch wunderschön.“

Ich probierte es aus. Ja. Immer noch wunderschön.

„Der Wind. . . die saubere Luft. . . “, murmelte Pippa.

Meine Gefährtin in meinen Armen, flüsterte mein innerer Wolf.

Meine Gedanken verschwammen. Ein angenehmes Surren kitzelte über meine Haut.

Pippa wiegte sich sanft und bewegte sich in der Brise oder mit dem Wirbel oder was auch immer es war, worauf sie lauschte.

Es war wie ein langsamer Tanz, aber draußen in der Natur und nicht auf einer Tanzfläche. Jeder Schlag meines Herzens brachte mich dem Frieden näher. . . und Pippa näher.

Kapitel 8

INGO

Ich schloss die Augen und atmete Pippas Duft ein. Vielleicht war ja doch etwas dran an diesem Wirbelzeug. Sogar meine Arme kribbelten. Sie kribbelten auf ihrem Weg zu Pippas Taille, bevor ich es überhaupt bemerkte.

Pippa schien es auch nicht zu bemerken, denn sie summte und wiegte sich weiter.

„Mmm. So schön... "

Sie hatte etwas davon gesagt, dass der Wirbel nach oben floss, aber ich hätte schwören können, dass es eher ein langsames Zusammendrücken war, das unsere Körper näher zusammenbrachte.

Meine Arme schlangen sich um ihre Taille, aber nicht auf mein bewusstes Kommando hin. Pippa erwiderte die Bewegung und legte ihre Arme in einer umgedrehten Umarmung auf meine.

Die Brise spielte mit ihrem Haar und kitzelte meine Wange. Oder war es vielleicht der Wirbel? Was auch immer es war, es war mir egal. Ich war zu sehr in diesem Moment versunken. Zu verloren in unserem Kuss...

Ja, ein Kuss. Ein Kuss, den ich hauchzart auf ihren Hals drückte. Ein weiterer Nebeneffekt dieses lästigen Wirbels.

„Mmm", murmelte Pippa und löste damit ein Dutzend Erinnerungen an lange, faule Vormittage im Bett aus.

Ausnahmsweise waren die Erinnerungen mehr wie Schaubilder als schmerzhafte Lektionen der Vergangenheit, und ich rekonstruierte jede einzelne. Der gleitende Kuss, der an ihrem Schlüsselbein begann und an ihrer Halsbeuge endete. Der lange Kuss, der über die Kante ihres Kiefers wanderte und in der Nähe ihrer Lippen endete. Das Beste von allem war der Kuss, der genau dann auf diese Lippen traf, als Pippa sich in meinen Armen umdrehte.

Nennt es einen Wirbelkuss.

Und, oh. Der Wirbel musste in vollem Gange sein, denn Pippa nahm mein Gesicht zwischen ihre Hände und hielt sich fest.

Meine Nachforschungen über die Wirbel beschrieben sie als sprudelnde Energiezentren, die Meditation, Heilung und Selbsterkundung förderten. Also...

Meditation – Ja, denn ich war noch nie so auf die Gegenwart konzentriert gewesen.

Heilung – doppelt Ja, denn die Wunden meines Herzens hörten auf, zu schmerzen.

Selbsterkundung wäre allerdings etwas weit hergeholt. Eher eine Erkundung von Pippa.

Und Junge, wie ich sie erkundete. Von der Küste ihrer Lippen bis zu den Buchten ihrer Wangenknochen und dem Heimathafen ihres Mundes.

Pippa zog mich näher zu sich und küsste mich fester. Intensiver...

Und dann, *Kra! Kra!* Der verdammte Rabe flog wieder vorbei.

Pippa öffnete die Augen und zog sich langsam zurück. Ich spitzte die Lippen, als sie es tat, um den Kuss in die Länge zu ziehen. Dann blinzelte auch ich, obwohl ich den Griff meiner Arme nicht löste.

„Das ist mal ein Wirbel", murmelte ich.

Pippa nickte und ihre Augen glühten wie die eines Gestaltwandlers.

„Du weißt ja, wie es ist", hauchte sie. „Sie neigen dazu, zu kommen und zu gehen."

Ich stimmte für *kommen* und beugte mich vor, begierig auf mehr.

Doch ein lautes Brummen ertönte in der Landschaft und ich kam nicht umhin, aufzuschauen.

Pippa tat das Gleiche und schirmte mit ihrer Hand die Sonne vor den Augen ab.

Wir beobachteten, wie ein Hubschrauber *chop-chop-chop* vom Flughafen herüberkam und in unsere Richtung flog. Er war im Begriff, durch unsere Schatten zu schneiden. Ein Knurren bildete sich in meiner Kehle.

Aber, nein. Sekunden später wurde sein Kurs erkennbar – er flog leicht nördlich von uns auf eine klobige Struktur zu, die genauso hoch wie unser Aussichtsplatz lag und gut anderthalb Kilometer entfernt war.

Ich neigte den Kopf. „Was ist das?"

Pippa zuckte mit den Schultern. „La Puebla."

Als ich das raumschiffähnliche Gebilde betrachtete, beschlich mich ein ungutes Gefühl.

„La was?" Ich bemühte mich um einen gemessenen, nicht zu geladenen Tonfall.

„La Puebla. Eine Art Kommune, die in den Sechzigern von ein paar Hippies gebaut wurde."

„Kommune, was?"

Selbst aus dieser Entfernung konnte ich einen Sicherheitskontrollpunkt ausmachen, der mit Kameras und Antennen gespickt war. Hier und da glitzerte die Sonne auf einem hohen Stahlzaun – die Art, die garantierte, dass der Besitzer etwas zu verbergen hatte.

„Es wurde jahrelang vernachlässigt, bis jemand versuchte, es in ein exklusives Resort umzuwandeln", fuhr Pippa fort. „Soweit ich weiß, ist das gescheitert, aber kürzlich hat jemand es gekauft, um es als eine Art Privatklub zu nutzen."

„Wie kommt man dahin?"

„Du meinst, wenn dein Hubschrauber in der Werkstatt ist? Man fährt die Old River Road hoch und biegt dann ab." Sie zeichnete eine Linie über den Berg. „Aber die lassen nicht jeden rein. Mein Freund Ryder gehört zu den Landschaftsgärtnern und hat gesagt, dass sie jedes Mal gefilzt wurden, wenn sie das Gelände betraten."

Irgendwann würde ich dort hingehen müssen, um mir das näher anzusehen. Aber nicht mit dem Jeep und nicht in diesem Körper. Und auch ohne Durchsuchungsbefehl.

Mein innerer Wolf grinste und fletschte seine Zähne.

Ich fuhr mit der Zunge darüber, hielt die Bestie jedoch zurück – vorerst. Ich konnte dort nicht ohne einen Plan hineinstürmen. Und schon gar nicht mit Pippa an meiner Seite.

Wie aus dem Nichts tauchten alle meine alten Fantasien wieder auf. Die, in denen Pippa sich wie ich in einen Wolf verwandeln und nur zum Spaß an meiner Seite entlangtraben konnte.

Sedona wäre perfekt dafür. All diese Mesas, Berge und weite Landstriche. Warme Tage und kühlere Nächte. Perfekt für ein paar Wölfe, die sich verspielt austoben wollten.

Der Hubschrauber kam näher und wurde lauter, so dass er meine Fantasien übertönte. Ich beobachtete, wie er auf das Gelände zuflog, dann hinuntersank und hinter den Gebäuden verschwand.

„La Puebla, was?", murmelte ich.

Pippa nickte und dann erstarrte sie. „Moment mal. Du verdächtigst sie doch nicht wegen irgendetwas?" Sie starrte mich an und seufzte dann. „Natürlich tust du das. Du verdächtigst jeden."

Autsch. Das tat weh. Umso mehr, weil es der Wahrheit entsprach.

Ich ballte die Fäuste und schmiedete bereits einen Plan, wie ich mich hineinschleichen könnte, um mir die Sache genauer anzusehen. Natürlich sollte ich mich an die Vorschriften halten und erst einmal weitere Nachforschungen anstellen – solche, die vielleicht etwas ergeben würden, mit dem ich den Fall offiziell machen könnte. Dinge wie das Aufspüren von Lieferanten, das Befragen von Angestellten und das Durchforsten von Behördenunterlagen. Aber all das brauchte Zeit.

Zu viel Zeit, warnte meine Wolfsseite.

Ich dachte an Stacy. An Pippa. An all die anderen netten, jungen Männer und Frauen, die nie jemandem etwas zuleide tun würden. Solche, die nie selbst den Verdacht hegten, dass jemand ihnen etwas tun könnte.

Menschen wie Bridget.

Mein Herz schlug lauter. „Wer hat es gekauft?"

Pippa zuckte mit den Schultern. „Jemand, der sehr reich und ein bisschen verrückt ist, nehme ich an. Wer sonst würde sieben Millionen für einen Ort wie diesen ausgeben?"

Reich. Verrückt. Das kam mir bekannt vor.

„Du weißt nicht, wer?" Ich hielt den Atem an.

„Nein. Aber wenn man einen reichen Kerl gesehen hat, kennt man sie alle."

„Und du weißt das, weil du so viele reiche Kerle kennst?"

Sie warf mir einen hochmütigen Blick zu. „Ich habe in der Gastronomie gearbeitet, Mister. Ich habe schon alles gesehen."

Und offensichtlich war sie nicht beeindruckt.

Was in gewisser Weise gut war. Ich war nicht bettelarm, aber auch nicht reich. Das war mein Vorteil für den unwahrscheinlichen Fall, dass ich eines Tages jeden einzelnen Kriminellen vor Gericht gebracht und dann nichts mehr zu tun hätte. Unwahrscheinlich, aber ein Mann durfte träumen.

„Harlon war ein reicher Mann", betonte ich. „Und verdammt gefährlich."

„Nun, wir haben es ihm gezeigt."

Ja, Pippa, ihre Schwestern und Nash hatten dem Hexenmeister definitiv gegeben, was er verdiente. Aber es hätte so oder so ausgehen können, und sie wusste es.

„Was weißt du sonst noch über La Puebla?"

Sie musterte mein Gesicht nur allzu genau. „Lass mich raten. Du glaubst, dass ein teuflischer Hexenmeister dort eingezogen ist und gerade plant, die gesamte Menschheit auszulöschen."

Nein, ich vermutete, dass ein teuflischer *Vampir* dort eingezogen war und gerade etwas Schlimmes plante. Möglicherweise, die gesamte Menschheit auszurotten.

„Sag mir einfach, was du weißt", sagte ich so neutral wie möglich.

Pippa verzog das Gesicht, aber sie gab nach.

„Irgendein superreicher Typ aus Illinois. Warte. Indiana. Oder vielleicht Ohio..."

Ich musste mich beherrschen, bei der Erwähnung von *Indiana* nicht zu nicken; daher stammte Victor Jananovich.

„Jedenfalls von irgendwo dort drüben." Sie machte eine vage Handbewegung, als befänden sich all diese Staaten direkt hinter dem Schnebly Hill. „Ich habe gehört, er kommt und bleibt ein paar Wochen, dann lässt er es für eine Weile leer stehen und kommt dann wieder zurück. Ein Zugvogel-Hexenmeister, könnte man sagen, falls er das ist." Sie kicherte über ihren eigenen Scherz.

Zugvogel-Vampir, murmelte mein Wolf.

„Wie dem auch sei, er bringt Gäste mit. Zahlende Gäste", fuhr sie fort. „Es ist also eine Art Club, schätze ich. Ein super-exklusiver."

„Wie exklusiv?"

„Zugang nur auf Einladung. Die müssen da drin ganz schön renoviert haben..." Dann hielt sie inne. „Oh-oh. Du hast diese gerissenen Wolfsaugen."

Hoppla. Die Augen eines Gestaltwandlers neigten dazu, bei starken Emotionen zu glühen, jede zeigte sich an einem anderen feurigen Farbton. Liebe. Furcht. Leidenschaft. Hass.

Ich blinzelte heftig und versuchte, das Feuer in meinen Augen zu dämpfen. „Nun, ich bin ein Wolf."

„Und du bist gerissen."

„Das nehme ich als Kompliment."

Wir grinsten beide über dieses Echo eines alten Satzes, den wir vor langer Zeit öfter zueinander gesagt hatten.

Der Hubschrauber hob wieder ab und das Surren der Rotorblätter hallte von den Hügeln wider. Das Geräusch bewegte sich mit dem Hubschrauber und verblasste langsam, als er zum Flughafen zurückkehrte.

„Da hast du es", murmelte Pippa. „So exklusiv ist das dort."

„Und was machen diese exklusiven Gäste dort?"

„Nun, Golf ist es sicher nicht", scherzte Pippa und deutete auf das steile Grundstück. „Wahrscheinlich ist es so eine Art Wellnessoase, wo man sich entspannen und verjüngen kann."

Ein Schauer lief mir über den Rücken. Zur Verjüngung eines Vampirs brauchte man Blut. Viel Blut, und so frisch wie nur möglich.

Und ups. Pippa musste meine Reaktion mitbekommen haben.

„Moment. Was denkst du?“

Nachdem ich einen Moment überlegt hatte, beschloss ich, meine Karten offenzulegen. Zumindest einige von ihnen.

„Die Frau, die am Gunnery Point tot aufgefunden wurde...“

„Der Unfall“, fügte sie hinzu.

Ich schüttelte langsam den Kopf. „Die Pfotenabdrücke waren verschwunden, als die Polizei eintraf, aber der Geruch von Bärengestaltwandlern war überall deutlich.“

Ihre Lippen formten ein überraschtes *Oh*. Dann nickte sie, dass ich weitersprechen sollte.

„Stacys Chauffeur ist ein Bärengestaltwandler“, fuhr ich fort.

Pippa kniff die Augen zusammen. „Derselbe Bärengestaltwandler oder ein anderer Bärengestaltwandler?“

„Ich bin mir nicht sicher.“

Sie riss die Hände hoch. „Das ist genauso schlimm wie rassistische Diskriminierung!“

Ich hob meine Hände. „Ich behaupte ja nicht, dass es derselbe Typ ist, aber es ist die einzige Spur, die ich habe.“

„Aber es ist nicht wirklich eine Spur, nicht wahr? Nur eine unbegründete Anschuldigung.“

„Ich schuldige niemanden an. Aber es ist alles, was ich im Moment habe. Weißt du irgendetwas über ihn?“

Ihr Blick wurde grimmig. „Nein. Nur dass er den Wagen fährt – und als Stacy das letzte Mal bei mir im Laden war, wollte sie nicht gehen.“

Das hörte sich nicht gut an.

„Kannst du das Auto oder die Firma nicht zurückverfolgen? Ich habe dir doch die Adresse gezeigt.“

„Ich versuche es, aber es braucht Zeit. Und es ist ein schmaler Grat zwischen dem Warten auf genügend Beweise, um die Rechte eines Verdächtigen zu schützen, und dem zu langen Warten, so dass man das Leben eines Unschuldigen riskiert.“

Pippa runzelte die Stirn und ich wusste, dass sie an Stacy dachte. Verdammt, ich dachte auch an sie und auch an den

Schwur, den ich mir selbst gegeben hatte – und einem Mordopfer namens Bridget.

Und in diesem Moment rollte das Sicherheitstor zur Seite und ein SUV verließ das Grundstück von La Puebla. Dieselbe Farbe und dasselbe Modell, gefahren von dem Bären, mit derselben Delle in der vorderen Stoßstange. Ich konnte es daran erkennen, wie die Sonne darauf glitzerte.

„Unbegründet, was?", murmelte ich.

Pippa starrte darauf. „Es könnte ein anderer Wagen sein, der genauso aussieht."

Ich biss die Zähne zusammen. Bis hin zur verbeulten Stoßstange?

Pippa blinzelte. „Zu weit weg, um das Nummernschild zu erkennen..."

Wir schauten schweigend zu, wie er die Straße hinunterrollte und um eine Kurve verschwand.

Pippa erschauderte und rieb sich die Arme. „Jetzt machst du mich auch noch paranoid."

Ich antwortete nicht.

Nach ein paar stillen nachdenklichen Momenten schüttelte Pippa erschöpft den Kopf. „Wie dem auch sei, wir müssen los."

Ich schaute mich um. Die Sonne würde bald untergehen und wir hatten einen weiten Weg den Berg hinunter vor uns.

Pippa ging zurück zum Jeep, dann zeigte sie mit dem Finger auf mich. „Und vergiss nicht, du schuldest mir etwas."

Mein innerer Wolf wedelte mit dem Schwanz. Alles, was du willst.

„Das tue ich. Hast du etwas im Sinn?", fragte ich und folgte ihr durch das Gestrüpp.

Sie drehte sich nicht um, aber ich konnte den Schalk in ihrer Stimme hören. „Kennst du das alte Sprichwort über den Elefanten im Porzellanladen?"

„Ja...", erwiderte ich neugierig.

„So etwas in der Art vielleicht."

Ich hatte keine Ahnung, was sie meinte, aber ich war fasziniert. Und um ehrlich zu sein, auch ein wenig hoffnungsvoll, denn jede Zeit mit meiner großen Liebe – besonders in Zeiten wie jetzt, in denen die Dunkelheit das Licht in meiner Seele verdrängte – war gut investierte Zeit.

Gefährlich hoffnungsvoll könnte man sagen.

Kapitel 9

PIPPA

„Nun, danke fürs Mitnehmen", sagte ich und glitt in meiner besten aufgesetzten Lässigkeit aus Ingos Jeep.

Und ein Hoch auf mich. Ich hatte es geschafft, zwei Stunden auf engstem Raum mit Ingo zu verbringen, und hatte nicht einmal mit ihm geschlafen.

Nur ein paar Küsse, von denen wir vorgaben, als hätte es sie nicht gegeben. Nebenwirkungen des Wirbels und so weiter.

Abgesehen davon, dass mein Herz immer noch tanzte und meine Nerven flatterten, verdammt.

„Danke, dass du mir die Gegend gezeigt hast", murmelte Ingo.

Seine Pupillen waren immer noch geweitet und ihm haftete dieser waldige Geruch an, den er bekam, wenn sich sein Wolf der Oberfläche näherte.

Roscoe stürmte aus dem Haus und sprang mir zur Begrüßung entgegen. Calvin und Hobbes waren nicht weit dahinter. Sie alle stürzten sich freudig auf Ingo. Wolfsgestaltwandler waren das hündische Äquivalent zu Rockstars und es zeigte sich.

„Schon gut, schon gut", lachte Ingo und befahl ihnen, sich zu setzen.

Alle drei gehorchten sofort. Ihre Hintern klebten auf dem Boden, aber ihre Schwänze wedelten mit Lichtgeschwindigkeit.

Claire tauchte als Nächste auf und rief von der Veranda: „Hallo, Tante Pippa! Hallo, Ingo!"

Ingo winkte. „Hallöchen, Kleine. Hallöchen, Hopper."

Claire ließ ihr Plüschkaninchen mit einem Ohr winken und welche Gene auch immer in mir dafür verantwortlich waren, Männer als potenzielles Gefährtenmaterial zu beurteilen, sie gaben Ingo eine glatte Zehn.

Blöde Gene.

„Mommy und ich sind in deinem Auto nach Hause gefahren", sagte Claire zu mir.

„Das sind wir. Danke, dass du es uns geliehen hast", sagte Abby.

Ihr Wagen hatte eine Panne – mal wieder –, also hatte sie mein Auto abgeholt und nach Hause gefahren; deshalb hatte Ingo mich mitgenommen.

„Bleibst du zum Abendessen?", fragte Claire ihn.

Er schüttelte schnell den Kopf. „Heute nicht, Kleine. Aber ein anderes Mal, okay?"

Einen Sekundenbruchteil später bebten seine Nasenflügel und er riss den Kopf herum.

Ich tat dasselbe, ebenso wie Abby und Roscoe. In einiger Entfernung schossen Erin und Nash auf die Veranda ihrer Hütte hinaus. Nach unserem jüngsten Zusammenstoß mit Harlon Greene, dem Hexenmeister, waren wir immer noch alle angespannt.

Meine Ohren registrierten das Brummen eines Trucks. Oder, Moment. Eines Motorrads. Ein Truck *und* ein Motorrad?

Erin und Nash kamen in höchster Alarmbereitschaft auf uns zu. Wir empfingen keine unangemeldeten Besucher auf der Ranch – nicht, wenn der Eingang durch einen Tarnzauber geschützt war, der sowohl für Menschen als auch für die meisten Gestaltwandler funktionierte.

Abby stellte sich schützend vor Claire. Ich trat einen Schritt von Ingos Jeep weg. Er schlüpfte schnell heraus und stellte sich neben mich. Seine Haare sträubten sich, als würde er sein eigenes Revier verteidigen.

Die Evolution stupste meine Gene erneut an und setzte zehn weitere Punkte auf Ingos Karte. Eindeutig Gefährtenmaterial.

Auf der steilen Anhöhe tauchte ein Motorrad auf, gefolgt von einem Pick-up. Der Fahrer des Motorrads winkte und der Fahrer des Pick-ups – ein alter Grand Wagoneer – hupte fröhlich.

Ich jubelte ebenso wie Erin, Abby und Claire. Ingo und Nash, die die Neuankömmlinge langsamer erkannten, brummten weiter, bis die Fahrzeuge das Haus erreichten.

„Das sind Grandpa und Grandpa!", rief Claire.

Ich joggte zu dem Wagoneer hinüber, als mein Vater ausstieg und seine Arme weit ausbreitete.

„Dad!" Ich schloss meine Arme um ihn.

„Meine Süße!" Er schlang seine Arme um mich und schaukelte ein wenig hin und her.

Als Kind hatte ich meinen Vater für einen Riesen gehalten und seine Umarmungen gaben mir das Gefühl, unbesiegbar zu sein. Das taten sie auch heute noch, obwohl ich fast so groß war wie er.

Mein Vater war einer von Claires „Grandpas." Erins Vater war der andere. Weder sie noch er waren mit einem von ihnen verwandt, aber sie behandelten beide wie ihr eigen Fleisch und Blut.

Dad ließ mich los und zerzauste mein Haar. Ich erwiderte die Geste. Der gute, alte Dad. Sein jugendliches Richard Gere-Aussehen war ein wenig ergraut, aber er war so fit wie eh und je. Feuerwehrmannfitness, wie er es gerne nannte.

Erins Vater, Mike, ließ sein Motorrad ein letztes Mal laut aufheulen, bevor er den Motor abstellte. Seine verschlissene Lederjacke knarrte, als er gerade rechtzeitig abstieg, um Claire in eine Umarmung zu schließen.

„Da ist ja mein Mädchen!", jubelte er und drehte sie in einem großen Kreis, bevor er sie sanft absetzte.

Ich trat zur Seite, als Claire auf meinen Vater zustürmte, der die Prozedur wiederholte.

Alles in allem trugen mein Vater und Erins viel dazu bei, uns für unsere Mutter zu entschädigen. Sie hatte sich gerade lange genug mit Erins Vater eingelassen, um geschwängert zu werden – Moms Worte, nicht seine – und Erin zu bekommen, nur um sie beide kurze Zeit später zu verlassen. Danach hatte es nicht lange gedauert, bis sie sich mit Abbys Vater eingelassen hatte, und zwei Jahre später mit meinem. Jedes Mal war es so ziemlich die gleiche Prozedur gewesen. Im *Rein, raus und aus die Maus*-Stil – oh, und viel Glück dabei unsere Tochter großzuziehen.

Erins Vater und meiner hatten gute Arbeit geleistet. Abbys… nicht so sehr. Ein weiterer Grund, warum unsere Väter die kleine Claire so verwöhnten, wie sie es taten.

„Lass mich deinen Bart richten, Grandpa." Claire strich mit den Fingern über Mikes dicken Schnurrbart.

„Danke, mein Schatz." Er tippte ihr auf die Nase, setzte sie dann ab und staunte. „Du wirst jedes Mal größer, wenn ich dich sehe!"

Claire zog Roscoe auf seine Hinterbeine, um zu prahlen. „Ich bin jetzt größer als Roscoe."

Roscoe wedelte nur schwach mit dem Schwanz. Im Gegensatz zu Claire erkannte er zwei starke, übernatürliche Wesen, wenn er sie erschnüffelte.

Erin war die Nächste, die ihren Vater herzlich umarmte. Nash folgte mit einem steifen Händedruck.

„Hallo, Mike", sagte Nash gleichförmig.

„Nash", brummte Mike.

Armer Nash. Es war schwer, wenn der Vater der großen Liebe ein knallharter, zaubernder, überfürsorglicher Hexenmeister und Anführer einer Motorradgang –, eines Klubs – war.

Und der arme Mike. Er liebte Erin, also versuchte er, Nash zu tolerieren. Aber ich hatte das Gefühl, dass es Mike nichts ausgemacht hätte, wenn sein „kleines Mädchen" für immer Single – und Jungfrau – geblieben wäre.

Mein Vater hingegen…

Er streckte seine Hand aus und zog Ingo in einen dieser Männer typischen dreistufigen Händedrücke, gefolgt von einer Umarmung.

„Greg!" Ingo hätte genauso gut seinen eigenen Vater umarmen können.

„Ingo!" Mein Vater begrüßte ihn ebenso herzlich.

Ja, mein Vater hatte viel weniger Probleme mit Ingo als Mike mit Nash. Außerdem hatte er in den letzten fünfundzwanzig

Jahren mit Ingos Vater, seinem engen Kumpel, in einer Waldbrandmannschaft zusammengearbeitet. Ingo hatte sich demselben Team angeschlossen, bevor ihn ein paar Fälle von Brandstiftung auf einen neuen Karriereweg in der Strafverfolgung geführt hatten.

Außerdem fand mein Vater, dass Ingo und ich perfekt füreinander waren. Er hatte nicht einmal mit der Wimper gezuckt, als er einen siebzehnjährigen Ingo und mich zusammen im Bett erwischt hatte.

Ja, dachte ich mir, war alles, was er gesagt hatte. *Werdet nur nicht schwanger, okay?*

Zum Glück gab es entspannte Väter.

Außer natürlich, wenn sie ihre Vorstellung vom perfekten Partner für dich nicht mehr aus dem Kopf bekamen.

„Was für ein Zufall, dass du einen Job in Sedona bekommen hast, was?" Mein Vater gluckste Ingo an.

Ingo warf mir einen Blick zu und sein Kehlkopf wippte. „Ja. Witziger Zufall."

Mein Vater hustete halb, halb murmelte er: „Gegen das Schicksal kann man nichts machen."

Tja, nun. Ich hatte es auf jeden Fall vor.

„Abby!", rief mein Vater und umarmte sie als Nächste.

Mike begrüßte sie ebenso herzlich.

Abby schloss bei jeder Umarmung die Augen und mein Herz schlug höher, als ich ihre Arme fest um ihre Schultern gelegt sah. Erin sagte gern, wir hätten die funktionalste disfunktionale Familie der Welt. Ich war dankbar, dass wir zwei von drei ausgezeichnete Väter hatten.

Und zwei heiße noch dazu. Ich konnte verstehen, warum man sich zu ihnen hingezogen fühlte. Verdammt, wenn sie Fremde und zwanzig Jahre jünger wären, würde es mir schwerfallen, mich zwischen ihnen zu entscheiden.

Aber dann fiel mein Blick auf Ingo und eine Stimme tief in mir flüsterte: *Leichte Entscheidung. Ingo, Ingo, Ingo.*

Ich kannte ihn schon mein ganzes Leben lang und selbst als Kind hatte ich gewusst, dass er der Einzige für mich war.

Ich scharrte mit dem Fuß über den Boden. Schade, dass es sich nicht ergeben hatte.

„Wie läuft alles, Schätzchen?", fragte Mike.

„Alles gut, alles gut", versicherte Erin ihm.

„Kein Ärger mehr hier?"

„Nein, Dad. Alles in Ordnung. Danke."

„Und... du weißt schon. Die Finanzen. Ist damit auch alles in Ordnung?", fuhr Mike fort.

„Das Übliche", bluffte Erin.

Nicht das Übliche, aber wir waren zu stolz, um es zuzugeben. Wir hatten den offiziellen Bescheid über die Grundstücksneubewertung und Steuernachzahlungen in Höhe von $30.000 erhalten – alles innerhalb von dreißig Tagen fällig.

Tausende, die wir nicht hatten, nicht einmal, wenn wir jeden Cent zusammenkratzten.

Ich tat mein Bestes, um meinen Schwestern keine besorgten Blicke zuzuwerfen. Wir könnten die Ranch verlieren. Mehr noch als ein Zuhause, war sie unser Dreh- und Angelpunkt – das, was das zerbrechliche Konstrukt, das wir Familie nannten, zusammenhielt.

Abby starrte mir in die Augen und sprach in meine und Erins Gedanken. *Das werden wir niemals zulassen. Niemals!*

Es gab noch etwas Wichtigeres auf der Ranch. Den Teil, den wir nie laut aussprachen.

Die Magie.

Die Magie war hier in der Erde verwurzelt, in den Felsen, dem Boden, dem Himmel. Ich konnte sie in jeder Spalte der Klippen und in jeder Wendung des Baches spüren. Hier zu sein, brachte die schwachen Kräfte zum Vorschein, die ich von meinen viel mächtigeren Eltern geerbt hatte. Und seit dem Zwischenfall mit dem Wirbel... nun ja, wurden diese Kräfte immer deutlicher.

„Es ist so schön, euch beide zu sehen", sagte Erin. „Was ist der Anlass?"

Sie schaute mich an, dann Abby und sprach in unsere Gedanken. *Sie wollen nach uns sehen, nicht wahr?*

Ihr Vater verschränkte die Arme und seine Muskeln spannten sich an. „Brauchen wir einen Grund, um die vier besten Mädchen des Universums zu besuchen?"

Er ließ Nash außen vor, aber das war wohl besser, als zu sagen, *die vier besten Mädchen und den Typ, den ich ertragen muss.*

Sie wollen definitiv nach uns sehen, seufzte Abby in unsere Köpfe.

„Wir wollten nur einmal Hallo sagen – und euch alle zu einem Grillabend einladen", fügte Mike hinzu. „Es ist schon viel zu lange her."

„Ein Grillabend *und* ein Lagerfeuer." Als mein Vater sich freudig die Hände rieb, sprühten Funken von seinen Fingerspitzen.

„Vorsicht, Grandpa", kicherte Claire.

Er zwinkerte. „Hoppla. Entschuldige."

Nash machte große Augen, aber er war der Einzige, der sich überrascht zeigte.

Mein Vater war wie Erins Vater ein Hexenmeister – aber während Mike auf Wind und Wetter spezialisiert war, bezogen sich die Begabungen meines Vaters eher auf Feuer.

Ich konnte sehen, wie Erin stumm zu Nash hauchte: *Pyromagier, weißt du noch?*

Ein sehr, sehr mächtiger – einer der wenigen, die ein Feuer aus dem Nichts entfachen konnten, anstatt nur ein vorhandenes zu manipulieren.

Nash musterte meinen Vater, dann mich. Ich schaute gerade noch rechtzeitig weg und hielt meinen Kopf trotz der harten Wahrheit hoch. *Mein Vater ist ein mächtiger Pyromagier und meine Mutter eine toughe Drachengestaltwandlerin, aber ich habe kein Problem damit, keine dieser Kräfte zu haben.*

Es ist völlig in Ordnung. Wirklich.

Okay, ich kannte ein paar kleine Tricks, die in der Glaswerkstatt nützlich waren. Aber nichts von dem coolen Zeug – sich in ein mächtiges Biest zu verwandeln und zu fliegen. Auch kein Beschwören, Lenken oder Löschen von Flammen nach Belieben.

„Grillabend, Lagerfeuer *und* Sterne gucken", fügte Mike hinzu.

Nash schaute nach oben und herum. „Zum Sterne gucken, könnte es zu bewölkt sein."

Mike ließ ein selbstgefälliges Grinsen aufblitzen. „Oh, ich bin sicher, es wird rechtzeitig aufklaren." Dann klatschte er in die Hände. „Kommt und helft alle beim Ausladen. Wir haben alles mitgebracht, was wir brauchen."

„*Ich* habe alles mitgebracht, was wir brauchen", korrigierte ihn mein Vater und zeigte auf seinen Pick-up.

Ingo half mit, dann winkte er zum Abschied und wollte zu seinem Fahrzeug gehen.

„Jetzt warte mal einen Moment, mein Sohn." Mein Vater hielt ihn auf. „Du kannst doch nicht einfach gehen, bevor die Party beginnt!"

Ich warf meinem Vater einen gequälten Blick zu und machte eine abwehrende Handbewegung.

„Ähm... " Ingo stockte.

„Ingo hat eine Menge Arbeit", warf ich ein. „Er ist *sehr* engagiert in seinem Job."

„Ein Grund mehr für ihn, sich eine kleine Auszeit zu gönnen. Du weißt ja, was man über zu viel Arbeit und kein Vergnügen sagt."

Normalerweise wäre ich mit diesem Plan einverstanden gewesen. Aber ich hatte gerade zwei Stunden mit Ingo verbracht und es kaum geschafft, meine Hände von ihm zu lassen. (Der Kuss zählte nicht. Er hatte ihn initiiert.) Einen Abend unter dem Sternenhimmel mit ihm zu verbringen, wäre viel zu sehr wie in alten Zeiten.

„Außerdem ist es ein Interessenkonflikt", versuchte ich es erneut. „Mit seinem Beruf und so."

Mein Vater gackerte und klopfte ihm auf die Schulter. „Ach quatsch. Das hier bleibt unter uns, nicht wahr, Junge? Du gehörst doch zur Familie."

„Danke, aber... ", fing Ingo an.

„Du kannst jetzt nicht gehen", warf Erin ein.

Ich funkelte meine Schwester an. Natürlich konnte er gehen.

Aber er tat es nicht.

Und so kam es, dass ich mit Feuerholz, Würstchen und Getränken umherlief – alles, was ein Mädchen für einen Abend am Lagerfeuer mit ihrer verrückten Familie und ihrem Ex-Liebhaber brauchte.

Kapitel 10

PIPPA

Und dann sagte er: „Wie lange seid ihr zwei schon zusammen?"
Erins Vater brüllte, als er die Pointe seiner Geschichte erzählte.

Wir saßen inzwischen schon mehrere Stunden am Lagerfeuer, waren alle satt von einem köstlichen Abendessen, und Mike erzählte uns, wie er und mein Vater mit Claire in die Stadt gefahren waren, um Eis zu essen. Ein freundlicher Kassierer hatte die beiden für ein Pärchen gehalten, als sie sie als Grandpa und Grandpa ansprach.

„Ich wäre fast gestorben", gab mein Vater zu.

Mike beugte sich vor und drückte ihm einen lauten Knutscher auf die Wange. „Ein glückliches Pärchen. Das sind wir, Baby."

Mein Vater verdrehte die Augen. „Komm noch einen Zentimeter näher und ich röste dich, Kumpel."

Ah, Pyromagierhumor.

„Ich meine, mal ehrlich", schnaufte mein Vater. „Ich hätte einen viel besseren Geschmack als dieses Jo-Jo."

Mike schlug mit Wettermacherhumor zurück – und ließ den Donner in der Ferne grollen.

Ich stand auf und räumte die letzten Grillutensilien weg. „Möchte jemand Marshmallows?"

„Ich! Ich!" Claire hüpfte auf und ab. „Und dann die Märchenstunde!"

Das Geschichtenerzählen am Lagerfeuer war eine Tradition, die von der Familie meines Vaters weitergegeben wurde. Eine Tradition, die er fortsetzte, wenn er uns in Arizona besuchte –, vorgeblich für Claire, aber in Wirklichkeit für uns alle.

95

Mein Vater rieb sich eifrig die Hände. „Auf jeden Fall, Märchenstunde. Gleich nach diesen Marshmallows."

Das Timing war perfekt, denn die Sonne ging gerade unter und als wir mit den Marshmallows fertig waren, leuchteten bereits Sterne am Frühlingshimmel. Mike schaute auf und warf Nash einen selbstgefälligen Blick zu.

Die meisten von uns trugen zu diesem Zeitpunkt schon Jacken oder waren in Decken gehüllt, obwohl uns das Feuer warmhielt.

Ingo, der wusste, was uns erwartete, gab Nash ein Zeichen, ein Stück zurückzurutschen.

„Für die Märchenstunde?", fragte Nash.

„Du wirst schon sehen", murmelte Ingo.

Ein kluger Mann, denn eine Märchenstunde mit einem Pyromagier war wirklich etwas Besonderes.

Claire saß auf Mikes Schoß direkt neben meinem Vater, der sich ihr zuwandte.

„Also gut, junge Dame. Wo beginnt die Geschichte?"

„Auf der Painted Rock Ranch", sagte Claire sofort.

Ich grinste. Alle von Claires Geschichten begannen auf der Ranch, aber mein Vater hatte eine Art, in großen Dimensionen zu denken.

Er dachte einen Moment lang nach, dann krempelte er die Ärmel hoch, hob die Hände und fing an.

„Es war einmal ein Mädchen namens Claire... "

Mike tätschelt ihren Kopf und sie grinste.

„Claire lebte mit der besten Mutter der Welt auf der Painted Rock Ranch... "

Abbys Augen funkelten. Sie hatte als Kind nicht viel positives Feedback bekommen, aber mein Vater und Erins taten ihr Bestes, um das wiedergutzumachen. Und hey. Dad hatte recht. Abby hatte vielleicht ein paar Probleme, aber sie war eine hingebungsvolle, liebevolle Mutter für ein tolles Kind.

„Claire hatte einen Hund namens Roscoe, zwei superkluge Tanten und die besten Großväter der Welt... ", fuhr mein Vater fort.

„Und einen neuen Onkel", warf Claire ein. „Nash."

Nash grinste, genau wie Erin. Mike bemühte sich, einen neutralen Gesichtsausdruck zu bewahren.

„Und einen Onkel und viele Pferde und andere tolle Dinge", fuhr mein Vater fort. „Aber es gab eine Sache, die Claire nicht hatte, also galoppierte sie eines Tages auf ihrem Pferd, Star, los, um es zu finden."

Bis zu diesem Zeitpunkt hatte das Lagerfeuer auf die übliche Weise geknackt und geknistert. In der Mitte zischte die dicke Glut und kleinere Flammen schlugen zu den Sternen von dort aus auf. Aber dann...

Mein Vater wackelte mit den Fingern. „Claire galoppierte schnell und weit und folgte dem Bach Kilometer für Kilometer... "

Das Feuer brannte tiefer und breiter und in der Mitte bildete sich eine schlängelnde Form. Ein Fluss aus Flammen könnte man sagen, der sich in diese und jene Richtung wandte.

„Sie galoppierte durch die Wüste und in die Berge... "

Die Flammen bündelten sich und formten sich neu, warfen flache Tafelberge und zerklüftete Gipfel auf.

„Sie galoppierte so schnell und so weit, dass sie im Mittelalter landete... "

Ich gluckste. Ein kleiner Sprung in der Logik, aber hey. Pyromagier hatten eine Art, mit allem davonzukommen, was ihre Fantasie beflügelte.

Eine Seite des Feuers flackerte auf und formte eine Burg – ein riesiges Schloss bis hin zu den winzigen Flammenfahnen, die an den Ecken der Türme tanzten.

Claire klatschte, während meine Schwestern und ich staunten und schwärmten. Nashs Kinnlade blieb offenstehen.

„Angeber", brummte Mike.

Jeder Pyromagier konnte Feuer kontrollieren, aber nur die geschicktesten konnten es mit solcher Präzision tun. So geschickt, dass es einen speziellen Namen für sie gab: Feuertänzer.

„Ach, sei still. Du kommst auch bald an die Reihe", flüsterte mein Vater und fuhr mit seiner Geschichte fort. „Also, wo war ich? Ach ja. Wie sich herausstellte, war Claire im Mittelalter eine Prinzessin. Eine Prinzessin und ein tapferer Ritter, alles in einem."

Die Flammen erloschen kurz, dann formierten sie sich neu.

„Wow", murmelte Nash, als ein geisterhaftes Pferd mit einem Reiter durch das Herz des Feuers galoppierte und einen Flammenwirbel auslöste.

„Claire reiste nah und fern, um das zu finden, was ihr fehlte. Aber sie und Star hatten auch ein paar Schwierigkeiten. Ein Schneesturm... "

Mein Vater stupste Mike an, der brummte: „Na endlich", und griff nach Claires Händen, um sie mit seinen zu bewegen.

Etwas Kaltes und Feuchtes traf mein Ohr, dann meine Nase.

Ingo gluckste und hielt seine Hände in die Luft, um die Schneeflocken aufzufangen, die vorbeizogen.

„Dann ein Windsturm... "

Mike nickte Erin zu, die ihre Handfläche nach oben streckte und leicht pustete.

Mein Haar wehte über meine Schulter auf meine Brust und ein Steppenläufer rollte vorbei.

Abby klatschte vor Freude. Erin sah so glücklich aus. Bis vor Kurzem war sie nicht in der Lage gewesen, Magie zu benutzen, bis die große Liebe und eine tödliche Bedrohung ihr Kräfte verliehen hatten, von denen sie nicht wusste, dass sie sie besaß. Jedes Mal, wenn Mike sie besuchte, brachte er ihr ein paar neue Tricks bei.

Ich hob meine Hände zu einem stillen Applaus. Erin errötete voller Stolz.

Vielleicht zu früh, denn der Staub wehte heftiger und ließ das Feuer auflodern.

„Oha." Mike machte eine Fangbewegung und löschte den Sturm aus.

Hoppla, klagte Erins Gesichtsausdruck.

Mein Vater fuhr fort und nahm es kaum zur Kenntnis. „Claire und Star galoppierten von Stadt zu Stadt und vertrieben unterwegs die Bösewichte... "

Mit einem Fingerschnippen blitzten Schwerter auf und feurige Pfeile schossen durch die Flammen.

Ingo lehnte sich vor, als wäre dies seine Lieblingsstelle. Zum Teufel, wahrscheinlich war es das auch. Er kannte meinen Vater so gut und mein Vater liebte ihn wie einen Sohn.

Ich seufzte. Wenn es mir jemals gelingen sollte, einen Mann zu finden, mit dem ich mein Leben teilen konnte, würde Ingo immer noch ein Teil davon sein. Wie unangenehm.

Fast so unangenehm wie der Gedanke, mein Leben mit jemand anderem als Ingo zu verbringen.

Aber ihn neben meinem Vater zu sehen, erinnerte mich an all die Gründe, warum wir nicht zusammen sein konnten. All die Nächte, in denen ich mir Sorgen gemacht hatte... All die Albträume... All die unterbrochenen Ferien...

Helden waren... nun ja, heldenhaft, und ich verehrte jeden von ihnen. Aber die Vorstellung von einem netten, normalen Kerl, der einen sicheren Job hatte und die Wochenenden mit vergleichsweise egoistischen Hobbys verbrachte, hatte einen großen Reiz für mich.

Aber es kam nicht dazu, denn ich liebte Ingo immer noch.

Ich umklammerte meine Knie und starrte ins Feuer.

Währenddessen fuhr mein Vater mit seiner Geschichte fort.

„Claire verbannte ein Ungeheuer, einen fiesen Eichhörnchengestaltwandler und ein randalierendes Wildschwein... "

Das Feuer mutierte und nahm Gestalt nach Gestalt eines jeden Tieres an.

Wie aus Gewohnheit ahmte ich die Gesten meines Vaters auf subtile Weise nach. Als Kind dachte ich, ich würde das Feuer kontrollieren. Erst später hatte ich die bittere Wahrheit akzeptiert. Alles, was über die elementarsten Tricks hinausging, lag jenseits meiner dürftigen Fähigkeiten. Aber es machte trotzdem Spaß, mitzuspielen.

„Dann kamen ein Greif und eine zweiköpfige Schlange... " Mein Vater fuhr mit seiner Parade mittelalterlicher Ungeheuer fort.

Die einzigen Kreaturen, die er nicht erwähnte, waren Drachen. Es war nicht nötig, Claire an ihre auffällig abwesende Großmutter bei diesem großen glücklichen Familientreffen zu erinnern.

„Eines Tages hörte Claire Hilferufe und eilte zum örtlichen Schloss, um nachzusehen, was es war. Dort traf sie auf einen heimtückischen Prinzen, der das schönste Pferd des Landes für sich beansprucht hatte. Claire versuchte, ihn aufzuhalten, aber der heimtückische Prinz hatte Dutzende von Truppen und schon bald war Claire umzingelt."

„Oh-oh." Mike drückte sie fest an sich.

Sie tätschelte seine Hände. „Ist schon okay, Grandpa. Mein magischer Freund wird mir helfen." Sie schaute meinen Vater an, als wollte sie ihm einen Hinweis geben.

Aber Dad sah ein wenig ahnungslos aus. Claire hatte eine lange Reihe von imaginären Freunden und es war schwer, den Überblick zu behalten.

„Richtig", bluffte mein Vater und öffnete die Arme weit.

Ich ahmte die Geste nach, um ihm einen Hinweis zu geben.

Ein Einhorn erschien im Feuer, warf seine Mähne zurück und schwenkte das spiralförmige elfenbeinfarbene Horn.

Knapp daneben ist auch vorbei, wollte ich zischen.

Claire schüttelte den Kopf. „Das nicht."

Ich veränderte die Form meiner Hände, um ihm ein Zeichen zu geben, aber Dad sah es nicht.

„Oh, entschuldige", murmelte er. „*Diese* magische Freundin."

Wusch! Ein Tornado wirbelte im Herzen des Feuers herum und Diana, die Göttin der Jagd, erschien in seinem Zentrum. Eine alte Freundin aus der Zeit, als Claire für griechische Mythologie schwärmte.

„Nein, die auch nicht." Claire kicherte, als wollte er sie absichtlich aufziehen.

Ohne Notiz von meinen Andeutungen zu nehmen, probierte mein Vater eine Elfe, eine Meerjungfrau und einen Phoenix – allesamt Besucher in Claires Fantasie aus der letzten Zeit. Aber nicht die, von der sie in den letzten Wochen besessen gewesen war.

Ich bewegte mich noch nachdrücklicher und forderte seine Aufmerksamkeit, während meine eigenen Gedanken zu Stacy wanderten. Sie trug diesen hübschen Anhänger direkt neben dieser schrecklichen Blutampulle.

„Das da!“, jubelte Claire und zeigte auf das Feuer.

Ein rauchiges Pferd galoppierte durch die Flammen und kam direkt auf uns zu. Doch anstatt am Rande des Feuers zu verschwimmen, oder durch uns hindurchzupflügen, sprang es mit riesigen, feurigen Flügeln in die Luft.

„Pegasus!“ Claire klatschte.

Alle schauten ehrfürchtig zu, wie der Pegasus sich aufbäumte und schnaubte. Dann donnerte er mit einem gewaltigen Schwung seiner gefiederten Flügel in die Richtung der Sterne. Das Feuer loderte so hoch wie das Haus auf und folgte ihm. Schließlich verblasste der Pegasus allmählich, aber leuchtend orangefarbene Glut zeichnete seine Umrisse gegen den indigoblauen Himmel. Dann erlosch auch sie und der Pegasus wurde eins mit den Sternen.

Begeistert klatschte Claire. Auch alle anderen klatschten und sahen fassungslos aus… einschließlich meines Vaters.

Ich starrte auf meine Hände. Sie waren in den Himmel gerichtet und kleine Funken umspielten sie. Blitzschnell ließ ich sie in meinen Schoß sinken und schüttelte sie leicht aus.

„Wow, Greg“, hauchte Abby. „Das war die beste Show aller Zeiten.“

Mein Vater schaute verwirrt auf seine Hände. Er warf Mike einen kurzen Blick zu, aber der schien genauso überrascht wie die anderen.

Und ich auch. *Sehr* überrascht und ein wenig verängstigt. Was war gerade passiert?

Ich schnippte ein paarmal mit den Fingern, um dieses seltsame Kribbeln abzuschütteln.

Und hoppla. Ein Trio kleiner Funken stieg in die Luft, bevor ich meine Hände zu Fäusten ballte.

Ingo schaute mich mit seinen mitternächtlich dunklen Augen an und neigte den Kopf.

Ich schluckte. Ähm, vielleicht Glühwürmchen?

„Wow. Das war wirklich unglaublich“, stimmte Erin zu.

Mein Vater warf mir einen Seitenblick zu. Ich behielt meinen Blick gesenkt und meine Finger fest verschränkt.

Dann räusperte er sich und erwiderte ganz leise: „Manchmal überrasche ich mich sogar selbst.“

Wieder versuchte er, mir in die Augen zu sehen. Wieder wich ich seinem Blick aus. Denn, wow. Das Kribbeln wanderte von meinen Fingern in meine Lunge, und mein Körper fühlte sich leichter an. So als wäre ein Teil von ihm mit diesem Pegasus in den Himmel galoppiert.

„Feuertänzer...", flüsterte Nash voller Ehrfurcht.

Und verdammt. Jetzt starrte mich Ingo wirklich an.

„Mach weiter, mach weiter!", bettelte Claire.

Ich hielt meine Finger fest verschränkt.

Mein Vater räusperte sich. „Tatsächlich ist dies das Ende der Geschichte. Dank des Pegasus konnte Claire das schöne Pferd retten und es mit nach Hause nehmen. Und als der Pegasus danach zu den Sternen aufstieg, ist er nicht weggeflogen. Er flog durch die Zeit, den ganzen Weg nach Arizona zurück, wo er sich Claire auf der Ranch anschloss und sie alle glücklich bis ans Ende ihrer Tage lebten."

Ich schwöre, Claire wäre losgerannt, um in den Ställen nachzusehen, hätte Mike sie nicht umarmt.

Abby und Erin klatschten und halfen, die Geschichte abzuschließen. Ich stimmte einen Sekundenbruchteil später mit ein, obwohl mein Herz immer noch hämmerte.

„Du bist so ein Glückspilz", sagte Erin zu Claire. „Du bekommst die besten Geschichten."

Abby stand auf und streichelte Claires goldenes Haar. „Ich weiß, Grandpa könnte dich ewig umarmen, aber jetzt ist es wirklich Schlafenszeit."

„Nein!" Claire rutschte tiefer in Mikes starke Umarmung.

„Ich fürchte doch, mein Schatz." Anmutig wie eine Katze stand er auf und hielt Claire noch immer im Arm. Dann setzte er sie ab und entließ sie mit einem Klaps auf den Rücken. „Aber ich sage dir etwas. Wenn du dich schnell fertigmachst und ins Bett gehst, komme ich hoch und lese dir eine letzte Gutenachtgeschichte vor."

„Du fährst doch nicht heute Abend wieder weg, oder?" Claire klammerte sich an seine Beine und schaute mit großen, unwiderstehlichen Augen zu ihm auf.

Und einfach so schmolz der große, harte in Leder gekleidete Motorradfahrer dahin.

„Ich kann heute Nacht und morgen bleiben – wenn du brav bist und wenn deine Mutter und deine Tanten es erlauben.“

Erin zeigte einen Daumen nach oben und Abby grinste. Nash setzte ein steifes Lächeln auf.

„Natürlich könnt ihr bleiben“, sagte Abby.

„Juhu! Darf ich morgen auf Grandpas Motorrad mitfahren?“

Ha. Diese Claire. Die niedlichste, süßeste Opportunistin der Welt.

„Das besprechen wir morgen“, verkündete Abby entschieden. „Und jetzt ab ins Bett. Dann kann Grandpa dir das neue Buch vorlesen, das Tante Pippa dir geschenkt hat.“

„Lass mich raten. Das über einen Pegasus.“ Ingo warf mir einen strengen Blick zu.

Tatsächlich war es so. Aber ich behielt meine Lippen versiegelt.

Kapitel 11

INGO

Ich hatte schon viele von Gregs Lagerfeuern miterlebt, aber das hier war wirklich ein Knaller. Zumal ich das Gefühl hatte, dass Greg nicht der Einzige war, der die Show inszenierte.

Pippa hatte sich danach geweigert, mir in die Augen zu sehen, und war zurückgeblieben, als ich gehen musste.

„Komm bald wieder, mein Sohn." Greg hatte mich mit einem herzlichen Klaps auf den Rücken verabschiedet.

Pippa hingegen starrte immer noch in die letzte Glut des Feuers.

Ich war nach Hause gefahren und hatte dann in Wolfsgestalt einen ausgiebigen Lauf durch die Wüste unternommen. Der mich – einmal wieder – zum Aussichtspunkt über der Ranch führte.

Ich starrte eine Weile auf Pippas Scheune, umkreiste sie dann dreimal und ließ mich genau dort auf dem Tafelberg nieder, wo ich die Nase zwischen die Pfoten klemmte und auf die Ranch hinunterschaute. Als würde Pippa herauskommen und nach mir rufen, so wie ich es mir immer erträumt hatte.

Sie tat es nicht.

Meine Nachtwache dauerte nur etwa eine Stunde, denn die Nächte in dieser Höhenlage waren kalt, selbst wenn mich ein dickes Wolfsfell schützte. Schließlich warf ich einen letzten sehnsüchtigen Blick auf Pippas Haus und machte mich auf den Weg zurück zu meiner Hütte.

Ich wachte mürrisch und mit einem Wirbelwind von Gedanken auf, die um meine Aufmerksamkeit rangen. Eine Doppelhelix, um genau zu sein, mit einem Strang, der aus Pippa und all den damit verbundenen Gefühlen bestand, und dem anderen, der sich mit dem Fall der jungen Frau, die am Gunnery Point gefunden worden war, beschäftigte.

Um neun Uhr morgens kam ich in mein Büro in der Stadt und rief die Polizei an, um mich auf den neuesten Stand zu bringen.

„Die erste Identifizierung wurde bestätigt", berichtete Jimenez. Ich hörte, wie sie ein paar Seiten durchblätterte. „Janet Sullivan, sechsundzwanzig Jahre alt. Laut Gerichtsmediziner gab es keine Drogen in ihrem Körper und keine Anzeichen für ein Verbrechen. Auch nicht am Fundort."

Nichts außer dem Bärengeruch, der überall in der Gegend verbreitet war.

„Also deutet alles auf einen Unfalltod hin", schloss sie. Als ich schnaubte, seufzte sie. „Genau mein Gedanke. Aber wir werden der Sache nachgehen, bis wir ein klareres Bild haben."

Ich legte auf und machte mich auf den nächsten Anruf bereit, den ich vor mir hergeschoben hatte.

„Captain Edwards, bitte", sagte ich der Vermittlung.

Beruhigende Musik ertönte, während ich in der Warteschleife gehalten wurde. Dann machte es *klick* und das Telefon explodierte förmlich an meinem Ohr.

„Warum zum Teufel verfolgen Sie Jananovichs Auto?", brüllte mein Chef.

Ich zuckte zusammen und hielt den Hörer von meinem Ohr weg. „Was verfolge ich?"

„Spielen Sie keine Spielchen mit mir", schimpfte er.

Meine Gedanken überschlugen sich, blieben aber leer. Nada. Nichts. Gar nichts.

Dann dämmerte es mir. „Das Kennzeichen aus Utah, das ich prüfen wollte, ist auf Jananovich zugelassen?"

„Stellen Sie sich vor mir nicht dumm, Kemper", bellte Edwards. „Und wenn ich herausfinde, dass Sie die Stelle in Sedona angenommen haben, weil Sie irgendwie wussten, dass ihr Jananovich dort hinzieht..."

„Er ist hier?", stotterte ich.

Wow. Es war eine Sache, ein Bauchgefühl zu haben, aber eine andere, es bestätigt zu bekommen.

Edwards schnaubte erneut, dann änderte er seinen Ansatz. „Sein Aufenthaltsort geht Sie nichts an. Einstweilige Verfügung, schon vergessen?" Er seufzte, dann murmelte er mehr zu sich selbst als zu mir. „Ich hätte Ihnen die Stelle in Sedona nie zuweisen dürfen." Die Leitung wurde still, als er darüber nachdachte. „Also gut. Ich gebe Ihnen dieses Mal einen Vertrauensvorschuss. Aber halten Sie sich von Jananovich und seinen Unternehmen fern."

Mein Verstand stockte. War damit TTC Limited gemeint, der Firmenname auf der Rechnung, die ich gesehen hatte?

„Ich hatte das letzte Mal genug von ihm und seinen Anwälten", brummte Edwards.

Ich verzog das Gesicht. Beim *letzten Mal* hatte man drei junge Frauen tot aufgefunden und eine vierte, die vielleicht überlebt hätte, hätte ich nur schneller gehandelt. Aber mir waren die Hände gebunden, wie Edwards zu sagen pflegte.

„Mir sind die Hände gebunden, Junge."

Ich rollte mit den Augen.

„Konzentrieren Sie sich auf das, was Ihnen aufgetragen wurde", fuhr er in einem gemäßigteren Ton fort.

Etwa übernatürliche Aktivitäten aufzuspüren und zu überwachen? hätte ich fast zurückgeschossen. *Wie den verdächtigen Bärengestaltwandler, der diesen Wagen fährt? Wie den Geruch des Bärengestaltwandlers am Tatort? Wie mögliche Verbindungen zu Jananovich?*

„Wir haben ein Büro in Sedona eingerichtet, um Berichte über Hexerei zu untersuchen, und darauf sollten Sie sich konzentrieren", fuhr Edwards fort.

In meiner ersten Woche in der Stadt hatte ich mich mit diesen Dingen beschäftigt, aber die einzige Hexerei in der Stadt war so dilettantisch, dass es lächerlich war.

Völlig lächerlich... außer Pippa und ihre Schwestern. Aber technisch gesehen lebten sie außerhalb der Stadtgrenzen, nicht wahr?

Ja, ich könnte hier einen kleinen Interessenkonflikt haben. Einen, den ich Edwards gegenüber nicht zu erwähnen gedachte.

„Sie wissen so gut wie ich, dass unsere Mittel begrenzt sind", belehrte Edwards mich. „Verschwenden Sie Ihre Zeit also nicht mit etwas, das Ihnen am Ende nur Kummer bereiten wird.“

Ich verkniff mir eine Bemerkung über den Kummer, der durch sinnlose, vermeidbare Todesfälle verursacht wurde.

„Es ist einfach nicht möglich, alle übernatürlichen Aktivitäten in allen Bereichen zu untersuchen, und es ist auch nicht nötig. Nur die Aktivitäten, die Besorgnis erregen oder Schaden anrichten.“

So wie der Geruch eines Bärengestaltwandlers in der Nähe der toten Frau am Gunnery Point? hätte ich am liebsten geschrien.

„Und es ist sicher nicht unsere Aufgabe, gesetzestreue Bürger ohne begründeten Verdacht zu belästigen. Die Betonung liegt auf begründet“, unterstrich Edwards. „Sie werden also ab gestern alles unterlassen, was auch nur im Entferntesten mit Jananovich zu tun hat. Ist das klar?“

Ich trat gegen den Stuhl mir gegenüber und er rutschte über den kühlen Fliesenboden.

„Ich fragte, ist das klar?“, knurrte er durchs Telefon.

„Ja, Sir“, zwang ich heraus.

∞∞∞∞

In den nächsten Stunden horchte ich ernsthaft in mich hinein – und trat noch öfter gegen den Stuhl. Aber so richtig beruhigte ich mich erst eine Stunde nach Beginn meines Besuchs in der Glaswerkstatt am Nachmittag.

„Nimm das und halte es still“, wies Pippa mich an, die sich auf ihre Arbeit konzentrierte. „Ein bisschen höher… höher… genau da.“

Minuten zuvor war diese Masse noch ein brauner Klumpen gewesen. Jetzt nahm sie die Form eines wunderschönen Weinglases an.

„Höher“, forderte sie und verzog die Stirn in parallelen Falten.

Ich löste mein Versprechen ein, mich bei ihr für ihre Zeit zu revanchieren, obwohl sie nur widerwillig zugestimmt hatte. Aber sie stand unter Zeitdruck – oder besser gesagt, sie war *verzweifelt*, wenn man ihr Arbeitstempo bedachte – und hatte deshalb zugestimmt.

Trotzdem empfand ich die Arbeit als beruhigend. Oder vielleicht lag es auch daran, dass ich neben Pippa arbeitete und ihren süßen, wohltuenden Duft einatmete.

Es gibt nichts Schöneres als zu Hause zu sein, pflegte mein Vater zu sagen, wenn er sich nach tagelanger Abwesenheit bei einem Job, der von düsteren, lebensgefährlichen Tagen inmitten eines brennenden Waldes geprägt war, zu Hause erholte.

Er kam nach Hause, duschte, aß und legte sich hin. Er behielt meine Mutter in der Nähe, als wäre sie sein Zuhause, und das beruhigte ihn.

Zu Hause, seufzte mein Wolf, als Pippas Bein gegen meines stieß.

„Halte es so", murmelte Pippa.

Mein Bein oder das Glas? Ich beschloss, beides zu lassen, wo es war.

Offenbar ließ die Besitzerin von Sedona Glas Pippa an ihren eigenen Projekten arbeiten, wenn sie alle ausstehenden Aufträge erledigt hatte – so wie jetzt. Das bedeutete, dass sie ein Zeitfenster hatte, um an ihrem Beitrag für einen Glaswettbewerb zu arbeiten, bei dem es $25.000 zu gewinnen gab. Es klang zwar sehr unwahrscheinlich, aber bei Pippa konnte man nie wissen.

Ihr Zeitfenster war allerdings knapp – ein einziger Nachmittag –, denn sie hatte sich bereits verpflichtet, einer Freundin später bei einem Cateringauftrag zu helfen. Typisch Pippa – sie half einer Freundin, selbst wenn ihre eigene Ranch in Gefahr war.

Die Zeit war also Gold wert. Ich tat mein Bestes, um zu helfen, auch wenn es sich nicht nach viel anfühlte.

„Näher. . . ", murmelte Pippa. Ein Schweißtropfen fiel von ihrer Stirn.

Draußen waren die Leute in warme Jacken gehüllt. In der Glaswerkstatt trug ich nur ein T-Shirt und schwitzte wie verrückt, obwohl die Hintertür angelehnt war und ein Ventilator lief. Der feuchte Stoff klebte an meiner Haut und das Salz brannte in meinen Augen.

„Gib mir das nasse Papierbündel“, bat sie.

Als ich es tat, berührten sich unsere Hände und meine Wolfsseite brummte.

„Okay. Ich klopfe jetzt hier auf das Glas, damit es am Stiel abbricht und du musst es auffangen. Bist du bereit?“

Ich zog mir Ofenhandschuhe an, die einem Elefanten passen würden – wenn ein Elefant Ofenhandschuhe bräuchte – und wartete.

„Auf drei“, sagte Pippa.

Ich streckte meine Hände aus und schwitzte literweise, und das nicht nur wegen der Hitze. Pippa hatte ewig an diesem Weinglas gearbeitet. Wenn ich es jetzt fallen ließ...

Ich schwöre, ich wäre weniger ängstlich gewesen, wenn ich ein Frühchen hätte auffangen müssen.

„Eins... zwei... drei!“

Pippa klopfte dagegen und *kling!* Das Weinglas löste sich vom Rest der Stange. Ich fing es auf – Gott sei Dank –, aber das Unheil lauerte immer noch, denn ich musste es durch die heiße Werkstatt zum Kühlofen bringen.

„Pass auf die Werkbank auf“, mahnte Pippa, die vorauseilte, um mir Dinge aus dem Weg zu schieben.

Ich wusste nicht, warum die Werkstatt nicht so gebaut worden war, dass der Kühlofen direkt neben der Werkbank stand. Aber ich war definitiv bereit, das vorzuschlagen.

Der Kühlofen sah aus wie ein riesiger Kühlschrank, in dem die Temperatur des bearbeiteten Glases allmählich gesenkt wurde, damit es nicht zersplitterte. Und das wäre nur ein Weg, wie Pippas empfindliche Arbeit zerbrechen könnte. Ich hatte gedanklich eine ganze Liste von unheilvollen Warnungen, alle fett und unterstrichen.

In dem Moment, in dem Pippa die Tür zum Kühlofen öffnete, senkte ich das Glas vorsichtig hinab und trat dann zurück, damit sie die Tür schließen konnte. Uff. Ein Stück geschafft. Wie viele mussten wir noch machen?

Sie schlug mit mir ein. „Gut gemacht.“

Mein inneres Biest wedelte freudig mit dem Schwanz und ähnelte in diesem Moment eher einem Golden Retriever als einem Wolf.

Sie zog zwei kalte Getränke aus einem winzigen Kühlschrank, reichte mir eins und hielt sich das andere an die Stirn, wobei sie es langsam hin und her rollte. Sie hatte den Kopf nach hinten geneigt, ihr Kinn gehoben und ihr goldenes Haar wehte in der Brise des Ventilators.

Ich stürzte mein Getränk hinunter, weil ich mich in mehr als einer Hinsicht abkühlen musste.

„Hast du die hergestellt?", fragte ich und deutete auf eine Vase in einem Regal.

„Nein, sie kam von der Straße herein." Sie warf mir einen reumütigen Blick zu, dann fuhr sie fort. „Ja, ich habe sie hergestellt. Und das dort auch. Und das und das und das. Alles auf diesen vier Regalen."

Ich betrachte sie und war beeindruckt von den Farben, der Zartheit, den glatten, lichtdurchfluteten Formen – alles von Vasen über Blumen bis hin zu lebhaften Kolibris. Es gab sogar ein skurriles Stück in Form eines Feigenkaktus, aber mein Lieblingsstück – bis jetzt – war eine mit Feuer gefüllte Kugel. Feuer aus *Glas*.

„Wow, jetzt bin ich wirklich platt", murmelte ich.

Pippa gluckste. „Ich hoffe, nicht wörtlich platt."

Ich warf ihr einen Blick zu, dann bewunderte ich wieder ihre Projekte.

All die Jahre, die sie der Glasherstellung gewidmet hatte, hatte ich immer nur an Schalen und Vasen gedacht, denn Glas war einfach nur Glas. Aber das hier waren Kunstwerke, voller Können und Leidenschaft, und jedes Stück strahlte Bewegung und Leben aus.

Ich habe am Freitag eine Ausstellung... Ich erinnerte mich daran, wie Pippa mir mit leuchtenden, hoffnungsvollen Augen davon erzählt hatte, als wir damals in Colorado waren.

Wegen eines Feuers in den Sangre de Cristo-Bergen hatte ich diese Ausstellung verpasst – ihre allererste Werkschau. Ein weiteres Feuer hatte mich die nächste verpassen lassen – ihre erste Soloausstellung. Und die nächste und die nächste...

Ich durchforstete jede Ecke meines Gedächtnisses, aber ich konnte mich an keine einzige Gelegenheit erinnern, bei der ich mir die Zeit genommen hätte, Pippas Arbeit zu sehen. Und es war wirklich Arbeit, nicht nur ein Hobby oder ein Handwerk, das jeder tun könnte.

Und eine weitere Sache fiel mir an ihrer Arbeit auf. Jedes Stück war fröhlich, bunt und beschwingt. Überhaupt nicht wie das wirkliche Leben.

Aber dann schaute ich aus dem Schaufenster, wo die Sonne schien und die rotgefärbten Klippen förmlich leuchteten. Ein junges Pärchen ging vorbei und schob ein Baby im Kinderwagen. Ein Musiker klimperte an einer Ecke auf seiner Gitarre und ein paar Leute sangen mit.

Ich holte tief Luft. Mein Job mochte mich in die dunkelsten und gemeinsten Ecken der Gesellschaft führen, aber das bedeutete nicht, dass ich nicht auch die positiven Seiten der Dinge sehen konnte.

Ein Kloß bildete sich in meinem Hals – für das, was aus mir geworden war, und für das, was hätte sein können.

Pippa warf einen Blick auf die Uhr, steckte ihr Haar neu zusammen und ging zum Vorratsschrank hinüber.

„Okay, das nächste… "

Ich richtete mich schnell auf und folgte ihr wie ein treuer Köter.

Treuer Gefährte, flüsterte meine animalische Seite.

Eine halbe Stunde später war Pippa mit dem nächsten Stück für ihr Projekt fertig.

Sie streckte eine Hand aus. „Zange. "

Ich reichte sie ihr, wobei ich mich wie eine assistierende Krankenschwester bei einer Operation am offenen Herzen verhielt.

„Presse", murmelte Pippa.

Ich zog ein paar klobige Korkdinger hervor.

Ha. Ich wurde langsam gut darin.

Als Pippa gesagt hatte, dass sie ein Wein-Dekanter-Set herstellen wollte, hatte ich ernst genickt. Irgendwann war mir bewusst geworden, dass sie damit Weingläser und einen passenden Krug gemeint hatte. Sehr, sehr schöne Gläser mit einem Netzmuster, deren Herstellung unglaublich viele Arbeitsschritte erforderte. Pippa erwähnte etwas über die Technik, die bis ins Mittelalter zurückreichte, aus… ähm… Florenz? Venedig?

So etwas in der Art. In jedem „Loch" dieses Netzes erschienen winzige Luftblasen, obwohl ich keine Ahnung hatte, wie sie das geschafft hatte.

Magie vielleicht?

Ich hatte genau auf Anzeichen geachtet, aber es war ein schmaler Grat zwischen Können, Talent und Magie. In diesem Fall war ich bereit, dem Können und dem Talent die Ehre zu geben.

Gestern Abend jedoch...

Der Anblick eines feurigen Pegasus, der in den Himmel galoppierte, erschütterte mich noch immer – und ich wette, Pippas Vater auch. Ich war mir sicher, dass er ihn nicht herbeigezaubert hatte. Das war Pippa gewesen. Pippa, die stets darüber geklagt hatte, dass sie keine übernatürlichen Kräfte besaß.

Wie konnte ich mir sicher sein? Abgesehen von Gregs schockiertem Gesichtsausdruck hatte ich Nash eine Woche zuvor auf der Ranch besucht. Claire war herbeigelaufen, um uns ihr neues Pegasusbuch zu zeigen.

„Wow. Pegasus, was? Mit Flügeln und allem?", fragte Nash angemessen beeindruckt.

Ja sicher, Flügel sind doch das, was einen Pegasus ausmachte, oder?

Aber er stellte sich nicht dumm. Er lieferte Claire einen Vorwand, um einen begeisterten zehnminütigen Vortrag über geflügelte Kreaturen zu halten.

Ja, eine Achtjährige, die einem Drachengestaltwandler einen Vortrag über das Fliegen hielt.

Der springende Punkt: Das alles war erst letzte Woche passiert. Es war unmöglich, dass Pippas Vater von Claires neuester Schwärmerei wusste.

Aber Pippa wusste es.

So viele Fragen. Erweckte oder verstärkte Gregs Anwesenheit die verborgene Magie seiner Tochter? War Pippa eine Feuertänzerin so wie er ein Feuertänzer? War das gestern Abend eine Premiere? Und wie war es möglich, dass sie so gut roch?

Das war meine Wolfsseite, die sich mit der letzten Frage zu Wort meldete.

Ich beobachtete sie in der Werkstatt genau, aber es war schwer zu sagen. Glasbläserei schien teils Kunst, teils Wissenschaft zu sein... auch teils Magie?

Sie streckte eine Hand aus. „Bunsenbrenner. "

Ich drückte ihn ihr in die Hand und sie ließ Flammen über das Glas lecken. Obwohl sie den Bunsenbrenner in der Mitte hielt, erreichten die Flammen genau die Stelle, die sie brauchte und das mit genau der richtigen Intensität. Auf der linken Seite, wo sich das Glas ein wenig verzogen hatte, war es etwas heißer. Auf der rechten Seite, wo das Glas nicht angepasst werden musste, etwas kälter.

Als sie mir den Bunsenbrenner zurückgab, drehte ich mich um und drückte kurz auf den Abzug. Die Flammen waren nur ein Bruchteil dessen, was sie bei Pippa gewesen waren und weit weniger zielgerichtet.

Die Agentur stufte Hexen und Hexenmeister in fünf Stufen ein, und was ich gerade erlebt hatte, war ungefähr eine Klasse vier auf der Pyromagier-Skala – mit anderen Worten niedrig. Aber der feurige Pegasus war mindestens das Werk eines Pyromagiers der Klasse zwei, wenn eins die höchste Stufe war.

Pippa war also kreuz und quer auf der ganzen Skala.

Hexen und Hexenmeister, wie auch Gestaltwandler, entwickelten ihre Fähigkeiten in der Regel in der Pubertät, erinnerte ich mich an die Worte des Dozenten der Agentur, als ich damals dort angefangen hatte. *Aber ihre Fähigkeiten entwickeln sich oft in Schüben...*

Pippa war eine Spätzünderin gewesen, was die Entwicklung ihrer... ähm, weiblichen Teile anging. Aber Junge, sie wäre eine Superspätzünderin, wenn ihre übernatürlichen Kräfte erst jetzt zum Vorschein kamen.

Das oder etwas anderes hatte den Prozess plötzlich beschleunigt. Vielleicht der kürzliche Zusammenstoß mit Harlon Greene? Die Schwestern hatten sich ziemlich bedeckt gehalten, wie sie sich gegen den mächtigen Hexenmeister verteidigt hatten, aber ich hatte zufällig gehört, dass sie einen nahe gelegenen Wirbel angezapft hatten.

Könnte das der Auslöser dafür gewesen sein, dass Pippas Kräfte sich endlich entfalteten? Und verdammt. Wie viel stärker würden sie noch werden?

Kapitel 12

INGO

Pippa stürzte sich sofort wieder in die Arbeit und gestikulierte einen Moment später mit dem Ellbogen. „Ich brauche hier Druck."

Ich schnappte mir eine Stahlplatte und hielt sie an den Rand ihres Glases.

„Etwas mehr... ", sagte Pippa.

Ich musste mich weit vorbeugen, um das zu tun. So weit, dass mein Kinn ihren Kopf berührte.

„Näher... "

In der Glaswerkstatt roch es leicht nach Bienenwachs und Schweiß, aber wenn ich Pippa so nahekam, konnte ich ihren Lavendelduft riechen.

„Okay, jetzt die Zange... "

Ich summte fast vor Vergnügen. Gott, es war so schön, sie in der Nähe zu haben.

Dann stieß ein Ellbogen gegen meine Rippen und Pippa sprach lauter.

„Ingo – Zange."

Ich richtete mich schnell auf. Oh. Stimmt.

Das Glas sah für mich perfekt aus, aber Pippa machte weiter und prüfte dies und das.

Sie hatte ihr Haar mit einer Spange zurückgebunden, aber eine Strähne löste sich und sie blies dagegen.

„Verdammt... "

Ich fing sie mit einem Finger auf und strich sie hinter ihr Ohr.

„Danke", murmelte sie, ohne mich auch nur anzusehen.

Ich feierte und trauerte zugleich. Es war schön, diese ruhige, gemeinsame Zeit. Aber Pippa war so sehr in ihre Arbeit vertieft, dass ich bezweifelte, dass sie mich überhaupt wahrnahm.

Dann spitzte ich die Lippen, denn sie war nicht die Einzige, die manchmal einen Tunnelblick bekam.

Okay, in meinem Fall sogar sehr oft.

„Mach dich bereit, das aufzufangen", sagte Pippa ein paar Minuten später.

Ich schnappte mir die Ofenhandschuhe und streckte sie aus, als ich den Atem anhielt.

„Bereit?", fragte sie und machte sich daran, den Dekanter von der Stange zu lösen. „Eins... zwei... drei!"

Sie klopfte dagegen und der Dekanter fiel leicht in meine Hände.

Ich eilte zum Kühlofen und stellte ihn vorsichtig hinein. Dann trat ich zurück, damit Pippa die Tür schließen konnte.

Wir standen schweißgebadet, aber mit einem breiten Grinsen davor.

„Schlag ein", verkündete sie und streckte eine Hand hoch.

In dem Moment, in dem ich mit ihr einschlug, drehte sie sich, bereit für das nächste Stück, wieder zur Werkbank um. Drei Sekunden später wirbelte sie mit großen Augen wieder zu mir herum. „Ach du liebe Güte. Das war das letzte Stück. Wir haben es geschafft!"

Ich lachte. „Du hast es geschafft."

Sie streckte ihre Arme hoch wie ein Läufer, der die Ziellinie überquerte, und schlang sie dann um mich herum. „Ich kann gar nicht glauben, dass ich fertig bin." Als sie sich ein wenig zurückzog, leuchteten ihre Augen vor Stolz. „Und weißt du was? Ich glaube, sie werden richtig gut werden."

„Ich weiß, dass sie es werden", versicherte ich ihr.

Pippa ließ sich wieder in die Umarmung sinken, genoss ihren kleinen Sieg und ließ mich daran teilhaben. Ich drückte sie fest an mich und war froh, dass ich ihr hatte helfen können, wenn auch nur ein wenig.

Je länger ich sie so festhielt, desto glücklicher fühlte ich mich und desto weniger wusste ich, warum. Es schien keine Rolle mehr zu spielen, nur noch, dass wir zusammen waren.

Und alles war gut. Wirklich gut, so wie ich es schon lange nicht mehr empfunden hatte.

Mein Atem wurde langsamer. Mein Herz klopfte. Ich schloss die Augen.

Glücklich. Zusammen. Gut.

In den nächsten paar Sekunden bewegte ich mich nicht, sprach nicht und dachte nicht einmal. Und Pippa auch nicht. Aber irgendetwas musste sich verändert haben, denn die Umarmung war nicht mehr das Satzzeichen am Ende einer Sache, sondern jetzt der Beginn von etwas Neuem. Etwas Warmem, Angenehmen... sogar Sinnlichen.

Pippa seufzte und ließ ihre Hände an meinem Rücken ein wenig tiefer gleiten.

Ich atmete tief ein und war versucht, meine Hände nach oben gleiten zu lassen. Meine Haut kribbelte und meine Gedanken verschwammen.

Und plötzlich küssten wir uns. Berührten uns. Wollten uns. Und bekamen einander...

Pippa öffnete die Lippen und der Kuss wurde von sanft zu wild, als hätten wir den Bunsenbrenner auf uns selbst gerichtet. Unsere Hände wanderten kühn umher und unsere Atemzüge wurden zu Keuchen. Mein Körper brannte und meine Jeans wurde unangenehm eng.

„So gut", flüsterte Pippa und presste ihren Körper an meinen.

Mein Verstand wurde immer verschwommener. Sex wurde immer unausweichlicher. Unvermeidlich tatsächlich, denn es war schon zu lange her.

Viel zu lange, brummte mein Wolf gierig.

Pippa ließ sich auf die Werkbank sinken und spreizte ihre Knie weit. Ich trat näher und zischte vor Verlangen, als sich unsere Hüften berührten.

„Ja...", hauchte Pippa und lehnte sich zurück. Der Winkel drückte ihre Mitte gegen meine und ich wurde von *fest* zu *hart.*

Sie lehnte sich weiter und weiter zurück, zog mein Hemd hoch und fummelte dann am Knopf meiner Jeans herum.

Kling-kling! Die Glocke über der Ladentür läutete fröhlich und wir erstarrten.

Pippas Hand blieb auf meinem Rücken und ich hätte denjenigen, der hereingekommen war, fast angebrüllt.

Im Laden war es einen Moment lang totenstill, bis auf das Geräusch unserer keuchenden Atemzüge.

„Oh. Hallo. Störe ich?", fragte die Brünette an der Tür eher abfällig als amüsiert.

Fast hätte ich meine Wolfszähne ausgefahren, um nach ihr zu schnappen, aber dann fing ich mich wieder. So richtig. Denn, oha. Was war gerade passiert?

Pippas Lippen bewegten sich, als sie mir zublinzelte. Langsam, zähneknirschend, kämpften wir uns aus dem alles verzehrenden magischen Bann, der von... Liebe? Lust? Dem Schicksal... gewoben worden war?

Pippa richtete ihr Oberteil und trat von mir weg, was meinen Wolf aufheulen ließ.

„Kann ich Ihnen helfen?", fragte sie schnippischer, als ich sie je gehört hatte.

Gut zu wissen, dass ich nicht der Einzige war, der um das Ende unseres Kusses trauerte.

Die Frau knallte ein Papier auf den Tresen und tippte mit einem langen manikürten Fingernagel darauf. Ihr knallroter Nagellack passte zu der Farbe ihrer gespitzten Lippen.

„Ich bin hier, um die Bestellung für TTC Limited abzuholen."

Die meisten Leute in Sedona trugen Kleidung, die zum Erklimmen von Klippen oder zum Mountainbikefahren geeignet war, unabhängig davon, ob sie tatsächlich zu solchen Abenteuern aufbrachen oder nicht. Diese Frau hatte eher den lässigen, aber sorgfältig gestylten Yoga-Retreat-Look, obwohl es ziemlich schwierig wäre, mit diesen künstlich vergrößerten Brüsten das Gleichgewicht zu halten. Ihre weiße Daunenjacke war weit geöffnet und zur Seite geschoben, um ihre Schultern zu zeigen. Darunter kämpfte ein knapper lila Turnanzug damit, die falschen Brüste zu verbergen. Er war an den Oberschenkeln so hoch geschnitten, dass die Haut über dem Saum ihrer Designer-Jogginghose zu sehen war.

Pippa war komplett regungslos. „Oh. Sie meinen die Ampullen?"

„Ja, ich meine die Ampullen", schoss das Miststück – ähm, die Frau – zurück. „Stimmt etwas nicht?"

Ich hasste sie bereits und ich war mir ziemlich sicher, dass es Pippa genauso ging.

Pippa schüttelte sich ein wenig. „Nein. Tut mir leid. Ich schätze, ich habe Stacy erwartet."

„Mm", sagte die Frau und sagte damit gar nichts.

Ich überlegte kurz. Stacy? Die Stacy, der ich gefolgt war?

Pippa verlangte nicht nach einer Erklärung, ihre Körperhaltung aber schon.

„Sie hat es heute nicht geschafft", sagte die Frau mit einem scharfen Blick.

Pippa überlegte eine lange Minute und stieß dann ihr eigenes kritisches „Mm" aus. Sie drehte sich wieder zur Werkstatt um. „Einen Moment bitte."

Die wenigen Male, die ich im Laden gewesen war, war Pippa praktisch aufgesprungen, um Kunden zu helfen. Jetzt ließ sie sich viel Zeit, um den Ofen auszuschalten und die Einstellungen des Kühlofens zu prüfen.

Klick, klick, klick. Die Kundin tippte mit ihren langen Fingernägeln auf den Glastresen.

Ich entdeckte das große beige SUV mit den getönten Scheiben vor der Tür. Stacys Wagen.

Jeder Muskel in meinem Körper verkrampfte sich.

Ich wandte mich ab, bevor aus meinem Blick ein Starren wurde, und beschäftigte mich damit, Pippas Werkbank aufzuräumen. Aber meine Ohren blieben gespitzt.

Ich schnupperte an der Luft, aber der Ventilator blies den Duft der Frau von mir weg, nicht zu mir hin.

Klick, klick, klick.

Pippa verschwand im hinteren Teil des Raumes und kam mit einer großen Kiste wieder heraus. Als sie sie auf den Tresen stellte, klirrten viele kleine Dinge darin. Pippa öffnete die Schachtel und fing an, die Gegenstände durchzugehen und laut zu zählen.

„Zwei... vier... sechs... acht..."

Ich konnte den Inhalt nicht sehen. Ich vermutete, dass es sich um viele kleine Glasgegenstände handelte.

Kleine Glasgegenstände, die für TTC Limited bestimmt waren – eine von vielen Strohfirmen in einer langen, schmutzigen Kette, die meinem Gefühl nach zu Victor Jananovich führte. Obwohl ich keine Beweise dafür hatte.

Noch nicht.

Klick, klick, klick.

„Zweiundzwanzig... vierundzwanzig... "

„Ich bin sicher, dass es stimmt", sagte die Frau schnippisch.

Pippa zählte stillschweigend weiter, dann zog sie ein Blatt Papier heraus. „Unterschreiben Sie bitte hier."

Die Frau klemmte den Stift zwischen ihre Krallen – ähm, langen Fingernägel – und kritzelte genervt auf das Papier.

Ich schaute auf die Kiste, dann auf das SUV. Eine einmalige Gelegenheit, also ergriff ich sie.

„Kann ich die für Sie tragen?", bot ich an.

Die wilden Augen der Frau wanderten über meinen Körper und leuchteten auf.

Ich zupfte den verschwitzten Stoff meines weißen T-Shirts von meiner Brust.

„Ja, bitte", schnurrte sie und leckte sich über die viel zu roten Lippen.

Pippa warf mir einen scharfen Blick zu.

Ich hob die Schachtel auf meine Schulter und ging zur Tür, wo ich innehielt. Die kleine Miss Klickediklack hielt ebenfalls inne und wartete darauf, dass ich ihr die Tür aufhielt. Offensichtlich war es ihr egal, dass ich die Hände voll hatte und sie nicht.

Ich balancierte die Kiste mit einer Hand, öffnete die Tür mit der anderen und ließ Klickediklack durchmarschieren. Und wow. Hatte sie in Chanel No. 5 gebadet? Der Geruch war so intensiv, dass ich fast niesen musste.

Pippa stemmte die Hände an die Hüften, aber ich hatte keine Zeit für Erklärungen.

Der Fahrer musste einen Knopf gedrückt haben, denn der Kofferraum öffnete sich. Ich lehnte mich so weit hinein, wie ich mich traute, und behielt mein Gesicht hinter der Kiste. Der moschusartige Duft von Bärengestaltwandler und Kiefernreinigungsmittel überspülte mich und fast hätte ich geniest.

Bärengestaltwandler, Kiefernreinigungsmittel und noch etwas anderes... Aber es war schwer, etwas anderes zu riechen als den Gestank von Klickediklacks Parfüm.

In dem blitzsauberen Kofferraum befand sich nichts anderes. Die Reifen und der Unterboden waren ebenso makellos, aber wer auch immer ihn geschrubbt hatte, hatte einen orangefarbenen Schmutzfleck neben dem Rücklicht übersehen. Schmutz wie auf dem Boden um Gunnery Point?

Ich beäugte den Fahrer aus dem Augenwinkel. Er war ein großer Kerl – so groß wie ein Gewichtheber, aber das waren die meisten Bärengestaltwandler – mit einem Kurzhaarschnitt und in einem dunklen Anzug. Durch den Rückspiegel konnte ich seine Augen auf mir spüren.

Die Frau hatte die ganze Zeit über keinen Finger gerührt, aber jetzt stützte sie sich mit einer Hand gegen die geöffnete Luke und neigte ihre Hüfte, um ihre Kurven zu betonen.

Ihre Stimme war ein einladendes Schnurren. „Wie nett von Ihnen, dass Sie mir helfen, Mr... "

„Jederzeit. " Ich zwang mich zu einem knappen Lächeln und öffnete ihr die Hintertür, wobei ich dem Fahrer den Rücken zuwandte, während ich mit den Augen den Innenraum absuchte. Abgesehen von ein paar Einkaufstüten – die luxuriösen mit den schicken Griffen und Prägedruck – war darin nichts zu sehen.

Ich hielt die Tür etwas weiter auf, damit Miss Klickediklack beim Einsteigen nicht gegen mich stieß. Ich war mir nicht sicher, ob sie auf einen billigen Nervenkitzel aus war oder darauf trainiert, einen Hauch von meinem Geruch mitzunehmen. Aber ich war auf beides nicht scharf.

Sobald sie saß, öffnete sie den Mund, um noch etwas zu sagen, aber ich schlug die Tür zu, bevor sie es konnte. Dann marschierte ich zurück in den Laden.

Draußen rollte das SUV so lautlos – und unheilvoll – davon, wie es gekommen war.

Ich kehrte ihnen noch fünf Sekunden lang den Rücken zu, dann ging ich zum Fenster, um das Nummernschild zu prüfen.

Jawohl. Dasselbe Kennzeichen, dasselbe SUV. Derselbe Fahrer würde ich wetten. Also wo war Stacy?

„Musstest du so hilfsbereit sein? ", grummelte Pippa.

„Glaub mir, es war nur ein Vorwand, um mir den Wagen genauer anzusehen."

„Oh", sagte Pippa und atmete aus. „Und?"

„Es ist derselbe Wagen, in dem Stacy gefahren ist. Derselbe Fahrer. Es ist auch das gleiche Fahrzeug, das wir an der Ausfahrt aus La Puebla gesehen haben."

Beunruhigt nickte sie.

Ich trat an ihre Seite und gemeinsam studierten wir die Rechnung, die die Frau unterschrieben hatte. Pippa drehte sie hin und her, aber das Gekritzel hätte genauso gut ein Geheimcode sein können.

„Deidre irgendwer", versuchte es Pippa.

Wenigstens war der Rest auf der Rechnung vorgedruckt. *TTC Limited.*

Ich schaute mir den Bestellabschnitt der Rechnung an. „Fünfzig Ampullen? Welche Art von Ampullen?"

Pippa wühlte in einer Schublade und hielt zwei kleine Röhrchen hoch. „Liebesampullen. Paare kaufen sie und befüllen sie mit... " Sie verstummte und wurde blass.

Ich runzelte die Stirn. „Sie befüllen sie womit?"

Ihr Kehlkopf wippte und sie schaute in die Richtung, in die das SUV gefahren war. „Blut."

Jede Alarmglocke in meinem Kopf begann zu schrillen.

„Mit Blut?"

Sie nickte langsam. „Nicht mein Ding, aber manche Leute tragen gern ein bisschen Blut ihrer großen Liebe mit sich herum."

Ich verzog das Gesicht. „Ernsthaft?"

Sie verschränkte die Arme, jedoch nicht aus Trotz. Eher, um sich selbst festzuhalten. „Ja. Total eklig, wenn du mich fragst."

„Und das ist es, was Stacy hier abgeholt hat?", fragte ich. „Jedes Mal?"

„Ja. Fünfzig. Jede Woche, mehr oder weniger."

Mir schwirrte der Kopf. Fünfzig Ampullen bedeuteten fünfundzwanzig Paare. Welchen Nutzen hatte Jananovich davon?

„Ein halbes Schnapsglas...", murmelte Pippa. „Vampire..."

Ich neigte den Kopf und ließ sie nachdenken.

„Vampirpärchen?", überlegte sie.

Ich konnte mir auch keinen Reim darauf machen, aber ich war definitiv in Alarmbereitschaft versetzt.

„Wann hast du Stacy das letzte Mal gesehen?", fragte ich.

Pippas Lippen bebten. „Gestern. Nein, warte. Vorgestern."

„Hat sie irgendetwas darüber gesagt, diese Bestellung abzuholen?"

„Indirekt. Sie war schon immer diejenige, die die Bestellungen abgeholt hat. Immer."

„Hat sie sonst noch etwas gesagt?"

„Nichts Besonderes. Aber sie sah nervös aus."

Sie starrte mich an, dann kramte sie in ihrer Tasche nach ihrem Handy herum. Ich beobachtete, wie sie ein paar Tasten drückte, wartete und dann auf eine Mailbox sprach.

„Hi, Stacy. Ich bin es, Pippa. Ich wollte nur..."

Ich machte eine abwehrende Bewegung in der Luft, bereit, ihr das Handy aus der Hand zu reißen.

Pippa starrte mich an, dann begriff sie es. Stacy war vielleicht nicht die einzige Person, die diese Nachrichten abhörte.

Pippa schluckte und überlegte sich ihre Worte, bevor sie weitersprach. „Ich rufe nur an, um zu sagen, dass ich hoffe, dass Sie mit der letzten Bestellung zufrieden sind. Bitte geben Sie mir Bescheid, wenn Sie einen Moment haben, okay? Vielen Dank." Dann hielt sie noch einmal inne und war wie erstarrt. „Ich... ich hoffe, wir sehen uns bald."

Sie legte auf und starrte mich mit großen, flehenden Augen an. Dann wandte sie sich zügig der Werkstatt zu, als wollte sie keine Antwort auf ihre unausgesprochene Frage.

„Ich bin sicher, dass alles in Ordnung ist..."

Ich war mir dessen nicht so sicher. Ich hoffte auch, dass sie Stacy bald wiedersehen würde. Aber mein Gefühl ließ mich das Schlimmste befürchten.

„Verdammt", fluchte Pippa und warf einen Blick auf die Uhr. „Ich muss jetzt los."

Richtig, der Cateringjob. Ich schaute zu, wie sie herumrannte und den Laden abschloss, aber meine Gedanken waren ganz woanders. Und Pippas zweifellos auch.

Zwanzig Minuten später drängte Pippa mich zur Hintertür hinaus und schloss hinter uns ab.

„Sehen wir uns bald?", fragte sie, als ich sie zu ihrem Wagen begleitete.

Ich runzelte die Stirn, als das Echo ihrer Nachricht an Stacy in meinem Ohr widerhallte. Ich nahm ihre Hände und drückte sie.

„Sei vorsichtig. Ich meine es ernst", sagte ich, bevor sie protestieren konnte. „Wenn dir irgendetwas komisch vorkommt, ruf mich an." Ich schüttelte ihre Hände ein wenig. „Versprich es mir, okay?"

Ihre Lippen bebten ein wenig. Ich wollte ihr keine Angst machen, aber sie musste verstehen, dass das hier ernst war.

„Ich verspreche es." Sie schaut mich einen Moment lang an und ich machte mich auf ein *Aber* gefasst.

Stattdessen wippte sie auf ihren Fersen, schlang ihre Arme um mich und hielt mich fest.

Die Berührung war das beste Gefühl, und gleichzeitig das unheimlichste. Irgendetwas war hier im Gange, und wir wussten es beide.

Ich schloss die Augen und genoss den positiven Teil des Gefühls. Dann lehnte ich mich weg, denn es war Zeit zu gehen.

Pippa schaute mir einen langen, stillen Moment in die Augen. Auch ich schwankte, dann gab ich nach und küsste sie. Hart und lang auf die Lippen, um ihr zu sagen, wie sehr ich sie liebte. Wie sehr ich sie vermisst hatte. Wie sehr ich alles bedauerte.

Pippa seufzte und ihr Körper entspannte sich an meinem. Alles bis auf ihre Lippen, die weiterhin meine massierten.

Mein innerer Wolf heulte vor Freude und Erleichterung.

Aber ein vorbeifahrendes Auto hupte und jemand grölte, so dass wir uns voneinander lösten.

„Arschloch", murmelte Pippa. Dann riss sie die Augen weit auf. „Ich meine ihn! Nicht dich."

Meine Mundwinkel zuckten. „Heißt das, dass ich vielleicht später noch einen Kuss bekomme?“

Sie kicherte ganz verschämt. „Vielleicht.“

Ein Lächeln breitete sich auf meinen Wangen aus – das breiteste, das ich seit Jahren zustande gebracht hatte, so erschien es mir.

Sie schloss kurz die Augen und kämpfte mit sich selbst. „Ich muss gehen...“

Die Art, wie sie das sagte – so traurig und bedauernd –, machte mir Hoffnung.

Ich drückte ihr einen Abschiedskuss auf die Lippen.

„Bis bald“, sagte ich und verkniff mir ein weiteres, *Sei vorsichtig.*

„Sehr bald“, versprach sie und tätschelte meine Brust.

Ich schaute ihr hinterher, als sie ging, und atmete tief ein. Mein Kopf füllte sich mit einer Vielzahl von Gedankengängen – viel mehr, als ich sie ordnen konnte. Mit einem weiteren tiefen Atemzug konzentrierte ich mich auf den einen, der Priorität hatte.

Ich zog mein Handy heraus und wählte eine Nummer. Nicht die der Agentur. Captain Edwards hatte mir unmissverständlich zu verstehen gegeben, dass ich in Sachen Jananovich nicht auf die Unterstützung der Behörde zählen konnte. Das ließ mir nicht viele Möglichkeiten, mich nach Vorschrift zu verhalten.

Aber das bedeutete nicht, dass ich keine anderen Ressourcen hatte. Und die Agentur war nicht die einzige Macht, mit der man rechnen musste, wenn es um übernatürliche Aktivitäten in dieser Gegend ging.

Das Telefon klingelte. Einmal... zweimal... dreimal.

Schließlich nahm mein Kontaktmann ab. „Williams hier.“

Ich wandte mich von der Straße ab und sprach leise. „Hier spricht Kemper.“ Ich zögerte, wohl wissend, dass ich damit meine Karriere aufs Spiel setzte. „Wir müssen uns treffen. Es ist dringend.“

Der Mann am anderen Ende der Leitung überlegte einen Moment, bevor er antwortete. „Ein Treffen in offizieller Funktion?“

Ich schüttelte den Kopf. „Nicht wirklich."

Die darauffolgende Pause war so lang, dass ich befürchtete, er hätte aufgelegt. Aber dann sprach er wieder: „Wann?"

„So bald wie möglich. Mit Ihnen und idealerweise mit Ihrem Boss."

Eine weitere unerträgliche Wartezeit. Dann endlich eine Antwort. „Ich werde sehen, was ich tun kann. Aber ich kann nichts garantieren."

Mein Lachen war trocken. In meinem Beruf gab es keine Garantien.

„Rufen Sie mich in einer Stunde wieder an", schloss er.

Dann war die Leitung tot.

Kapitel 13

PIPPA

Ich verließ die Glaswerkstatt mit gemischten Gefühlen. Einerseits war ich überglücklich, dass ich meinen Wettbewerbsbeitrag fertiggestellt hatte – und mein Körper kribbelte immer noch vom Kuss mit Ingo. Andererseits machte ich mir Sorgen um Stacy. Aber es gab ein Dutzend vernünftige Erklärungen für ihre Abwesenheit und nur eine abwegige, paranoide, über die man sich Sorgen machen musste. Die Chancen standen nicht schlecht.

Das hielt mich allerdings nicht davon ab, an jeder roten Ampel mein Handy auf Nachrichten zu prüfen.

Zwanzig Minuten und ein paar Kilometer auf Nebenstraßen später fuhr ich auf den Parkplatz des Kokopelli Spa und Resorts.

„Vielen Dank, dass du gekommen bist!" Meine Freundin Nancy umarmte mich, als ich zu ihr hineinging.

Ich lächelte. „Ich helfe gern."

Es war die Wahrheit – wirklich –, aber das Geld schadete auch nicht. Selbst ein halber Tag Arbeit im Catering wurde in teuren Resorts wie diesem gut bezahlt. Und im Gegensatz zu diesem Glaswettbewerb war die Auszahlung eine sichere Sache.

„Also, was haben wir heute?", fragte ich und zog eine Schürze an.

Sie deutete auf einen Glaspavillon neben der Küche des Resorts. „Spätes Mittagessen für eine Gruppe von fünfzehn Personen. Sie haben das ganze Resort gebucht."

Ich pfiff. Das Resort hatte Platz für fünfmal so viele Gäste.

Nancy zuckte angesichts der Frage in meinen Augen mit den Schultern. „Ich schätze, sie wollten wirklich ihre Privatsphäre."

Dieser völlige Mangel an Neugierde – auch bekannt als Diskretion – machte Nancys kleines Unternehmen zu einem der gefragtesten Caterer in Sedona. Das und ihr preisgekröntes Essen.

„Etwas spät für ein Mittagessen, was?"

Sie zuckte mit den Schultern. „Soweit ich es verstanden habe, haben sie ausgeschlafen und spät gebruncht."

Ich spähte durch die Tür, um mir einen ersten Eindruck zu verschaffen. Ich ließ den Blick hin und her schweifen, dann blieb ich mit einem leisen „Wow" stehen.

Nancy gluckste. „Meinst du den Typen, der in der Nähe der Tür steht oder den drüben am Pool?"

Ich hatte den ersten gemeint, aber jetzt, da ich Nummer zwei entdeckt hatte...

Ich pfiff. „Noch mal wow. Ist das so etwas wie die olympische Volleyballmannschaft?"

Nancy lachte. „Nein. Die Frauen sind zu klein. Ich dachte an Profitänzer oder eine Cheerleadermannschaft, aber sie sagten etwas davon, Berater zu sein."

Ha. Das war so ähnlich wie *Künstler* – ein Beruf, der alles bedeuten konnte. Und verdammt. Worin wären diese hübschen Zwanzigjährigen am Pool qualifiziert genug, um jemanden dahin gehend zu beraten? Schönheitsprodukte? Trainingsprogramme?

Ich band meine Schürze zu und schaute mich in der Küche um. „Soll ich mit den Getränken anfangen?"

Nancy nickte. „Du weißt ja, wie es läuft."

Das wusste ich, denn ich hatte schon oft für ihre Cateringfirma gejobbt. Einige Aufträge waren mir in Erinnerung geblieben, wie die erste Begegnung mit Harlon Greene und Angelina Saint James. Andere weniger, wie die Konferenz der Zahnarzthelfer... oder waren es Sicherheitsinspektoren?

Ich nahm ein Tablett mit Gläsern und ging in den angrenzenden Pavillon – eine dieser riesigen Glaskonstruktionen, die selbst bei kaltem Winterwetter ein Gefühl von Freiluft vermittelten. Dieser Pavillon war groß genug, um den gesamten Pool

und ein Sonnendeck mit etwa dreißig Liegestühlen zu umschlie-
ßen, von denen nur die Hälfte besetzt war.

Ich schenkte ein Dutzend Gläser Orangensaft ein und fing
an, die Runde zu machen.

„Saft?", fragte ich die nächstbeste Frau, eine umwerfende
Rothaarige im Bademantel.

„Gott, ja. Bitte."

Ich stellte das Glas neben ihre Wasserflasche und ging weiter.

„Saft?", fragte ich den nächsten Mann – einen muskulösen
Footballspielertyp.

„Ja, bitte." Er nahm sich zwei und trank beide in langen
Schlucken aus, dann stellte er die Gläser zurück auf das Tablett.

Als Nächstes kam eine dunkelhaarige, dunkeläugige
Schönheit, die in einem Bollywood-Film hätte mitspielen
können, dann ein ernster – und äußerst muskulöser –, junger
Mann asiatischer Herkunft.

Alles in allem eine Art United-Colors-of-Benetton-trifft-
olympisches-Team: Sie repräsentierten jede Ethnie, jeden Glauben und jede Hautfarbe, einschließlich Plus-size-Schönheiten.

Es war immer das Gleiche. Jeder nahm gern einen Saft –
oder zwei.

Das selbst war nicht so bemerkenswert, aber es war
zusätzlich zu den litergroßen Wasserflaschen, die sie alle zur
Hand hatten, und die meisten davon waren fast leer.

Offenbar war Beraten ein sehr durstiges Geschäft.

Als Experiment schenkte ich ein Dutzend Cranberry-Säfte
ein und die gingen genauso schnell weg. Also, ja. In der Tat
durstig, denn Cranberry-Saft ging nie schnell weg. Nicht gerade
wählerisch, diese Benetton-Olympioniken.

In der Zwischenzeit fing ich an, die Hypothese der Tanz-
gruppe/Cheerleader/Sportler zu durchdenken, denn all diese
Dinge brauchen Energie. Diese Gruppe hier war so lethargisch
wie Faultiere zur Mittagszeit. Vielleicht aßen sie eine extrem
ballaststoffreiche Kost, die sehr, sehr schwer zu verdauen war.

Einige dösten, andere starrten einfach ins Leere. Eine Frau
lehnte sich zurück und schaute mit blinden, gurkenbedeckten
Augen in den Himmel.

Eindeutig eine entspannte Gruppe.

Alle, bis auf zwei große Männer mit wachsamem Blick, die an gegenüberliegenden Ecken des Pavillons standen. Sie trugen Anzüge und Sonnenbrillen und hielten ihre Hände an ihren Seiten. Ihre Hälse waren so dick wie meine Taille und ihre Blicke schweiften unablässig durch die Gegend. Als ich mich ihnen mit Getränken näherte, schüttelten sie die Köpfe und schauten über mich hinweg, als wäre ich nur ein weiteres Stück leerer Raum.

Nancy drüben an der Küchentür schüttelte den Kopf, um mir zu vermitteln: *Die beiden nicht.*

Interessant. Welche Cheerleader – Berater – hatten ihre eigenen Sicherheitsleute? Und, Moment mal. Die Sicherheitsleute schienen mehr Zeit damit zu verbringen, auf die Berater zu starren, als auf die äußere Umgebung. Waren sie hier, um Leute drinnen oder draußen zu halten?

Sie hatten weder nach einem Ausweis gefragt, noch mich in irgendeiner Weise überprüft, aber vielleicht hatte Nancy mich vorab registriert.

Wie dem auch sei, die jungen Leute nahmen die Anwesenheit der Sicherheitsleute kaum zur Kenntnis. Also, hmm. Vielleicht waren sie irgendwelche Popstars, die sich die Fans vom Leib hielten, während sie die Ruhe dieses abgelegenen Resorts genossen?

In den nächsten Minuten stellte ich mir ein Dutzend verschiedene glamouröse und schillernde Szenarien vor, die diesen Männern und Frauen ein Leben bescherten, das weitaus aufregender war als meins.

„Gott, ich liebe diesen Teil meiner Arbeitswoche", scherzte eine von ihnen. „Die Erholungsphase."

Die anderen kicherten.

Erholung, was? Vielleicht waren sie ja doch Sportler. Das würde die Schweißbänder erklären, die die meisten von ihnen um ihre Handgelenke trugen. Vielleicht waren sie also Sportler, die gerade von einem sehr anstrengenden Wettkampf in einer anderen Zeitzone zurückgekehrt waren. Ich nahm mir vor, nachzusehen, welche Wettkämpfe ich kürzlich verpasst hatte.

Als ich mit einer dritten Runde Getränke herumging, folgte mir eine fröhliche, aufgeschlossene Blondine namens Kelly, die Tabletten verteilte. Große Tabletten, wie für ein Pferd.

„Eine für dich und eine für dich. . . "

Sie war hinter mir, aber ich hörte kein einziges *Nein, danke.*

„Ihr müsst euer Eisen stärken", zwitscherte sie.

Genug Eisen, um an einem Magneten zu haften, wenn man die Größe dieser Pillen betrachtete. Vielleicht waren da auch noch andere Sachen drin. Dinge, nach denen eine niedere Caterin wie ich nicht fragen sollte.

Ich warf noch einen Blick auf die Sicherheitsmänner und schaute dann weg.

Die Gäste stürmten nicht nach vorn, als wir einen Tisch mit Essen aufbauten – nicht einmal der Footballspieler. Also lud ich ein paar Hors d'oeuvres auf ein Tablett und machte wieder die Runde. Was nicht wirklich in meinem eigenen Interesse war, da Nancy mich normalerweise die Reste mit nach Hause nehmen ließ. Aber verdammt. Wenn diese armen Kerle so wenig Eisen und Flüssigkeit hatten, fehlten ihnen wahrscheinlich auch andere Nährstoffe.

Das funktionierte, obwohl die meisten Gäste das Essen eher als Nebensache ansahen. Mich behandelten sie auch so und die Gespräche, die während meiner ersten Runde gedämpft waren, gingen jetzt ohne Unterbrechung weiter.

„Vic. . . den habe ich nicht so gern. Henry ist viel sanfter", sagte einer der Kerle zu einem anderen.

Masseure vielleicht? Physiotherapeuten?

„Ich wünschte, ich würde Svea bekommen", sagte der andere und beide glucksten.

Ich stellte mir eine vollbusige Schwedin vor, ausgebildet in der Kunst des Heilens.

Die nächste Frau, an der ich vorbeikam – wunderschön, mit kaffeebrauner Haut und kunstvoll geflochtenen Cornrows – zuckte zusammen. Sie rieb sich den Oberschenkel und murmelte etwas zu einer Blondine. Cornrows trug eine Jogginghose und Blondie einen Bademantel.

Blondie nickte verständnisvoll. „Ich weiß, wie du dich fühlst. Aber sieh es doch einmal so – noch sechs Wochen und dann hast du genug für die Anzahlung zusammen."

Ich konnte mir das Spekulieren nicht verkneifen. Eine Anzahlung für ein Haus? Ein Auto? Eine monatliche Mitgliedschaft im Fitnessstudio? In welcher Einkommensklasse befanden sich diese Leute?

„Stimmt. Vor allem, wenn man kostenlos wohnt", stimmte Cornrows zu.

„Mit der besten Aussicht auf den Chimney Rock in Sedona", witzelte die Blondine.

Ich erstarrte. Stacy hatte einst genau das Gleiche gesagt.

In der hintersten Ecke saß eine Frau mit rotblondem Haar, das einzige unruhige Mitglied der Gruppe. Ein Neuling, wie es schien, den vielen Ratschlägen nach zu urteilen, die die anderen ihr gaben.

„Kein Grund zur Sorge, Delaney. Du wirst das schon schaffen", versicherte Kelly ihr. „Beim ersten Mal ist es immer beängstigend."

„Ich habe keine Angst", beharrte Delaney und rang mit den Händen. „Ich schätze, ich bin nur aufgeregt."

Ungefähr so aufgeregt wie Roscoe bei einem Tierarztbesuch, wenn ihr mich fragt. Aber das taten sie nicht.

„Aufregung ist richtig", stimmte Kelly zu. „Ich habe gehört, dass der Boss gesagt hat, er erwarte am Freitag ein volles Haus."

Ich nahm mir vor, Nancy danach zu fragen. Hatte man sie auch mit dem Catering für diese Veranstaltung beauftragt?

„Das Beste, was du jetzt tun kannst, ist zu trinken. Sehr viel", riet Miss Bollywood Delaney.

Flüssigkeitszufuhr, Flüssigkeitszufuhr, Flüssigkeitszufuhr. Vielleicht war es das, worüber sie die Leute berieten.

„Und viel Fleisch essen", fügte jemand anderes hinzu.

Gut, dass Nancy bereits Steaks auf dem Grill brutzelte.

Dafür standen die Gäste auf und setzten sich in Vierergruppen an die Tische mit Panoramablick auf den Dee Mountain und den Boynton Canyon. Wer auch immer für diese Veranstaltung bezahlt hatte, war sehr großzügig zu seinem Personal.

Und hey. Vielleicht waren dies ja unglaublich fähige und erfolgreiche Berater, die für ihre anstrengende Arbeit jede Anerkennung der Welt verdient hatten.

„Köstlich", schwärmte einer über einen Bissen Steak.

„Ich fühle mich schon viel besser", entschied ein anderer.

„Wie viele Leute arbeiten sonst drei Tage und haben dann vier Tage frei?", krähte noch eine.

Glückspilze, so viel war sicher. Auch wenn ihre Arbeit ziemlich anstrengend erschien.

„Teure Eskorts", flüsterte Wendy, Nancys andere Helferin, halb ernst, halb im Scherz. „Ich wette, dass sie so etwas sind."

Ich konnte mich nicht entscheiden, ob ich glucksen oder die Stirn runzeln sollte, denn hmm, ja. Das passte wirklich.

Nancy tadelte: „Was manche Leute für Geld alles tun."

Ich schüttelte auch den Kopf, aber dann erstarrte ich. Wie weit würde ich selbst gehen? Zum Beispiel, wenn es darum ging, meine Ranch zu retten?

Plötzlich war ich nicht mehr halb so voreingenommen.

Trotzdem drehten sich die Zahnräder in meinem Kopf weiter. Bei meiner nächsten Runde studierte ich die Gäste noch genauer. Und oh. Ein ganz neues, schreckliches Szenario dämmerte mir.

Ich ging die Argumente durch und wünschte, ich könnte zu einem ganz anderen Schluss kommen.

Aber das konnte ich nicht.

Wunderschöne, junge Leute. Ja.

Gut bezahlte Jobs. Ja.

Lange Arbeitszeiten am Wochenende mit viel Freizeit unter der Woche. Verwöhnte Verhältnisse in ihrer Freizeit, während ein paar Sicherheitskräfte sie im Auge behielten.

Ja, ja, ja.

Teure Eskorts, ganz sicher. Aber für wen arbeiteten sie?

Ich hatte eine Ahnung, aber sie machte mich krank.

Bis dahin war ich nur geringfügig neugierig gewesen. Jetzt war ich wirklich aktiv neugierig und befand mich in einem dieser *Ich will es wissen, obwohl ich es nicht wissen will*-Zustände.

Das geht dich nichts an, erinnerte ich mich selbst.

Trotzdem schnüffelte ich weiter.

Und bingo. Als ich das dritte Mal an Delaney vorbeikam, fiel mir ein winziges Detail auf. Nicht etwa, wie sie in ihrem Essen herumstocherte, oder wie jung sie aussah, oder wie deplatziert sie wirkte. Sondern etwas anderes. Das winzigste, schwächste Detail, das mir zuvor nicht aufgefallen war.

Ihr Duft.

Meine Schritte stockten, aber es gelang mir, sie nicht anzuglotzen.

Sie hatte den gleichen frischen, waldigen, bergigen Frühlingsduft wie jemand, den ich gut kannte. Ingo.

Derselbe waldige Duft wie Ingos Vater und Mutter und auch der von Howie, dem Freund meines Vaters.

Wolfsgestaltwandlerduft.

Woher ich das wusste? Ich wusste es einfach.

Vielleicht hatten mich die Drachengestaltwandlergene meiner Mutter sensibel für solche Dinge gemacht. Vielleicht lag es daran, dass ich in einer gemischten Gruppe von Übernatürlichen aufgewachsen war, von Hexenmeistern wie meinem Vater bis zu den Wölfen aus Ingos Familie. Ich konnte sogar Vampire erkennen, obwohl ich nie viel mit welchen zu tun gehabt hatte. Und ich hoffte, dass es so bleiben würde.

In Delaneys Fall war der Geruch sehr schwach. Kaum vorhanden, es sei denn, ich schärfte meine Sinne.

Relikt, sagte meine innere Stimme. Eine Person mit sehr verdünntem Gestaltwandler- oder anderem übernatürlichen Blut, ohne besondere Kräfte, außer ein paar schwachen Andeutungen. In manchen Fällen bedeutete dies eine große Loyalität, so wie Wölfe ihrem Rudel gegenüber loyal sind. In anderen Fällen bedeutete es gutes Sehvermögen, einen scharfen Geruchssinn oder besonders flinke Füße. Andere Relikte hatten überhaupt keine besonderen Fähigkeiten – wirklich gar keine. Alles, was sie hatten, waren ein paar übrig gebliebene Identifikationsmerkmale, die deutlich machten, wie schmerzhaft gewöhnlich sie waren.

So ähnlich wie ich.

Nun ja, nicht ganz, denn mein übernatürliches Blut war nicht Generationen verwässert. Es hatte sich nur nicht die

Mühe gemacht, sich auf die nächste mickrige Generation zu übertragen.

Zumindest hatte ich das mein ganzes Leben lang geglaubt. Die jüngsten Ereignisse hatten mich jedoch stutzig gemacht.

Ich blinzelte ein paarmal und verdrängte den Gedanken. Mich selbst könnte ich später analysieren – oder, was wahrscheinlicher war, niemals. Jetzt war es an der Zeit, herauszufinden, was hier vor sich ging.

Delaney war ein Relikt. War sie die Einzige?

Nein, entschied ich ein paar Minuten später. Saanvi – die eine berühmte Bollywoodschauspielerin sein könnte, zumindest in meiner Vorstellung – hatte auch einen Hauch von Gestaltwandler in sich, obwohl ich nicht genau sagen konnte, welche Art. Und möglicherweise auch Rob – der große, attraktive Footballspielertyp. Vielleicht ein Löwengestaltwandler, wenn man nach seinem geschmeidigen, leichten Gang urteilte.

Aber was war mit Becca, der Plus-size-Schönheit, die die meiste Zeit im Whirlpool verbrachte? Ihre Augen waren von einem auffälligen, leuchtenden Grün.

Ich arbeitete mich näher an sie heran. Als ich nach ihrem Duft schnupperte, musste ich an Muscheln, Sand und Meer denken.

Und, wow. Ich drehte mich um, bevor sie meine Überraschung bemerkte.

Ein Meerjungfrauenrelikt? Ich hatte noch nie eine getroffen, aber mein Vater schon, und sie passte genau auf seine Beschreibung.

Also, ja. Drei oder vier Relikte in einer Gruppe von fünfzehn – zumindest so weit meine Sinne es erfassen konnten. Ich könnte mich irren. Tatsächlich war es sogar fast garantiert, dass ich mich irrte, denn ich war ich. Dennoch war dies im Vergleich zu einer zufälligen, alltäglichen Stichprobe völlig unverhältnismäßig – selbst in Sedona, einem Ort, der alle Arten von Übernatürlichen und Relikten anzog.

Was mich zu meiner nächsten Frage führte. Waren diese vier vorsätzlich hier oder zufällig?

Ich warf einen Blick auf die Sicherheitsmänner und ging dann noch einmal zu den Tischen. Als die Gäste mit dem Essen fertig waren, zogen sie sich auf die Liegestühle zurück, wo sie müde und gesättigt zusammenbrachen. Ich stapelte Teller und sammelte das Besteck ein, brachte es in die Küche und machte mich dann wieder auf den Weg hinaus.

Kelly stand auf und machte mir mit einem freundlichen Lächeln Platz, damit ich ihren Tisch abräumen konnte.

„Vielen Dank. Das war köstlich", sagte sie.

„Ich lasse es meine Chefin wissen. Danke."

Dann fiel mein Blick auf ein Detail und mein Magen zog sich zusammen.

Kelly neigte den Kopf. „Alles in Ordnung?"

Ich zwang mich zu einem Lächeln. „Tut mir leid, ja. Ich habe nur Ihr Halstuch bewundert."

Sie berührte das Monet-Blumenmuster und kicherte. „Ich lasse es meinen Chef wissen. Danke."

Mein gezwungenes Glucksen klang wahrscheinlich wie eine Hyäne, aber Kelly ging mit einem glücklichen, ahnungslosen Lächeln weiter.

Ich tat mein Bestes, um sie nicht anzustarren, was mir wahrscheinlich nicht gelang. Stacy hatte das gleiche Halstuch. In meinem Kopf überschlugen sich die Gedanken.

Stacy. Halstücher. Blutampullen.

Ein Job, zu dem ein Chauffeur gehörte, der diesen Sicherheitstypen verdammt ähnlich war.

Ein Job, der sie zunehmend nervöser machte, obwohl sie nicht sagen wollte, warum.

Ingos Verdacht auf einen kriminellen Vampir, Victor Jananovich.

Ich musterte die „Berater", die gerade eine gute Mahlzeit genossen hatten. Leute, die ihr Bestes taten, um zu trinken und ihr Eisen aufzufüllen.

Ich musste wieder an die Ampullen denken. Jede Menge davon, eine laufende Bestellung, fünfzig pro Woche.

Fünfzig Ampullen mit jeweils nur ein paar Tropfen. Schnapsglasgröße, mehr oder weniger. Genug, um eine Person an ihren geliebten Menschen zu erinnern... oder um einen Schluck zu genießen.

Zuvor hatte sich meine Fantasie ein Dutzend aufregende Szenarien ausgedacht, was es mit dieser Gruppe auf sich hatte. Jetzt fiel mir ein viel schrecklicheres ein.

Ich versuchte, nachzurechnen. Fünfzig Ampullen... fünfzehn „Berater" mit blassem, fahlem Teint, dazu Schweißbänder an den Handgelenken und hohe Kragen.

„Oh, Pippa, das wollte ich dich noch fragen", sagte Nancy, als ich wieder in die Küche kam. „Hast du am Freitag Zeit, zu helfen? Derselbe Kunde, aber dieses Mal oben in La Puebla."

Ich machte riesige Augen. „La Puebla?"

„Ja. Ein leichter Job", versicherte mir Nancy. „Wir müssen nur das Essen und die Getränke liefern, alles aufbauen und können dann gehen. Am nächsten Tag holen wir alles wieder ab. Das Servieren wollen sie selbst übernehmen."

Das Gefühl in meinem Bauch wurde noch unheimlicher. Was passierte bei dieser Veranstaltung, wovon der Kunde nicht wollte, dass wir es sahen?

Nancy musste meine Gedanken gelesen haben, denn sie warf mir einen vielsagenden Blick zu. „Wenn sie es nicht sagen, fragen wir nicht nach. Geschäft ist Geschäft."

Das war es, solange die Erfrischungen aus Essen und Trinken bestanden. Aber was, wenn das Menü darüber hinausging?

„Ich melde mich noch einmal bei dir", stammelte ich.

„Danke", zwitscherte sie so fröhlich wie immer. „Soll ich dir die Reste einpacken?"

Meine Stimme brach, als ich antwortete. „Nein, danke."

Mir war schon längst der Appetit vergangen.

Kapitel 14

PIPPA

Am nächsten Morgen hatte Stacy immer noch nicht zurückgerufen und ich fühlte mich noch unbehaglicher – wegen ihr, dieser unheimlichen Deidre, die die Ampullen abgeholt hatte, den „Beratern" und wegen der toten Wanderin.

Hatte Ingo recht, misstrauisch zu sein, oder gab es eine gute Erklärung für all das?

Außerdem war ich auf den Glaswettbewerb gespannt und darauf, wie er sich auf meine finanziellen Probleme auswirken würde. Ich hatte große Hoffnungen, aber man wusste nie, wie ein Projekt ausfallen würde, bis man die Tür des Kühlofens öffnete.

Also beschloss ich, damit anzufangen. Ein Schritt nach dem anderen, wie Erin zu sagen pflegte.

Während der ganzen Fahrt in die Stadt und zur Glasbläserei trommelte ich mit den Fingern auf das Lenkrad. Dort angekommen, eilte ich direkt zum Kühlofen. Das Herz schlug mir bis zum Hals, als ich den Dekanter herausnahm und ihn gegen das Licht hielt.

„Wow", murmelte ich unwillkürlich.

Dünne, schwarze Linien durchzogen das klare Glas und bogen sich anmutig über die Oberfläche. Zwischen den Linien bildeten sich kleine Rauten, jede mit einer winzigen Luftblase in der Mitte. Ich drehte den Dekanter um und suchte nach Mängeln, fand aber keine.

„Wow", wiederholte ich.

Das war gut. Wirklich gut. Möglicherweise meine beste Arbeit überhaupt.

Die Gläser waren genauso gut. Jedes einzelne.

Mit einem triumphierenden Grinsen griff ich nach meinem Handy und wollte Ingo, der mir geholfen hatte, sie in so kurzer Zeit fertigzustellen, die guten Neuigkeiten übermitteln.

Aber ich hörte nur seine Nachricht, dass er nicht im Büro sei. Das Übliche mit anderen Worten.

Meine Laune verschlechterte sich.

Ich überlegte, ob ich Abby oder Erin anrufen sollte, nur um meine Aufregung zu teilen. Aber sie hatten dieses Projekt nicht mit mir durchgeschwitzt. Ingo hatte es. Und obwohl ich es liebte, meine Schwestern stolz zu machen, ging nichts über das Gefühl von Ingos Stolz.

Ich starrte durch das Glas, ohne mich auf etwas Bestimmtes zu konzentrieren. Ohne Ingo war die Welt ein wenig trüber, ein wenig leerer. Ein Gefäß ohne etwas, das es füllte, so wie der Dekanter, den ich in der Hand hielt.

Ich schloss die Augen und spielte unseren Kuss gedanklich noch einmal durch. War ich wirklich bereit, mir die eine Person zu verweigern, die meinem Leben einen Sinn gab?

Andererseits fasste die Nachricht auf seiner Mailbox die Dinge gut zusammen. Mit Ingo würde ich immer warten – oder schlimmer noch, mir Sorgen machen, wie ich es bei meinem Vater getan hatte.

Ich dachte an all die Male, an denen ich abends auf meinen Vater gewartet hatte, weil ich Angst hatte, dass er oder jemand aus seiner Mannschaft es nicht schaffen könnte. All die Fußballspiele, all die Glasausstellungen, all die Feiertage, die er verpasst hatte. War dieser Preis es für mich und meine zukünftigen Kinder wert?

Zum ersten Mal überhaupt fing ich an... *ja* zu denken.

Ich schaute auf das Handy und war versucht, Ingo noch einmal anzurufen. Stattdessen sah ich mir zum zehnten Mal die Wettbewerbsbedingungen an.

Der Gewinner des Wettbewerbs wird vier wunderschön gestaltete Gläser und einen passenden Dekanter einreichen. Sie alle müssen eine gute Belüftung und eine gute Sicht auf die Flüssigkeit im Inneren ermöglichen.

Ich musste an den Tag zurückdenken, an dem Stacy mir das Flugblatt gegeben hatte. *Mein Boss sponsert einen Designwettbewerb. Ich dachte, Sie möchten vielleicht daran teilnehmen.*

An jenem Tag war sie sorglos und glücklich gewesen. Jetzt war sie verschwunden.

Ich ließ meinen Blick nach Nordwesten in die Richtung von La Puebla schweifen.

Der beste Blick auf den Chimney Rock in Sedona, hatte einer der Berater gestern gewitzelt. Genau dieselben Worte in der gleichen Art und Weise, als wäre es ein Insiderwitz, und so wie Stacy sie gesagt hatte.

Stacy, von der ich nun schon seit mehreren Tagen nichts mehr gehört hatte. Stacy, die wegen irgendetwas nervös gewesen war. Stacy, deren Boss den Glaswettbewerb sponserte.

Ich hasste ungelöste Rätsel. Ich sehnte mich nach Klarheit. Und ich wollte Stacy unbedingt aufspüren – um ihrer selbst willen und um Ingos verrückte Verdächtigungen zu widerlegen, damit ich die Dinge wieder positiv sehen konnte. Aber das konnte ich nicht.

Oder vielleicht doch?

Ich schaute auf den Dekanter, dann auf den Flyer für den Wettbewerb. Die angegebene Adresse war ein Postfach, aber was war mit La Puebla?

Die Zahnräder in meinem Kopf drehten sich in eine Richtung, die Ingo nicht gutheißen würde. Aber verdammt. Der Plan, den ich ausheckte, ergab Sinn. Und ich war so begierig darauf gewesen, mein Glasprojekt zu prüfen, dass ich zwei Stunden zu früh in die Glaswerkstatt gekommen war.

Genug Zeit, um einen schnellen... ähm, Botengang zu machen und wieder zurückzukommen. Ein Botengang, der mich in zweierlei Hinsicht beruhigen würde: Stacy und meine Chance, den Wettbewerb zu gewinnen.

Ich wusste, dass Ingo diese Idee sofort verwerfen würde. Aber Ingo war paranoid und überfürsorglich.

Außerdem war er nicht hier, um mich zur Vernunft zu bringen.

Bevor ich mir eine vollkommen gute Idee ausreden konnte, packte ich den Dekanter und die Gläser sorgfältig ein, schloss den Laden ab und fuhr los.

Fünfundzwanzig Minuten später blinzelte ich in die Kameras der Sicherheitskontrolle von La Puebla. Zwei waren auf meinen staubigen, orangen Subaru gerichtet, während eine dritte langsam aus einem anderen Winkel herüberschwenkte. Mit aufgeplusterter Brust kam ein großer, stämmiger Sicherheitsmann aus dem Wachhaus.

„Guten Morgen", knurrte er.

Das nenne ich mal gemischte Botschaften.

„Guten Morgen!", zwitscherte ich und entschied mich für *dumme Blondine* anstatt *Amateurdetektivin*.

Er wartete auf mehr, dann seufzte er. „Haben Sie einen Termin?"

Ich nickte fröhlich. „Ja. Nun, nein. So etwas in der Art." Ich hob den Karton auf dem Vordersitz an. „Ich bin hier, um diese eilige Bestellung abzuliefern."

„Eine Lieferung?" Er schnaubte.

Der Wind drehte sich und wehte einen Hauch von seinem Duft zu mir. Er roch wie Moschus. Waldig. Mit anderen Worten, bärig.

Ich tat mein Bestes, um nicht zusammenzuzucken. Der Typ war ein Bärengestaltwandler, so wie Ingos Verdächtiger im Todesfall am Gunnery Point.

Ich nickte. „Stacy hat gesagt, sie wollte sie vor Freitag."

Ich beobachtete ihn genau, aber ich konnte kein Aufflackern von Schuldgefühlen in seinem Gesichtsausdruck erkennen. Er leugnete auch nicht, dass Stacy mit diesem Ort zu tun hatte.

„Nun, sie können Ihre Lieferung bei mir lassen."

Ich schüttelte den Kopf. „Das würde ich gern, aber ich muss es ihr zeigen. Können Sie einfach Stacy herrufen?"

Er schüttelte den Kopf. „Kann ich nicht, Lady."

Verflucht sei der Mann – ein Meister darin, nichts von dem, was ich sagte, zu bestätigen oder zu verneinen.

Die Kamera zu meiner Rechten surrte und das Zoomobjektiv fuhr heraus.

Ich bekam eine Gänsehaut. Hier war ich nun und machte mich selbst zum Objekt des Interesses. Andererseits war meine Tarngeschichte ziemlich wasserdicht.

Ein bisschen wie die *Titanic*.

Ich zwang mich, der Kamera fröhlich zuzuwinken.

„Also, die Sache ist die", sagte ich laut. „Stacy hat gesagt, mein Entwurf würde dem Boss gefallen und dass er ihn so schnell wie möglich bräuchte."

Zu diesem Zeitpunkt war meine Kehle bereits trocken. Was, wenn Stacy jetzt auftauchte und es abstritt, und ich uns beide in Schwierigkeiten brachte?

Der Wachmann kaufte es mir nicht ab, aber es musste mir gelungen sein, jemand anderen neugierig zu machen, denn im Wachhaus klingelte ein Telefon. Ein zweiter Sicherheitsbeamter ging ran, schaute mich stirnrunzelnd an und zuckte mit den Schultern. Nachdem er aufgelegt hatte, winkte er dem ersten Mann zu.

„Lass sie durch, Hal."

Die Tore knarrten bedrohlich und ich winkte begeistert, als ich mein Auto langsam vorwärtsrollen ließ. „Danke!"

Aus der Ferne war La Puebla kaum mehr als ein sandfarbener Klumpen in der Landschaft. Jetzt befand ich mich inmitten einer seltsamen Mischung aus „Earth Ship"-Architektur und Gebäuden, die von den Klippenbehausungen der amerikanischen Ureinwohner inspiriert waren. Zu meiner Rechten war eine Reihe von Garagen in den Hügel integriert worden, aber keine von ihnen harmonierte mit den anderen oder den umliegenden Gebäuden. Dann kam eine Reihe kastenförmiger, miteinander verbundener Gebäude, die verdammt nach Gästezimmern oder sogar Schlafsälen aussahen.

Ich bog nach links ab, und sah die Aussicht. Die *beste Aussicht auf den Chimney Rock in Sedona* stimmte.

Mein Herz klopfte.

Schließlich kam ich zum Haupthaus, welches wie ein weiteres Jenga-Puzzle aussah, bei dem sich Teile stapelten und ineinander übergingen. War es drei Stockwerke hoch? Vier? Fünf? Jedes Mal, wenn ich anfing, zu zählen, verlor ich wieder den Überblick. Eine kreisförmige Einfahrt mit einem einzelnen knorrigen Wacholderbusch in der Mitte verlief davor und ich drehte fast eine zweite Runde, während ich alles in mich aufnahm. Dann blieb ich unter einem bogenförmigen Durchgang an einem riesigen Glasportal stehen, das voller Wüstenpflanzen war. Der VIP-Eingang, kein Zweifel.

Ich schaute mich nervös um. Normalerweise ging ich durch Cateringgänge hinein. Was zum Teufel hatte ich hier zu suchen?

Aber immerhin hatte ich es bis hierhergeschafft, nicht wahr?

Ich stieg aus dem Auto und umklammerte den Wettbewerbsflyer und meine Kiste.

Eine Frau erschien am Eingang und einen Schreckensmoment lang dachte ich, es könnte Deidre sein, obwohl ich mir meiner Tarngeschichte sicher war. Aber sie war es nicht und sie trat zur Seite, als ein Mann hinter ihr erschien.

„Keine Sorge", versicherte er ihr. „Ich kümmere mich darum."

Mucksmäuschenstill huschte sie davon und verschwand wieder in der Versenkung.

Ich setzte ein Lächeln auf, obwohl mir das Herz bis zum Hals schlug. Dann entspannte ich mich ein wenig, denn der Mann war das genaue Gegenteil von allem, was ich erwartet hatte. Kein dunkles Haar, keine Reißzähne, keine Geheimratsecken. Im Gegenteil, ich wurde von einem schlanken, liebenswürdigen Mann mit rotem Haar, einem passenden roten Bart und grünen Augen begrüßt. Seine Augen leuchteten bei meinem Anblick.

Wohl eher *Sean O'Grady*, als *Victor Jananovich*, wenn ihr mich fragt.

Ich atmete tief ein. Ich hatte vielleicht nicht viel von den übernatürlichen Kräften meiner Eltern geerbt, aber ich hatte ein Händchen dafür, Gestaltwandler und Vampire zu erkennen. Der schwache Ammoniakgeruch der Letzteren war normalerweise ein todsicheres Zeichen.

Ich unterdrückte ein Kichern über meinen eigenen kleinen Scherz. Ein *tod*-sicheres Zeichen.

Dann dachte ich an Stacy und wurde sehr schnell sehr ernst.

Aber, puh. Alles, was ich von diesem Mann wahrnahm, war ein angenehmer Hauch von Parfüm. Yves Saint Laurent, würde ich wetten – die teure Sorte.

Er kam mit einem entwaffnenden Lächeln auf mich zu. Buchstäblich. Hätte ich eine Waffe – oder einen Holzpflock – bei mir gehabt, hätte ich ihn aus Verlegenheit weggesteckt.

Dies war auf gar keinen Fall ein kriminelles Superhirn. Im Gegenteil, seine lässige Kakihose und sein gedeckt gelbes Poloshirt ließen auf einen Milliardär aus der Tech-Branche schließen. Der Typ war kaum über vierzig und war zu fröhlich, um ein Vampir zu sein. Er reichte mir nicht die Hand, aber das taten heutzutage viele Leute nicht.

„Hallo. Ich bin Victor. Willkommen in La Puebla.“

Seine Zähne waren weiß und gerade, kein einziger Reißzahn darunter.

„Es freut mich, Sie kennenzulernen“, sagte ich wahrheitsgemäßer, als ich es erwartet hatte. „Ich bin Pippa von Sedona Glas und soll Ihnen diesen Entwurf bringen.“ Ich hielt das Flugblatt für den Wettbewerb hoch.

Zuerst war sein Blick ausdruckslos. Dann flackerte Erkennen in seinen Augen auf.

„Ja, natürlich. Der Wettbewerb.“

Ich wackelte mit dem Kopf wie eines dieser Spielzeuge, die die Leute auf dem Rücksitz ihres Autos herumfuhren. „Entschuldigen Sie, dass ich Sie störe, aber Stacy hat mich ermutigt, Ihnen meinen Entwurf zu zeigen.“

„Ah, ja. Stacy.“ Ein Roboter hätte keinen neutraleren Ton treffen können.

Ich nickte und spielte weiter die dumme Blondine. „Sie war sich sicher, dass es Ihnen gefallen würde, also sagte sie, ich solle es persönlich vorbeibringen, sobald es fertig ist.“

Seine Augenbrauen zuckten ein Stück nach oben, aber ich war stolz – ähm, beschämt – zu sagen, dass ich eine gute Lügnerin war. Und einen Moment später nickte er.

„Nun, dann. Warum kommen Sie nicht herein und zeigen es mir? Darf ich Ihnen den Mantel abnehmen?“

Kapitel 15

PIPPA

Ich zog erst den einen, dann den anderen Arm aus den Ärmeln und überließ den Mantel Jananovich. Dann hob ich meinen Rucksack auf den Rücken und folgte ihm den schummrigen Flur hinunter. Zwei Stufen nach unten, um eine Ecke, vier Stufen hinauf, dann nach rechts...

Dieser Ort war definitiv das Produkt eines bekifften, 1970er Peace, Love & Müsli-Architekten/Künstlertypen. Die Wände waren aus rohem Zement, was die Temperatur im Sommer kühl hielt, während der rote orientalische Läufer jetzt für Wärme sorgte.

„Kann ich Ihnen etwas zu trinken anbieten? Tee? Kaffee?“, fragte er und drehte sich halb um.

„Nein, danke.“ Ich riss meinen Blick von einem Nebenraum los, an dem wir vorbeikamen. Ein Arbeitszimmer, so wie es aussah.

Keine Blutflecken. Kein Sarg. Keine Bildbände über transsilvanische Schlösser.

Entweder war Ingo schon zu lange in seinem Beruf tätig oder Jananovich war so gerissen wie nur möglich. Mein inneres Pendel schwang hin und her.

„Oh. Tatsächlich wäre etwas Wein gut. Um Ihnen den Dekanter zu zeigen, meine ich“, fügte ich schnell hinzu.

„Das lässt sich einrichten.“ Er lächelte und wies mir den Weg in ein Büro auf der rechten Seite.

Ich zeigte direkt auf eine Glastür, die auf die dahinterliegende Terrasse führte. „Idealerweise würde ich es gern draußen demonstrieren. Ich fürchte, ich könnte etwas vergießen.“

Und, Mist. War das ein Aufflackern von Erregung, das ich gerade gesehen hatte?

Wein, wollte ich betonen, ich meinte natürlich, Wein zu *verschütten*, nicht Blut zu *vergießen*!

Mein inneres Pendel schwang wieder auf höchste Alarmbereitschaft zurück.

„Gewiss." Er ging auf die Terrasse.

Ich trat hinaus und ging weiter und weiter... Die Terrasse war so groß wie ein Tennisplatz und dabei war der Infinity-Pool noch nicht einmal mit eingerechnet. Jede Wette, er wurde nach der Zeit, in der La Puebla eine Kommune gewesen war, hinzugefügt. Es gab mindestens ein Dutzend Liegestühle, alle mit Blick auf die Aussicht und einen Grill, groß genug, um einen Elefanten zu braten.

„Wow. Tolle Aussicht", kam ich nicht umhin, zu sagen, obwohl ich nicht hinzufügte: *Vor allem auf den Chimney Rock.*

Ich drehte mich um, um die Seite des Gebäudes zu mustern. Der größte Teil davon wurde von einem riesigen Wohn-, Ess- und Unterhaltungsraum mit drei Etagen hohen Fenstern eingenommen, die auf die unglaubliche Aussicht gerichtet waren. Das Haus hatte definitiv ein umfassendes Upgrade erfahren, seit ich es vor ein paar Jahren im Rahmen eines Cateringjobs besucht hatte. Ich hatte jedoch noch nie so viele Sofas in einem privaten Haus gesehen. Einige sahen eher aus wie Tagesbetten, und ich konnte mich des Eindrucks nicht erwehren, dass dies ein großartiger Ort für eine Orgie wäre.

Die Frage war nur: Sexorgie oder Blutorgie?

Bei beidem drehte sich mir der Magen um, aber ich brachte noch ein anerkennendes Quietschen zustande.

„Wow."

„Es ist schön, nicht wahr?", räumte er ein.

Was die Architektur betraf, sicher. Aber mir fielen die extradicken Vorhänge an den Fenstern auf, die gerade zur Seite geschoben waren. Vampire waren nicht allergisch gegen Licht, wie der Volksmund behauptete, aber sie mieden die pralle Sonne.

So wie jetzt? Jananovich, stellte ich fest, hielt sich im schattigen Teil der Terrasse auf. Ich riss mich zusammen und deutete auf einen Tisch. „Darf ich es hier auspacken?“

„Nur zu.“

Ich hatte seine Neugierde definitiv geweckt, was gut oder schlecht sein könnte. *Gut*, weil es mir die Möglichkeit gab, ein Gefühl dafür zu bekommen, was er wirklich vorhatte. *Schlecht*, weil ich das schleichende Gefühl hatte, dass er an mehr an mir als an dem Glas interessiert war. Und igitt. Wenn er mir einen Berater-Job anbieten würde, wäre ich schneller hier weg, als der Road Runner vor Wile. E. Coyote weggesprintet wäre.

Während ich das Glas und die anderen mitgebrachten Sachen auspackte, drückte mein Gastgeber auf eine Sprechanlage.

„George? Etwas Wein, bitte“, sagte er, als jemand antwortete. Dann schaute er mich an. „Rot oder weiß?“

Ich schluckte und bemühte mich um eine neutrale Stimme. „Rot, bitte.“

Der Mann an der Sprechanlage ging eine Liste mit vornehmen Marken und Jahrgängen durch, von denen Victor wählen sollte. Luxusprobleme.

„Nur einen gewöhnlichen Barolo, bitte.“

Ha. Eines der willkürlichen Dinge, die ich beim Catering gelernt hatte, war, dass es so etwas wie einen gewöhnlichen Barolo nicht gab.

Ein älterer Mann erschien mit dem Wein. Er sah wie ein waschechter Butler aus. Er verschwand ebenso schnell wieder, ohne irgendeinen Eindruck zu hinterlassen.

Ich stieß einen inneren Seufzer aus. In der Vorstellung reicher Männer waren perfekte Butler alte, graue, unscheinbare Männer. Ihre Vorstellung von perfekten Hausmädchen, waren kurvig, jung und vollbusig. Die Welt war so verkorkst.

Victor öffnete den Wein und ich reichte ihm ein Glas. Er hielt es gegen das Licht und studierte das Muster.

„Ich habe mich für ein Reticello-Muster entschieden“, sagte ich und wartete gespannt auf seine Reaktion. „So hat das Glas seine eigene Schönheit, aber man kann den Wein trotzdem gut erkennen.“

„Hübsch“, murmelte er und drehte es hin und her.

Ich hielt ihm den Dekanter hin und beobachtete nervös, wie er ihn füllte und dann aus dem Dekanter in das Glas goss.

„Wirklich hübsch", sagte er mehr zu sich selbst als zu mir.

Ich zeigte ihm den passenden Verschluss für den Dekanter – und puh. Er passte perfekt.

Innerlich schlug ich mit mir selbst ein.

„Einfach hübsch", wiederholte er, schnupperte und trank dann einen Schluck.

Er nickte anerkennend und ich konnte nicht anders, als vor Stolz die Brust aufzuplustern.

Er bot mir auch ein Glas an und fast hätte ich es angenommen. Dann fing ich mich wieder. So sehr ich das Preisgeld auch wollte – und brauchte –, ging es hier nicht nur darum, einen Wettbewerb zu gewinnen. Ich war hier, um Stacy zu helfen, und um herauszufinden, ob Jananovich eine echte Bedrohung darstellte.

Und wenn er eine Bedrohung war? Ich hatte einen Holzpflock und eine Tasche voller Knoblauch.

Nun, okay, der Holzpflock war nur ein angespitzter Bleistift, das Beste, was ich in der Kürze der Zeit auftreiben konnte.

„Sind Gläser Ihre Spezialität?", fragte er.

„Oh, nein." Ich zückte mein Handy, um ihm die Webseite des Ladens zu zeigen, und hielt dann inne. „Schlechter Empfang hier. Haben Sie WiFi, damit ich es Ihnen zeigen kann?"

Das Netzwerk hieß LaPuebla2 und das Passwort war *Gast*. Offensichtlich war die Cybersicherheit hier oben kein Thema. Zumindest nicht für seine Gäste.

„Hier sind ein paar andere...", sagte ich und blätterte durch die Bilder, damit er sie sehen konnte.

„Eine ziemlich vielfältige Auswahl", bemerkte er.

Als sein Atem meine Schulter wärmte, beendete ich die Vorführung und zog mich einen Schritt zurück.

„Es freut mich, dass es Ihnen gefällt." Ich räusperte mich, um den Mut aufzubringen, die Millionen-Dollar-Frage zu stellen. „Ich würde Stacy gern den Dekanter zeigen. Wissen Sie, wo ich sie finden kann?"

„Leider ist Stacy unpässlich."

Aha. Nun, das bewies, dass sie hier *gewesen* war. Jananovich war ihr Boss und er war derjenige, der die Ampullen bestellt hatte. Ingo war also nicht übermäßig paranoid gewesen.

Aber verdammt. Ich war es jetzt.

„Oh. Ich hoffe, alles ist in Ordnung?", fragte ich.

Wieder ein Wettstreit um die neutralste Stimme. Jananovich gewann allerdings.

„Das hoffe ich auch", gab er zu. „Sie musste plötzlich weg. Irgendetwas wegen ihrer Mutter... "

In meinem Kopf gingen alle Alarmglocken los. Große, heulende Alarmglocken, wie in einem Atomwaffensilo, das DEFCON 1 signalisierte. Stacy hatte ihre Mutter vor Jahren an Krebs verloren. Ich erinnerte mich genau daran, dass sie es erwähnt hatte.

Ich warf Jananovich einen Blick zu. Irrte sich der Mann unschuldig oder war er ein kaltblütiger Mörder? Genauer gesagt, war er überhaupt ein Mensch oder war er ein Vampir?

Mein Handy klingelte und ich zog es aus der Tasche. „Hallo?"

Am anderen Ende der Leitung waren die Geräusche der Metallwerkstatt zu hören, als Abby sich meldete.

„Hi, ich bin es", sagte meine Schwester und klang dabei gehetzt und genervt.

Knall! Knall! Sie hatte sich nicht die Mühe gemacht, ihre Arbeit für diesen Anruf zur Seite zu legen. Was Sinn ergab, da ich die Situation drastisch heruntergespielt hatte.

„Oh, hallo", sagte ich laut und warf meinem Gastgeber einen entschuldigenden Blick zu.

„Ich rufe nur an, so wie du mich gebeten hast." Abbys Seufzen wurde von ein paar weiteren Hammerschlägen unterbrochen.

„Ja, das stimmt", sagte ich und spielte an meinem Ende der Leitung ein anderes Gespräch ab. „Ich werde es auf dem Nachhauseweg abholen. Ich bin gerade in La Puebla, aber es wird nicht lange dauern."

So. Ein weiterer Teil meines Sicherheitsnetzes war gewoben. Ich hatte Jananovich gerade klargemacht, dass jemand wusste, wo ich war. Nur für den Fall, dass er plötzlich beschloss, mich loszuwerden und zu behaupten, ich sei nie dort gewesen.

„Ich sehe dich gleich im Laden", schloss ich, lächelte, legte auf und entschuldigte mich bei meinem Gastgeber. „Tut mir leid."

„Kein Problem", murmelte er und konzentrierte sich mehr auf die Gläser und den Dekanter als auf mich.

Sie gefielen ihm. Sie gefielen ihm wirklich!

Ich hätte jubeln können... bis ich mir Blut anstelle von Wein darin vorstellte.

Vielleicht war es an der Zeit, zu gehen.

„Ich lasse Ihnen die Stücke gern zum Nachdenken hier", sagte ich und sammelte die Verpackung ein.

In diesem Moment drehte sich der Wind und zusammen mit der frischen Bergluft nahm ich einen Hauch von Ammoniak wahr, der sich mit dem Yves Saint Laurent vermischte.

Mein Magen zog sich zusammen. Scheiße. Er war wirklich ein Vampir.

„Sie sind ansprechend", murmelte er. „Sehr ansprechend."

Eher erschreckend. Umso mehr, als es mir schlagartig klar wurde.

Natürlich waren nicht alle Vampire Kriminelle. Aber angesichts von Ingos Warnungen, Stacys Verschwinden und Jananovichs Interesse an unbekannten Flüssigkeiten tendierte ich eher zu *Bösewicht.*

Übermäßig auffällig schaute ich auf meine Uhr.

„Hoppla. Ich wollte nicht so viel von Ihrer Zeit in Anspruch nehmen. Ich sollte jetzt wirklich gehen." Ich tat mein Bestes, um nicht zu hetzen, aber die Liebesampullen, die ich für den Fall mitgebracht hatte, dass ich eine weitere Ausrede zum Plaudern brauchte, klapperten. Eine fiel zu Boden.

Flink wie eine Katze, fing Jananovich sie auf. Ich streckte meine Hand einen Sekundenbruchteil zu spät aus und unsere Schultern berührten sich. Schnell richtete ich mich auf, aber nicht bevor ich die Nase rümpfte. Jetzt, da ich diesen Hauch von Ammoniak wahrgenommen hatte, konnte ich nur noch das riechen.

Und scheiße. Jananovichs Nasenlöcher bebten ebenfalls und seine Augen funkelten, als er seinen Blick über meinen Körper schweifen ließ.

Verdammt. Hatte er meine gemischte Herkunft gespürt? Vampire hatten gute Nasen, aber ich wusste aus zuverlässiger Quelle, dass ich zu neunundneunzig Prozent nach Mensch roch.

Leider gab es das eine Prozent, das Jananovich gerade entdeckt hatte. Er schloss die Augen wie ein Weinliebhaber, wenn er zu einer Geschmacksprobe herausgefordert wurde.

Interessant, verriet das Glitzern seiner Augen, als er sie wieder öffnete. *Sehr interessant.*

Ich dachte zurück an die hübschen Berater. Hatten sie ein Vorstellungsgespräch absolviert, das einen Schnuppertest beinhaltete und mit demselben räuberischen Schnurren endete?

„Wie schade, dass Sie gehen müssen. Das war ein überaus glückliches Treffen", sagte er.

Ich tat mein Bestes, um fröhlich zu klingen und zur Tür zu gehen, und nicht zu sprinten.

„Ich bin so froh. Ich hoffe, dass Ihnen mein Wettbewerbsbeitrag gefällt."

„Das tut er. Wir müssen bis zum offiziellen Einsendeschluss warten, um den Gewinner zu ermitteln, aber ich bin sehr optimistisch."

Komisch, wie schnell die $25.000 aus meinem Blickfeld verschwunden waren.

„Nun, ich drücke die Daumen", sagte ich und schloss eine Hand um den Klumpen in meiner Tasche.

Und behalte meinen Knoblauch in der Nähe, fügte eine innere Stimme hinzu.

Fast wäre ich ohne meine Jacke nach draußen geflüchtet, aber Jananovich hielt sie mir hin und hielt mich auf.

Es kostete mich alles, ihm den Rücken zurückzukehren und in meine Jacke zu schlüpfen. Meine Nackenhaare stellten sich auf und ich schwöre, eine Stelle an meinem Hals wurde warm. Starrte er darauf?

Die Zeit verlangsamte sich zu einem Kriechtempo. Ich tätschelte über meine Hosentasche, aber der angespitzte Bleistift erschien mir jetzt lächerlich klein. Ein Dutzend Zweifel schossen mir durch den Kopf. Könnte ich ihn rechtzeitig herausziehen, um ihn am Beißen zu hindern? War er überhaupt groß genug, um einen ausgewachsenen Vampir aufzuhalten?

Vor allem aber: Töteten Pflöcke Vampire wirklich oder war das auch nur eine Legende?

Ingo würde alle Antworten kennen. Warum, oh warum, hatte ich ihm nicht schon früher geglaubt?

„Hier, bitte schön", murmelte Jananovich und ließ meine Jacke los.

Ich wich zurück und zwang mich zu einem Lächeln. „Nochmals vielen Dank. Ich freue mich darauf, von Ihnen zu hören."

„Darauf freue ich mich auch, Ms... "

„Martin", ergänzte ich dümmlich. „Pippa Martin."

Er nickte und griff in seine Tasche.

Mein Herz blieb stehen und ich verkrampfte meine Hand um den Bleistift.

Er zog eine Visitenkarte heraus und hielt sie mir hin. „Sagen Sie mir Bescheid, wenn Sie Interesse an einem kleinen Nebenjob haben."

Ich nahm sie langsam entgegen. Hatte ich den Nerv, zu fragen, welche Art von Arbeit das war?

Nein, hatte ich nicht.

Ich schob sie in meine Tasche, bedankte mich noch einmal und sprang praktisch kopfüber in mein Auto.

Victor Jananovich stand still da und sah mir nach.

Als ich die Tür meines kleinen Subarus von innen abschloss, fühlte ich mich ein wenig besser. Nachdem ich um den Kreisel der Einfahrt gefahren und auf die Ausfahrt zugesteuert war, noch etwas mehr. Ich hielt den Atem an, weil es eine Ewigkeit dauerte, bis die Wachen das Tor geöffnet hatten.

Die Bärengestaltwandlerwachen. Meine Fingerknöchel waren weiß am Lenkrad.

Ich stellte mir vor, wie Jananovich mich im Auge behielt und die Schlussszene aus *Interview mit einem Vampir* verfolgte mich den ganzen Weg den Berg hinunter. Die Szene, in der der Reporter wegfuhr und sich in Sicherheit wähnte, bis sich Tom Cruise vom Rücksitz herüberbeugte und ihn biss.

Ich schluckte und schaute mindestens dreimal über meine Schulter.

Kein Tom Cruise. Kein Victor Jananovich. Nicht einmal Brad Pitt, der ehrlich gesagt nicht ganz so unsympathisch gewesen wäre.

Einen Moment später schimpfte ich mit mir selbst. Nur ein Scherz?

Der leere Rücksitz tröstete mich allerdings nicht. Genauso wenig wie ein letzter verzweifelter Anruf bei Stacy, wobei ich hoffte, dass sie abnehmen würde.

Aber nichts. Nicht einmal eine Mailbox.

Ich raste die Bergstraße hinunter und jedes Mal, wenn ich in eine Kurve bog, klirrten die Ampullen in meiner Tasche.

Kapitel 16

INGO

Mein Kontaktmann brauchte bis zum nächsten Tag, um ein Treffen zu arrangieren, und dann war es noch eine gute Stunde Fahrt bis zu unserem Treffpunkt in Prescott – an einem Ort namens Blue Moon Saloon. Die Bar selbst war nicht sonderlich versteckt und auch nicht schwer zu finden. Aber als ich sie betrat, wusste ich sofort, dass sie anders war.

Nicht nur wegen der schwingenden Saloontüren oder des Schilds mit der Aufschrift „Waffen an der Tür abgeben". Nicht einmal die 1870er Winchester, die über der hübsch restaurierten, altmodischen Theke hing, oder der Pianist, der eine flotte Melodie spielte.

Eher die subtileren Hinweise darauf, dass hier etwas einzigartig war, wie die in die Eichentafel über der Bar geschnitzte Szene. Ein Wolf heulte den Mond an, ein Bär watete durch einen Bach und ein Adler schwebte darüber.

Und dann waren da noch die nicht ganz so subtilen Hinweise wie der stämmige Bärengestaltwandler, der hinter dem Tresen ein Glas abtrocknete, oder die freche Wölfin, die die Gäste an den Tischen bediente.

Der Blue Moon Saloon war ganz offensichtlich Gestaltwandlerterritorium.

In dem Moment, in dem ich durch die Schwingtür trat, starrte mich der Bärengestaltwandler mit einem harten Blick an, der sagte: *Du, Wolf. Pass auf, wie du dich in meinem Revier benimmst.*

Die Wölfin schenkte mir eine freundlichere Version des Blicks, und einen Moment später kam ein noch stämmigerer

Bärengestaltwandler von hinten herein und richtete seine dunklen Augen auf mich. Der Kerl war fast ein Doppelgänger des anderen. Sein Bruder, nahm ich an.

Wie ein Revolverheld, dem gerade die Kugeln ausgegangen waren, streckte ich meine Hände aus, um zu signalisieren: *Ich bin nicht auf Ärger aus. Ich möchte nur ein paar Fragen stellen.*

Was, offen gesagt, genauso gefährlich sein könnte.

Es war früher Abend an einem Freitag und der Laden füllte sich schnell. Die Kunden waren überwiegend menschlich zumeist Country-Westerntypen und ziemlich ausgelassen – aber diese Bärenbrüder hatten den Laden eindeutig fest im Griff. Eine der großen Schaufensterscheiben zur Straße hin war neuer als die andere, was darauf hindeutete, dass sie nicht zögern würden, einen widerspenstigen Gast auf schnellstem Weg hinauszubefördern.

Ich näherte mich dem Tresen und behielt meine Hände in ihrem Blickfeld.

„Kemper?", brummte einer von ihnen.

Ich nickte und er führte mich durch den schummrigen Gang in den hinteren Bereich.

Nun, vielleicht nicht sonderlich schummrig, aber der Kerl war so groß, dass er das Licht, das von hinten hereinströmte, abblockte. Er rieb seine dicke Schulter an jedem Türrahmen, während er daran vorbeiging, und mein Wolf schnaufte.

Verdammte Bären. Ständig markieren sie ihr Revier.

Nicht, dass ich es ihm verübeln konnte. Die hübsche Wölfin dort, seine Gefährtin – ihr gemischter Geruch verriet es sofort – und das ganze Geschäft war, soweit ich es beurteilen konnte, ein eng verbundenes Familienunternehmen.

Die Sonne ging gerade unter und sandte lange, bunte Strahlen durch die Buntglasfenster des hinteren Raums. Er war für private Veranstaltungen hergerichtet und verfügte über eine zweite Theke, die zwar nicht so kunstvoll, aber genauso alt und beeindruckend war wie die vordere.

Noch beeindruckender waren die Gestaltwandler, die dort auf mich warteten.

Ich nickte dem Einzigen zu, dem ich schon einmal begeg-net war, wenn auch nur einmal und ganz kurz. Mein Kontakt-mann – ein Wolfsgestaltwandler mit stacheligem Haar – trug seine Polizeiuniform, obwohl er deutlich gemacht hatte, dass er nur in dienstfreier Kapazität teilnehmen würde.

So wie ich. Ganz und gar nicht im Dienst. Eine Stufe davor, *suspendiert zu werden* sogar.

Sein Gesichtsausdruck blieb zurückhaltend, als er mir die Hand schüttelte. „Kyle Williams." Dann wandte er sich an die anderen und stellte mich vor. „Ingo Kemper von der ABDKS."

Ich zuckte zusammen wie ein Dortmund-Fan, der im falschen Trikot in tiefstes Bayern München-Territorium einge-drungen war.

„Ich bin nicht in offizieller Funktion hier", sagte ich, um es vorsichtig auszudrücken. „Nichts von dem, was hier besprochen wird, wird weitergeleitet."

Der große Kerl in der Mitte mit den blitzenden Augen – ein weiterer Wolfsgestaltwandler – behielt unbeeindruckt seine dicken Arme verschränkt.

Er war eindeutig der ranghöchste Alpha in einer ganzen Reihe von mächtigen Gestaltwandlern. Es gab noch ein paar andere Wolfsgestaltwandler, einen Wolf/Kojotenwandler und sogar ein riesiges Wildschwein—ähm, Javelinagestaltwandler, der zur Verstärkung in der Ecke lauerte. Die Frauen, die zwi-schen ihnen standen, entsprachen Textbuchbeschreibungen von toughen Amazonen-Kriegerinnen, abgesehen von ihrer moder-nen Kleidung.

Ein strohblonder Wolfsgestaltwandler neben dem Alpha deutete auf sich selbst, dann auf einige der anderen. „Cody Hawthorne. Das sind Ty und Tina, und das ist Lana. Sie ken-nen Kyle, und unser Gastgeber hier ist Soren." Sie alle waren Wölfe, außer dem Bärengestaltwandler, den er zuletzt nannte.

Die anderen hatte er nicht vorgestellt, also ja. Sie waren die Verstärkung, falls ich nicht allein gekommen wäre.

Ich stieß einen inneren Seufzer aus. Ich hatte keine Gruppe von Agenten, die *mir* heute den Rücken stärkte. Ich war hier wirklich auf mich allein gestellt.

„Bitte nehmen Sie Platz", sagte Lana.

Sie war freundlich genug und offensichtlich die Gefährtin des Alphas, denn während sie mir einen Stuhl zuwies, legte sie eine Hand auf die Schultern ihres Gefährten und drückte ihn mit einer offensichtlichen Geste nach unten.

Der Typ schaute finster, ließ sich jedoch auf einen Stuhl sinken. Langsam.

Ich hatte natürlich von ihm gehört. Ty Hawthorne, Alpha des Twin Moon Rudels. Die Agentur führte Twin Moon als ein aufstrebendes Wolfsrudel, aber eine Aktualisierung war dringend nötig. Nicht, dass ich derjenige sein würde, der dieses Update lieferte.

Alle meine lokalen Quellen stimmten darin überein, dass das Twin Moon Rudel *das* dominierende Wolfsrudel im Südwesten und eine positive Kraft war, die ihr eigenes... nun ja, nennen wir es Nachbarschaftsschutzprogramm, auf die Beine gestellt hatte.

Eine sehr effektive Nachbarschaftswache, was angesichts der gewaltigen Aura ihres Anführers keine Überraschung war.

Ty Hawthornes Augen sprühten Funken, aber Lana schaltete sich ein, bevor er knurren konnte, *Was zum Teufel wollen Sie?*

„Wie können wir Ihnen helfen?", fragte sie.

Gleiche Botschaft anderer Ton. Zum Glück gab es besonnene Frauen.

„Die tote Wanderin in Sedona vor etwa einer Woche", begann ich.

Ty schaute zu Kyle, seinem Insider in der örtlichen Strafverfolgung. Sehr praktisch.

„Ich habe den Bericht gelesen", sagte Kyle. „Der Gerichtsmediziner hat es als Unfall eingestuft."

Ich schüttelte den Kopf. „Sie haben den Geruch der Bärengestaltwandler übersehen. Er war überall auf dem Felsvorsprung, von dem sie gestürzt ist."

Soren, der Bärengestaltwandler und Saloonbesitzer, sträubte sich.

„Ich konnte sie nicht identifizieren", sagte ich, bevor er es als Anschuldigung auffassen konnte.

„Die Agentur hat doch sicher die Mittel, um Gerüche zu identifizieren", sagte diejenige, die Tina hieß.

Sie hatte große Ähnlichkeit mit Ty, nur dass sie hübsch war und tatsächlich lächelte. Seine Schwester nahm ich an.

Ich nahm mir einen Moment Zeit, um meine Antwort sorgfältig zu formulieren. „Ja, aber mein Antrag wurde abgelehnt, weil er mit einer nicht genehmigten Untersuchung in Verbindung stand."

Ty Hawthornes Mundwinkel zuckten – der erste Anflug von Sonnenschein auf seiner stürmischen Miene. Jedes Versagen der Behörde war eine gute Nachricht für ein Rudel, das gern im Verborgenen blieb.

Und ehrlich gesagt, konnte ich es ihnen nicht verübeln. Meiner Meinung nach war es meine Aufgabe, faule Eier zu jagen, nicht gesetzestreue Rudel, die sich nur um ihre eigenen Angelegenheiten kümmerten.

„Nicht genehmigte Untersuchungen?" Soren knurrte.

Wie bei vielen Bären schienen seine Stimmbänder nicht in der Lage zu sein, normal zu sprechen. Er knurrte, brummte und grummelte nur.

Ich nickte. „Nicht genehmigt, weil die Beweise bislang nur Indizien sind."

Auch wegen einer gewissen einstweiligen Verfügung, aber diesen Teil übersprang ich.

Ty schien nicht besorgt zu sein. Offensichtlich war er eher ein Typ, der seinen Instinkten vertraute, als ein Verfechter akribischer Forensik. Die Frage war, ob er *meinen* Instinkten trauen würde.

„Bei einer anderen Gelegenheit habe ich einen weiteren verdächtigen Bärengestaltwandler identifiziert, der neu in Sedona ist", fuhr ich fort.

„Ein *weiterer* verdächtiger Bärengestaltwandler?", brummte Soren.

Ich warf ihm einen Blick zu. Nein, nicht alle Bärengestaltwandler waren verdächtig. Zur Hölle, einige der besten Männer in der Feuerwehrmannschaft, in der ich früher gearbeitet hatte, waren Bärenwandler. Aber Stacys Fahrer strahlte nichts als negative Schwingungen aus.

„Er arbeitet für eine Firma in Park City, die, wie ich glaube, in Sedona mit einem Ort namens La Puebla in Verbindung steht."

Lana neigte den Kopf. „Auf Schnebly Hill?"

Kyle schaute finster. Finster genug, um es persönlich erscheinen zu lassen. Warum?

„Ja", sagte ich. „Es gibt einen neuen Besitzer, aber meine Anfragen bei der Agentur wurden alle abgelehnt."

Das sorgte für viele hochgezogene Augenbrauen, also fuhr ich schnell fort. „Jedes Mal, wenn ich eine Anfrage zu einer bestimmten Person stelle, wird sie abgelehnt. Sogar einige Anfragen, von denen ich dachte, sie hätten nichts damit zu tun – eine Spur zum Nummernschild dieses Bärengestaltwandlers zum Beispiel –, wurde abgelehnt, was mich glauben lässt, dass sie mit derselben Zielperson zu tun haben."

„Und diese Person ist..." Ty bewegte ungeduldig seine Hand.

„Victor Jananovich. Ein Vampir."

Niemand reagierte außer Kyle anzusehen, der kurz mit dem Kopf schüttelte. Offensichtlich war es Jananovich gelungen, bei ihnen bislang nicht auffällig zu werden.

„Warum sollte die Agentur Anfragen nach Informationen über diesen Vampir ablehnen?", fragte Lana.

„Ich vermute einen Insider."

Es war das Einzige, was Sinn ergab. Jananovich musste einen Insider haben, der ihm in der Agentur den Weg ebnete, so wie Angelina Saint James im Auftrag von Harlon Greene die Akten der Agentur manipuliert hatte.

Eine plötzliche Erkenntnis ließ mich fast zusammenzucken. Angelina, eine Vampirin, hatte ihre Position in der Agentur ausgenutzt, um die Interessen von Harlon Greene zu vertreten. Sie hatte dabei meinen Ex-Partner Nash benutzt. Angelina gehörte der Agentur nicht länger an – tatsächlich gab es sie nicht mehr, seit sie auf Pippas Ranch von einem Blitz getroffen worden war –, aber vielleicht war Harlon nicht der einzige Kriminelle, dem Angelina Gefallen verkauft hatte.

Ich starrte ins Leere und dachte nach. Hatte Jananovich Angelina auch dazu gebracht, die einstweilige Verfügung zu erwirken? Der Zeitpunkt passte, denn das war vor Monaten gewesen, bevor Angelina als Doppelagentin geoutet worden war.

Jemand räusperte sich und ich zwang mich, meine Aufmerksamkeit wieder auf die Gestaltwandler vor mir zu richten.

„Vor Monaten habe ich in L.A. an einem anderen Fall gearbeitet, der mich auf die Spur von Victor Jananovich geführt hat. Sagen wir einfach, er ist ein Problem-Vampir."

Codys sonniges Gemüt verfinsterte sich. „Wir hatten vor ein paar Jahren ein Vampirproblem."

Alle schwiegen und es dauerte eine Weile, bis ich den Mut aufbrachte, nachzufragen: „Was ist passiert?"

Ty zuckte mit den Schultern. „Problem gelöst."

Cody plusterte die Brust ein wenig auf. Ich nahm an, dass er derjenige war, der es gelöst hatte.

Ein Handy klingelte und Ty schaute sich verärgert um, bis er merkte, dass es sein eigenes war. Ich erwartete fast, dass das Gerät unter seinem wütenden Blick schmelzen würde, aber als er die Anruferkennung sah, veränderte sich seine Miene komplett.

Er verzog die Lippen zu einem Lächeln als er das Display zu Lana umdrehte. Dann räusperte er sich, stand auf, ging zur Hintertür und brummte: „Gebt mir eine Minute." Seine Stimme veränderte sich völlig, als er sich an die Person am anderen Ende der Leitung wandte. „Hallo, Zuckermaus." Er hielt inne. „Süße, jetzt ist nicht der beste Zeitpunkt... "

Es war wie in einem dieser Psychofilme mit gespaltenen Persönlichkeiten, aber mit einem wirklich süßen Alter Ego.

„Okay, aber nur eins... ", fuhr Ty fort und verschwand aus unserer Hörweite.

Die anderen schauten sich an und konnten sich ihr Grinsen kaum verkneifen.

Cody lachte. „Er muss seiner Tochter ein Schlaflied singen."

Ich starrte auf die Hintertür. Ich konnte mir nicht vorstellen, dass dieser Kerl sang, schon gar kein Schlaflied.

Soren funkelte mich an, als wollte er sagen, *Echte Männer singen Schlaflieder. Hast du ein Problem damit?*

Verdammt, nein. Mein Vater war ein knallharter Feuerwehrmann und Sprungretter und ich hatte seine Schlaflieder geliebt. Ich stellte mir immer vor, dass ich sie eines Tages meinen eigenen Kindern vorsingen würde.

Meine Brust zog sich zusammen. So wie die Dinge mit Pippa liefen, würde ich vielleicht nie Kinder haben.

Dann dachte ich an unseren Kuss zurück und daran, wie sie mich umarmt hatte. Wenn ich diesen Fall abschließen und Jananovich für immer aus dem Weg räumen würde, könnte ich vielleicht die Art von Partner sein, die sie sich wünschte. Ich könnte auf der Ranch helfen und etwas mehr Zeit in ihrer Glaswerkstatt verbringen. Ich könnte die Wochenenden tatsächlich als Wochenenden nutzen und nicht nur als Gelegenheit, Überstunden zu machen...

Ich war noch nie so sehr in Versuchung gewesen. Aber es hing alles von einem großen *Wenn* ab. Dem Wenn, Jananovich für immer wegzusperren.

Ich biss die Zähne zusammen. Zurück zu den Prioritäten.

Ty kam ein paar Minuten später wieder herein und sah so grimmig und unerbittlich aus wie zuvor. Aber, ha. Jetzt kannte ich sein schreckliches Geheimnis – dass dieser Typ einen weichen Kern unter seiner harten Schale hatte, zumindest wenn es um seine Kinder ging.

Er setzte sich und starrte mich an, als wäre ich derjenige gewesen, der sich eine Auszeit zum Singen genommen hatte.

„Bevor der Fall geschlossen wurde, habe ich Beweise gesammelt, die Jananovich mit einer Reihe von Morden in L.A. in Verbindung brachten", erklärte ich. „Überwiegend junge Frauen, die für ihn als Eskorts gearbeitet hatten. Einige menschlich, einige Relikte. Aber keine puren Übernatürlichen."

Tina runzelte die Stirn. „Welche Art von Eskorts?"

Ich zuckte traurig mit den Schultern. „Das Übliche. Hübsche, junge Frauen mit mehr Schönheit als Verstand. Aber alles einvernehmlich, soweit ich es beurteilen konnte."

„Nur so einvernehmlich wie ein verzweifelter Mensch sein kann", betonte Tina.

Das stimmte, aber ich schüttelte trotzdem den Kopf. „Sie waren hochkarätige Edeleskorts. Nicht so verzweifelt wie ambitioniert. Manchmal zu ambitioniert für ihr eigenes Wohl. Einige wurden tot aufgefunden."

„Und Sie sehen eine Verbindung zu der toten Frau in Sedona?“, fragte Kyle.

„Nur eine Vermutung – und heute ein schlechtes Gefühl wegen einer anderen vermissten Frau. Auch dazu habe ich keine Beweise... nur ein schlechtes Gefühl. Schlimm genug, um ihm nachzugehen, bevor es zu spät ist.“

Ein Zucken fing in meiner Wange an, so wie es immer passierte, wenn ich an mein einziges großes Versagen zurückdachte. Jananovich... Kalifornien... eine Frau namens Bridget, deren gesamtes Blut ausgesaugt worden war...

Ty Hawthorne musterte mich genau und ich hätte schwören können, dass er all das in meinem Gesichtsausdruck lesen konnte.

Nun gut. Sollte er doch.

Eine lange, stille Pause dehnte sich aus.

„Also, was wollen Sie von uns?“, fragte Ty schließlich nicht mehr ganz so schroff wie zuvor.

„Informationen – was auch immer Sie über Jananovich, La Puebla oder diese Bärengestaltwandler haben“, sagte ich sofort.

Ty schaute sich um, aber alle außer Soren und Kyle sahen ahnungslos aus.

Kyle sprach zuerst. „Stefs Firma hat sie im letzten Herbst nach La Puebla geschickt, um ein Angebot für eine neue Solaranlage zu unterbreiten.“

Ich wusste nicht, wer Stef war, aber Kyles Blick wurde ganz dunkel und beschützend.

„Und?“, fragte Lana nach.

Kyles Gesichtsausdruck blieb grimmig. „Sie sagte, dieser Ort hätte eine düstere Atmosphäre, aber sie konnte nicht genau sagen, warum. Sie war wirklich erleichtert, als ihre Firma den Zuschlag nicht erhalten hat.“ Er wartete einen Moment, dann beantwortete er eine unausgesprochene Frage. „Ich werde sie später zu Hause genauer danach fragen.“

Aha. Officer Kyle Williams und Solar Power-Stef waren also Partner. Eine weitere interessante Verbindung – und eine Erinnerung daran, dass, so sehr sich die Agentur auch bemühte, Netzwerke aufzubauen, nichts über echte Beziehungen ging.

Und die Wölfe der Twin Moon Ranch schienen sehr praktische Verbindungen zu haben.

Pippa hat sie auch, meinte mein Wolf.

Das stimmte, aber diese Verbindungen konnten sie auch in Schwierigkeiten bringen. So wie jetzt mit Stacy.

Ein weiteres Handy klingelte – dieses Mal das von Kyle. Er zog ein Handy aus jeder Tasche, dann runzelte er die Stirn und zeigte es Ty. Sein Arbeitstelefon?

Ty nickte und Kyle ging zur Tür, um zu antworten. „Williams hier."

Lana schien bereit, unser Gespräch fortzusetzen, bis sie sah, dass Kyle erstarrte.

„Wo? Wann?", fragte er.

Alle schauten lauschend zu ihm hinüber.

„Verstanden... ", murmelte er.

Eindeutig ein Dienstgespräch.

Kyle drehte sich um und sah grimmig aus. Er fuhr sich mit der Hand durch die Haare, was es noch stachliger wirken ließ. „Wurde die Leiche identifiziert?"

Mein Magen zog sich zusammen und alle wurden sehr, sehr still.

Für die nächste Minute nickte Kyle in sein Handy. Dann meldete er sich mit einem knappen „Ja, Sir, ich bin auf dem Weg" ab.

Meine Lippen bewegten sich, aber ich brachte die Frage nicht heraus.

Wie sich herausstellte, brauchte ich es auch nicht. In dem Augenblick, in dem ich Kyles Blick begegnete, wusste ich es.

Kapitel 17

INGO

Als ich vom Blue Moon Saloon nach Hause fuhr, war es schon dunkel. Ein Universum von Sternen erhellte den Himmel, aber ich behielt meine Augen auf der Straße, über die meine Reifen rollten. Weiter und weiter in einem endlosen Kreislauf. Leblos. Trostlos.

Vorbei an Paige Springs fuhr ich weiter nach Sedona. Mein Puls beschleunigte sich bei der Abzweigung zur Painted Rock Ranch, aber ich zwang mich, daran vorbeizufahren. Einen halben Kilometer später fluchte ich, wendete und fuhr wieder zurück.

Es war eine schlimme Nacht und ich war in einer schlechten Verfassung, aber ich musste Pippa sehen. Ich musste wissen, dass sie in Sicherheit war.

Die unbefestigte Straße zu ihrer Ranch war voller Spurrillen, Kurven und Abzweigungen. Ich zählte sorgfältig mit und suchte dann auf der rechten Seite nach dem großen Stein, ein paar Kilometer von der Straße entfernt.

Dort. Ich hielt an und spähte in die Dunkelheit gegenüber. Pure Dunkelheit und dichtes Gestrüpp. Keine Spur einer Straße oder einer Ranch. Trotzdem legte ich meinen Gang ein und bog mit Herzklopfen nach links ab.

Die Painted Rock Ranch mit Pippa, Erin oder gar Nash zu finden, war einfach. Die Straße war einfach da, so klar wie der Tag. Allein war es schwieriger, denn ein uralter Zauber umhüllte den Ort. Es war so ähnlich wie die Fahrt zur Klippe hinauf, zu der mich Pippa bei unserer Jeeptour geführt hatte. Ich war sicher, dass ich in einen Abgrund stürzen würde.

169

Aber meine Reifen knirschten über glatten Kies, anstatt in Kaktusfeigen zu krachen, und ein paar bange Minuten später konnte ich die Straße nicht nur spüren, sondern auch sehen. Ich atmete auf und folgte durch die nächsten paar Kurven, in denen der Tarnzauber vollständig verschwand.

Meine Fingerknöchel wurden weiß am Lenkrad. Was sollte ich Pippa sagen? Wie sollte ich ihr die schreckliche Nachricht überbringen? Die Polizei hatte zugestimmt, die Nachricht über das Opfer achtundvierzig Stunden lang unter Verschluss zu halten, also konnte Pippa nichts davon gehört haben.

Noch nicht.

Der Jeep knatterte am Haupthaus vorbei, wo noch ein einzelnes Licht brannte. Hunde bellten und ein Vorhang bewegte sich. Ich stellte mir vor, wie Abby zum Fenster eilte, während Claire bereits schlief. Ich hoffte, sie würde mein Auto erkennen und mein langsames Tempo als Zeichen dafür nehmen, dass alles in Ordnung war.

Ich biss die Zähne zusammen. Wenn das doch nur der Fall wäre.

Langsam fuhr ich auf die umgebaute Scheune zu, in der Pippa wohnte, hielt an und stieg aus. Pippa tauchte einen Moment später auf. Das Licht im Inneren der Scheune warf einen Heiligenschein um ihr blondes Haar und verlieh ihr einen engelsgleichen Glanz, als sie in der Tür stand.

Sie runzelte die Stirn, als sie mich entdeckte. „Ingo?"

Ich nickte und trat näher heran, obwohl meine Beine wie Blei waren.

„Was machst du hier?", fragte sie.

Ich zwang mich, ihr in die Augen zu sehen. Mein Magen zog sich zusammen, denn einen Moment lang waren es Stacys Augen und Bridgets Augen und die all der anderen Opfer, denen ich nicht hatte helfen können.

Ich ballte meine Hände zu Fäusten. Manchmal hasste ich meinen Job. Und manchmal – wie jetzt – hasste ich mich selbst.

Pippas Gesichtszüge entglitten und sie wurde blass.

„Nein. . . ", flüsterte sie und las meine Gedanken.

Still wie ein Grab trat ich einen weiteren Schritt vor.

„Nein. . . " Sie ließ sich auf einen Stuhl neben der Tür sinken.

Ich blieb vor ihr stehen, als sie ihr Gesicht in die Hände sinken ließ und dann mit einem Blick zu mir aufschaute, der mich verzweifeln ließ.

„Stacy...?"

Ich nickte. Nur einmal.

„Ist sie...?"

„Ihre Leiche wurde draußen in der Nähe von Clarkdale gefunden."

Pippa wimmerte und vergrub ihr Gesicht in den Händen. Einen Moment später wippte sie vor und zurück, weinte und murmelte dieses schreckliche Wort in einer Endlosschleife: „Nein. Nein. Nein... "

Ich war ein Kieselstein. Ein Grashalm. Ein lebloses, gefühlloses Objekt vor Pippas Füßen.

Als meine Knie endlich nachgaben, sank ich neben Pippa nieder und schlang meine Arme um sie.

„Nein... Bitte... " Sie wippte weiter und ich bewegte mich mit ihr, unfähig zu sprechen, zu handeln oder zu denken.

Die Dunkelheit um uns herum war wie eine Decke, die mehr Trost spendete, als ich es könnte.

„Was ist passiert?", flüsterte sie durch ihre Tränen.

Meine Stimme brach, als ich wiederholte, was Kyle gesagt hatte, und zwar mit denselben klinischen Begriffen. Es ergab keinen Sinn, einen blumigen Rahmen um ein Bild zu spinnen, das niemand sehen wollte.

Die Leiche war etwa dreißig Minuten westlich gefunden worden. Ihre Kehle war aufgeschlitzt, ihr Blut vollständig abgeflossen. Die Polizei nannte es einen sekundären Tatort, was wahrscheinlich richtig war. Aber wenn sie damit rechneten, eine Blutspur zu finden... viel Glück. Nicht, wenn Vampire im Spiel waren.

Pippa beugte sich über ihre Knie und wippte immer noch vor und zurück. „Warum?"

Das wusste ich nicht, aber ich schwor mir, dass ich es herausfinden würde.

„War es, wie heißt er doch gleich? Jananovich?"

„Das Gleiche wie zuvor", sagte ich grimmig. „Keine Beweise. Aber es ergibt Sinn."

Und verdammt. Schlechte Wortwahl. Nichts am Tod eines jungen Menschen ergab Sinn.

„Ich meine, mein Bauchgefühl sagt..."

Plötzlich stand Pippa auf und wischte sich die Tränen ab. „Mein Bauchgefühl sagt, wir sollten ihn jagen und töten, und zwar sofort. So langsam und so schmerzhaft, wie er es verdient hat."

Der Schimmer in ihren Augen sagte, dass sie es ernst meinte, aber ich hatte das Gefühl, dass sie nicht an die praktischen Dinge der Sache dachte. Jananovich war ein Vampir und die waren bekanntlich schwer zu töten. Außerdem gab es keine Nachsicht für das Töten von Mördern. Und so wie das Universum mit seiner beschissenen Art funktionierte, wäre Pippa am Ende diejenige, die erwischt wurde.

Ich schaute sie schweigend an, bis ihre Schultern zusammensackten.

„Nun, wir können nicht einfach hier herumsitzen und nichts tun", sagte sie.

„Das werden wir nicht. Aber wir müssen nachdenken. Wir brauchen das Warum, das Wie, das Wann."

Leichter gesagt, als getan. Ich schnaufte frustriert und mein Atem wirbelte in der kalten Abendluft.

Ich starrte auf mein Auto und dann in den Himmel. Die Erfahrung sagte mir, dass ich einen klaren Kopf zum Denken brauchte, und das würde heute Nacht nicht der Fall sein. Vielleicht war es an der Zeit, zu gehen. Nicht, dass einer von uns beiden auch nur ein Auge schließen würde.

Pippa musste meine Gedanken gelesen haben, denn sie schob ihre Finger in meine.

„Geh nicht. Noch nicht."

Ich schaffte es nicht, Nein zu sagen. Sie brauchte die Gesellschaft und ich brauchte sie auch.

Wir hielten einander eine lange, lange Zeit im Arm. Lange genug, dass sich die Sterne um ein paar Grad weiterdrehten, bis Orion wie ein Betrunkener umkippte und Skorpion auf halbem Weg hinter den Horizont kroch.

„Wir bringen dich besser rein", murmelte ich schließlich. „Es ist eiskalt hier draußen."

Sie brachte ein kleines Lächeln zustande. „Ich bin immer heiß, erinnerst du dich?" Meine Mundwinkel zuckten. Pippa hatte das innere Feuer einer Pyromagierin – oder das eines Drachen, so wie ihre Mutter. Vor langer Zeit waren wir mit dem Auto ihres Vaters einen Berghang hinaufgefahren, um als Teenager eine Stunde zu stehlen, um wilden Sex zu haben. Und ich hatte danach vor Kälte gezittert, nicht sie.

Zu einer anderen Zeit oder an einem anderen Ort hätte ich vielleicht darüber gelacht, was einst als guter Sex durchging. Wir waren seitdem weit gekommen.

Dann stockte ich. Vielleicht auch nicht, da wir uns getrennt hatten.

Ich schluckte schwer und folgte Pippa durch das offene Scheunentor.

Drinnen schaute ich mich in dem riesigen Raum um. Ich hatte gehört, dass die Schwestern es eine umgebaute Scheune nannten, aber der einzige Teil, der auch nur halbwegs umgebaut aussah – es sei denn, Lichterketten zählten, denn die hatte Pippa überall aufgehängt –, war das Badezimmer, das ich durch eine offene Tür sehen konnte. Ansonsten war das Gebäude immer noch voll mit landwirtschaftlichen Geräten, Stallboxen und Spinnweben. Irgendwann hatte wohl jemand den Traktor hinausgefahren und ihn durch eine abgewetzte rote Couch ersetzt. Aber das war auch schon alles.

Andererseits hatte dieser Ort echt Potenzial. Sogar ich konnte das sehen.

Pippa nahm meinen Mantel und hängte ihn an einen skurrilen Ständer in Form eines Elchkopfes, der komplett aus Hufeisen gefertigt war. Zweifelsohne ein Einweihungsgeschenk von Abby. Dann zeigte sie mir den Weg zum „Wohnzimmer" – dem roten Sofa mit einer Kiste als Tisch davor. Ein Holzofen aus zweiter – oder dritter oder vierter – Hand war installiert worden. Der Schornstein führte durch ein Loch in der Wand, dessen Ritzen grob mit feuerfester Isolierung verschlossen waren. Der Feuerwehrmann in mir kam nicht umhin, ihn auf Mängel zu überprüfen. Ästhetisch gesehen, gab es jede Menge. Was die Sicherheit anbelangte, schien es jedoch zu funktionieren.

Ich setzte mich, während Pippa in die „Küche" ging, eine Ecke mit einer Mikrowelle, einem Wasserkocher und einem winzigen Kühlschrank. Von dort schaute sie mit ihren traurigen, geröteten Augen hinüber und bot mir ein Getränk an. Sie starrte auf den Wasserkocher, bis das Wasser kochte, und mein Blick wanderte zu der Wand hinter ihr. Die freiliegenden Balken dienten als Regale und sie waren alle mit Glas geschmückt. Glaskugeln. Glasblumen. Sogar ein Kaninchen, das aus geschmolzenen Glasscherben geschaffen worden war. Jedes Stück trotzte nur so vor Farbe und Leben.

Und da war sie wieder – diese Erinnerung. Trotz aller schlechten Dinge auf der Welt gab es auch so viel Schönheit.

Mir stockte der Atem, als ich die Glasskulptur auf einem höheren Regal entdeckte. Ein dunkler Wolf streckte die Nase zum Himmel und heulte den Mond an, während sich eine zweite, goldene Wölfin um seinen Körper wand.

Ich schluckte schwer. Heulte er vor Freude oder vor Kummer? Waren die beiden für immer verbunden oder zu einer Ewigkeit der Nähe und doch so großer Ferne verdammt?

„Hier", murmelte Pippa und reichte mir eine Tasse.

Wir setzten uns auf die Couch – ich mit meinem Kaffee und sie mit einem Tee – und ich schaute zu, wie sie mit einem Streichholz und einer Kerze herumfummelte.

Pippa, die mit Feuer herumfummelte. Wenn das kein Zeichen dafür war, wie aufgewühlt sie sein musste, was dann?

Beim dritten Versuch entzündete sich das Streichholz in einem Ausbruch von Schwefel. Mit zitternden Händen führte Pippa es an die Kerze. Einen Moment lang verbogen sich zwei winzige Flammen und brannten zusammen. Dann erlosch das Streichholz und die Kerze flackerte ein wenig heller.

„Für Stacy", flüsterte sie.

Eine lange, stille Minute betrachteten wir die tanzende Flamme. Ich hatte erwartet, dass Pippa etwas wie *Ruhe in Frieden* murmeln würde, wenn sie die Kerze ausblies, aber stattdessen...

„Ich verspreche, ich werde ihn für dich schnappen." Ihr Flüstern war heftig. „Ich schwöre es."

Ihre Worte machten mir Angst, denn ich wollte nicht, dass Pippa sich mit Jananovich anlegte. Aber ich war froh, denn vielleicht verstand sie endlich, was mich antrieb.

Gemeinsam starrten wir auf die leere Stelle, wo eben noch ein helles Licht gebrannt hatte. Meine Brust zog sich zusammen und wieder wünschte ich mir, ich könnte die Zeit zurückdrehen.

Ich würde alles darauf wetten, dass Pippa das Gleiche tat.

Sie schlug mit einer Hand auf die Couch und wirbelte eine Staubwolke auf. „Du hattest recht. Und ich habe nicht zugehört."

Ich wusste, wie sie sich fühlte, denn ich hatte diesen Trick schon hundertmal probiert – Trauer durch Wut zu ersetzen.

Ich berührte ihre Schulter. „Was hättest du denn tun können?"

Ja, irgendwie völlig heuchlerisch, dass ich jemandem Ratschläge in Sachen Reue gab.

Sie blies die Wangen auf und eine weitere lange Minute verging.

Ja, das Gefühl kannte ich auch.

„Okay. Erzähl es mir", forderte sie. „Erzähl mir alles – was du weißt und was du vermutest."

Die zweite Kategorie war riesig. Die erste... nicht so sehr. Aber ich tat mein Bestes, um alles zusammenzufassen, wobei ich dieselben Punkte ansprach, die ich den Anführern des Twin Moon Rudels erklärt hatte.

Victor Jananovich, Vampir und krimineller Kriegsherr mit der Tendenz, seine Mitarbeiter auszusaugen – und das nicht auf eine gute Art. Drogen... Morde... teure Eskorts...

„Eskorts?" Pippa wirbelte herum, als sie das hörte.

Eine Minute später fiel der Groschen. „Die Ampullen... "

Jananovich hatte sie nicht für Pärchen benutzt. Er hatte einen Weg gefunden, seine Geschäftsinteressen mit Eskorts zu kombinieren, die Blut lieferten. Frisch aus der Vene, wie ich vermutete, plus eine Version „zum Mitnehmen", deshalb auch die Ampullen.

Ich verfluchte die Agentur zum hundertsten Mal. Wäre die einstweilige Verfügung nicht gewesen, hätte ich vielleicht genug Beweise, wenn nicht für eine Verurteilung von Jananovich, dann zumindest für einen Durchsuchungsbefehl.

„Ich habe Kyle die Rechnungsadresse gegeben, die du mir gezeigt hast. Die Adresse für die Ampullen", sagte ich. „TTC Limited ist True Tastes Consortium, Limited."

„Im Besitz von Jananovich?"

„Ich glaube schon, aber wenn dem so ist, dann ist es unter einem Dutzend Strohfirmen versteckt."

Pippa ging zu ihrem Schreibtisch – einem Brett, das auf zwei Sägeblöcken lag – und kam mit einem Flugblatt zurück.

„Das hat Stacy mir gegeben."

Es war ein Flyer für den Glaswettbewerb und nannte als Adresse ein Postfach in Sedona. Ich hinterließ es als Nachricht auf dem Handy von Kyle Williams.

Als ich aufgelegt hatte, fluchte Pippa.

Ich beugte mich vor, um die Wettbewerbsrichtlinien zu lesen.

„Ich dachte, das war eine seltsame Formulierung", murmelte sie und las dann laut vor. „Der Gewinner des Wettbewerbs wird vier wunderschön gestaltete Gläser und einen passenden Dekanter einreichen. Sie alle müssen eine gute Belüftung und eine gute Sicht auf die Flüssigkeit im Inneren ermöglichen." Sie tippte auf den letzten Teil. „Flüssigkeit, nicht Wein." Sie schüttelte verbittert den Kopf. „Gott, die machen mich krank."

Das konnte ich nachvollziehen.

Dann schaute sie mich erwartungsvoll an.

Ich zog eine Augenbraue hoch. „Was?"

„Sag mir, was ich tun muss, um diesen Schleimbeutel zur Strecke zu bringen", grunzte sie, ganz der Racheengel.

„Ich arbeite daran, glaube mir. Aber so einfach ist das nicht."

„Natürlich ist es das. Wir schleichen uns in La Puebla ein und bringen ihn um."

Sie pirschte auf und ab und dachte nach. Überall standen Kerzen und jede, an der sie vorbeikam, flackerte aus eigenem Antrieb auf. Einige zischten und erloschen wieder, während andere weiterbrannten.

Ich beobachtete ihre Bewegungen. War sie sich überhaupt bewusst, dass sie das tat?

Nein, entschied ich. Diese Frau war ein wandelndes Feuerrisiko.

Andererseits würde ich auch wetten, dass sie die Macht besaß, jeden entstehenden Brand zu löschen.

Hoffentlich.

„Man kann sich nicht einfach in La Puebla einschleichen", warnte ich. „Jananovich hat Sicherheitsleute. Außerdem ist er ein Vampir. Die sind schwer zu töten. Und selbst wenn wir es könnten, was würde die Behörde davon abhalten, uns als Mörder eines ‚unschuldigen' Geschäftsmannes anzuklagen?"

Sie überlegte genau fünf Sekunden, bevor sie einen neuen Plan schmiedete. „Okay, wir schleichen uns also in La Puebla ein, schnappen uns belastendes Beweismaterial und bringen ihn dann um."

Ich ließ sie ein oder zwei Minuten darüber nachdenken.

Plötzlich setzte sich Pippa aufrechter hin und alle Kerzen im Raum brannten heller. „Oh! Ich weiß, wie wir reinkommen, ohne uns einschleichen zu müssen."

„Wie?"

„Catering."

Ich schüttelte den Kopf. „Ich werde dich auf keinen Fall in die Nähe von Jananovich lassen. Wenn da jemand reingeht, dann ich."

Sie schnaubte. „Ha. Ich kann mir schon vorstellen, wie du Kanapees servierst."

Ich runzelte die Stirn. „Was servieren?"

„Ich schließe meine Beweisführung ab." Sie seufzte.

„Also, du gehst auf gar keinen Fall", erklärte ich.

Gebieterisch? Ja. Aber das hier war nicht verhandelbar.

„Erin und Abby können mir Rückendeckung geben", sagte sie.

Als ich den Kopf schüttelte, drückte mir Pippa einen Finger auf die Brust. „Gib es zu. Du willst ihn genauso tot sehen wie ich. Wir wissen beide, dass er es verdient hat. Warum sollten wir uns an die Vorschriften halten?"

„Erzähl das dem Richter, der dich wegen Mordes ange-klagt“, sagte ich.

In Wahrheit war mein Wolf ganz und gar für ihren Plan, und meine menschliche Seite war definitiv in Versuchung. Aber der Agent in mir wusste es besser.

Ich atmete tief durch und forderte sie auf, das Gleiche zu tun. Dann verkündete ich: „Okay, wir sind da.“

Sie schaute sich verwirrt um. „Wo?“

Die nächstgelegene Kerze flackerte und schwankte.

„An dem Punkt, an dem wir innehalten, uns ausruhen und alles überdenken müssen.“

„Was überdenken? Stacy ist tot. Das kann ich nicht einfach akzeptieren und weitermachen.“

„Ich sage auch nicht, dass du das sollst. Aber wenn wir die Sache nicht durchdenken, könnte es noch schlimmer werden und Jananovich könnte mit mehr als nur Mord davonkommen.“ Ich tat mein Bestes, um einen endgültigen Ton anzuschlagen. „Also werden wir unsere Optionen überdenken – morgen.“

Ich schaute zur Tür und versuchte, den Entschluss zu fassen, zu gehen. Aber irgendwie gelang es mir nicht.

Sie musste meine Absicht erkannt haben, denn sie griff nach meiner Hand und ihre Stimme wurde weicher. „Du gehst doch nicht, oder?“

Ich schaute ihr in die Augen. Gab es eine andere Option?

Ihr Kehlkopf wippte. „Bleib“, flüsterte sie. „Bitte.“

Bleib über Nacht, flehten ihre Augen.

Gute Idee? Schlechte Idee? Ich war zu erschöpft, um mich zu entscheiden.

„Um alles zu überdenken, meine ich“, fügte sie hinzu. „Wenn wir so weit sind.“

Ich schaute in Richtung Schlafzimmer, dann auf die Couch. Was bot sie mir an?

Jede Kerze im Raum strahlte ein wenig heller, was mir einen Hinweis auf ihre Antwort gab.

Kapitel 18

PIPPA

Jeder Nerv in meinem Körper spannte sich an, als ich auf Ingos Antwort wartete. Würde er über Nacht bleiben?

Ich wollte es. Sehnte mich verzweifelt danach. Und nein, ich hatte nicht die Kraft, gegen die allgegenwärtige Versuchung anzukämpfen, die er darstellte. Tatsächlich würde ich es nicht einmal als Versuchung bezeichnen. Eher pures Bedürfnis, denn ich hatte mich noch nie so allein gefühlt, und ich fühlte mich auch noch nie so sicher wie mit Ingo. Vor allem, wenn wir es uns gemeinsam gemütlich machten.

Seine Augen glühten, obwohl seine gerunzelte Stirn verriet, dass er versuchte, rational zu sein.

„Ingo… ", flüsterte ich und griff nach seiner Hand.

Er erwiderte die Geste nicht, was mich verletzte. Aber mir war auch klar, dass ich ihn der gleichen *Ich will dich, aber ich weiß, dass ich es nicht tun sollte*-Folter ausgesetzt hatte.

Ich schloss die Augen und schwor mir, dass es mit uns für immer vorbei wäre, wenn er mich abwies. Dieser *So nah und doch so fern*-Zustand war für keinen von uns gut.

Meine Hoffnung schwand, als meine Finger einsam und kalt in der Luft hingen. Aber dann schob Ingo seine warmen Finger in meine Hand und ich hatte meine Antwort.

In mir legte sich ein Schalter um und ich stürzte mich in einen Kuss und fand seine Lippen, noch bevor ich die Augen öffnete.

Dann schloss ich sie wieder, denn seine Antwort war laut und deutlich.

Er presste seine Lippen fest auf meine, schlang seine Arme um mich und hielt mich fest. Eine Zeit lang konzentrierte sich all unsere aufgestaute Leidenschaft auf unsere Lippen, so als würde der Rest unserer Körper nicht existieren.

Aber dann erinnerte ich mich und sandte meine Hände sofort auf den Weg zu einer neuen Mission.

Als Kind hatte ich die meiste Zeit des Jahres mit meinem Vater in Colorado verbracht. Aber die meiste Zeit jedes Sommers verbrachte ich bei meiner Tante auf der Ranch und jedes Mal, wenn ich ankam, jubelte und rannte ich herum, um mich zu vergewissern, dass alle meine Lieblingsplätze immer noch da waren.

Und das war genau das, was ich jetzt mit Ingo tat. Ich strich mit den Händen über seinen Rücken, dann über seine Brust, um all die vertrauten Konturen zu spüren. Als Kind war ich über den Zaun der Koppel geklettert, um den Pferden zuzupfeifen, und jetzt fühlte es sich genauso dringlich an, ein Bein um seins zu schlingen und meine Mitte an ihn zu drücken. Die Hitze flammte zwischen uns auf und mein Herz schlug laut.

Ich unterbrach unseren Kuss gerade lange genug, um zu kichern: „Erinnerst du dich an damals am Sunset Point?"

Ingo knabberte an meinem Hals und hielt hier und da inne, um zu antworten. „Das... werde ich... niemals... vergessen... "

Das war unser erstes Mal gewesen, damals als Teenager, begierig und unbeholfen. Aber verdammt. Wir hatten beide noch tagelang danach vor Befriedigung geglüht und unsere Technik in den folgenden Wochen, Monaten und Jahren immer weiter verfeinert.

Das hier fühlte sich ähnlich an. Wie eine Tür, die sich öffnete. Eine neue Welt, voller Hoffnung und Verheißung.

Ich schob meine Ängste und Sorgen an den Rand dieser Welt, so wie ich alle landwirtschaftlichen Geräte an den Rand der Scheune geschoben hatte. Eines Tages würde ich mich damit befassen müssen, das alles zu sortieren. Aber im Moment hatte ich eine funktionierende Lösung.

Und Junge, funktionierte diese Lösung für mich. Vor allem, als Ingo seine Hände über meinen Hintern gleiten ließ und mich näher an sich zog. Er führte mich rückwärts, bis er mich an einen der Dachpfosten drücken konnte. So hatten wir eine schöne, feste Oberfläche, die nicht nachgab, so wie ich im heißen Laden der Glaswerkstatt geschmolzenes Glas gegen eine Metalloberfläche drückte.

Ich gluckste wieder. *Geschmolzen. Heißer Laden.* Alles so passend.

„Du lachst mit mir, nicht über mich, richtig?", murmelte Ingo zwischen zwei Küssen.

Seine Lippen schwebten über mein Schlüsselbein und er glitt mit seiner Hand von meinem Bauch zu meiner Brust. „Ich habe nur an meinen *heißen Laden* gedacht", sagte ich. „Plötzlich ist alles so voller Anspielungen."

„Wie in einer Feuerwache?", lachte er.

Ich nickte und griff nach seinem... ähm, Gerät. „Ja. Wie bei der *Schlauchkontrolle.*"

„Ich tue mein Bestes", brummte er. „Aber du machst es mir nicht gerade leichter."

Wir lachten beide und der Klang tönte durch die Scheune. „*Druck auf dem Schlauch...* ", murmelte ich.

„Den testen wir bald", versprach er. „Aber zuerst... "

Er schloss eine Hand um meine Brust. Ich stöhnte und warf den Kopf zurück.

Ein Frontalangriff, in Feuerwehrmannsprache. Ich war voll dabei.

Meine Brustwarzen sprangen hervor wie das Schwimmerventil an einem Schnellkochtopf, wenn der Truthahn für Thanksgiving fertig war. Die Tatsache, dass mir der plumpe Vergleich nichts ausmachte, sagte viel über meinen Geisteszustand aus. Denn ja, oh ja. Ich war bereit, vernascht zu werden.

Und das würde ich auch bald, und zwar sehr gründlich. Zuerst durch den Baumwollstoff meines knielangen Nachthemdes, dann Haut auf Haut. Der Stoff knitterte, als Ingo daran zerrte und versperrte mir die Aussicht, auf die beste Show der Stadt, also zog ich es aus und warf es beiseite.

„Nicht kalt?"

Ganz im Gegenteil. Ich brauchte eine Klimaanlage.

Und, Moment. Wer hatte das Feuerinferno im Kamin angezündet? Ich erhaschte einen Blick auf das Knistern und runzelte dann die Stirn. Das Rätsel beschäftigte mich ganze zwei Sekunden lang, bevor wichtigere Dinge die Oberhand gewannen. Zum Beispiel, wie ich Ingo nackt ausziehen konnte, ohne unser Vorankommen zu unterbrechen.

Ein anderer Teil von mir genoss jede Sekunde. Nach Jahren des schrecklich fehlgeleiteten Zölibats, so schien es zumindest, waren wir endlich nah dran.

Ingo wechselte von einer Seite auf die andere und umfasste mein weiches Fleisch mit seiner Hand. Ich war nicht besonders üppig gebaut, aber Ingo war ein Meister darin, das Maximum aus den ihm zur Verfügung stehenden Ressourcen herauszuholen. Und jetzt, da ich nackt war – praktisch! – standen ihm noch mehr Rohmaterialien zur Verfügung. Wie meine Weiblichkeit, die er mit seiner freien Hand gründlich erforschte.

„Feuerwehrmänner sollten Brände löschen, und sie nicht entfachen", schimpfte ich zwischen kehligen Seufzern.

„Das schiebst du mir in die Schuhe, was?", murmelte er, ohne den Hauch einer Beschwerde.

Ich lachte. „Was war das noch gleich für ein schrecklicher Spruch über Feuerwehrleute?"

„Heiß finden, nass machen."

Seine Stimme war ganz knurrig. Und damit und der eigentlichen Nachricht... sagen wir einfach, er machte rasche Fortschritte beim zweiten Teil dieses Versprechens.

„Wenn wir gerade dabei sind...", murmelte ich und schob seinen Kopf tiefer. Und tiefer...

Im Handumdrehen klopfte er an die Himmelspforte – oder besser gesagt, umkreiste er, tastete er und leckte sie ab. Zu diesem Zeitpunkt hatte ich bereits ein Bein über seine Schulter geschoben und hielt mich nur durch diese Stütze aufrecht. Ingo führte mein Bein allmählich nach außen und öffnete sozusagen das Himmelstor.

Ich wusste, dass ich nicht im Himmel war. Aber es fühlte sich wirklich so an.

Ich rieb mich an ihm und machte dabei genug Lärm für den Soundtrack eines schmutzigen Films – den Director's Cut.

Dann bebte ich, erschauerte und kam mit einem Heulen.

Alles war für eine Weile verschwommen. Schließlich fand ich mich bequem zwischen Ingo und dem Stützpfeiler wieder. Oder dem Stützpfeiler und Ingo. Es war schwer, das eine vom anderen zu unterscheiden, bis ich mich drehte und Ingos Konturen erkannte, bis hin zu seinem... ähm, persönlichen Stützpfeiler.

Ich griff danach und beglückwünschte meine Instinkte, mich dorthin geführt zu haben.

„Worüber lächelst du denn jetzt?", schimpfte Ingo.

Ich schüttelte den Kopf. „Insiderwitz, sorry. Noch ein schmutziger."

Er lachte, dann wurde er ernst und küsste mich.

„Mm", murmelte ich und wirbelte mit der Zunge herum.

Sein Körper versteifte sich und sein Kuss wurde leidenschaftlicher und tiefer, was mein inneres Feuer erneut entfachte.

Kapitel 19

INGO

Im Laufe der Jahre hatte ich viele heiße Träume gehabt, in denen Pippa die Hauptrolle spielte. Eine Überlebenstaktik könnte man sagen, wenn ich die echte Pippa nicht haben konnte und andere Frauen nichts in mir weckten.

Es fühlte sich immer noch wie ein Traum an, selbst wenn ich wusste, dass es real war.

Allzu real, wurde mir klar, als ich an die tragischen Ereignisse dachte, die uns hierhergeführt hatten.

Aber ich hatte keine Witze gemacht, als ich die Notwendigkeit betonte, innezuhalten, auszuruhen und die Dinge zu überdenken. Und der dritte Schritt – das Überdenken – würde sich erst am Morgen ergeben. Und bis dahin hatte ich vor, mich ausgiebigst auszuruhen. Zumindest meinen Geist.

„Hier entlang", murmelte Pippa und löste sich aus unserem Kuss.

Sie deutete in Richtung Schlafzimmer in der Scheune und legte ihre Hand auf meine Jeans, sodass ich mich kaum bewegen konnte, selbst wenn ich es wollte.

Ja, Pippa war schon immer eine Frau der Widersprüche gewesen.

Meine Augenlider fielen halb zu. Und puh. Jetzt wusste ich, warum Pippa diesen Dachpfosten so praktisch fand. Ich hielt mich daran fest und konnte kaum das Gleichgewicht halten, als Pippa mich bearbeitete. Der Pfosten half auch, als sie meine Jeans nach unten schob und mich darin fesselte, während sie sich an mir zu schaffen machte.

Mein Wolf heulte vor Vergnügen und meine Zähne schmerzten, als meine animalische Seite näher an die Oberfläche drang. Dann packte ich ihre Hand und hielt sie auf, bevor ich mit meiner Hüfte zu stoßen begann. In den letzten Jahren hatte ich mich damit begnügen müssen, mir einen runterzuholen, aber jetzt konnte ich so viel Besseres haben. Viel, viel Besseres.

„Bett", grunzte ich und schüttelte meine Jeans ab.

„Hemd", beharrte Pippa und setzte unser einsilbiges Gespräch fort. „Jetzt."

Sie half mir, es auszuziehen, und neckte mich dieses Mal nicht einmal. Nun ja, kaum. Sie hielt lange genug inne, um meine Brustwarzen zu umkreisen und sie dann zu zwicken. Winzige Blitze zuckten in meine Zehen hinunter und ähm – an andere wichtige Stellen.

„Bett. Schlafzimmer", knurrte ich in Höhlenmenschensprache.

Pippa führte mich an der Couch und am Badezimmer vorbei und durch den zweistöckigen zentralen „Flur" der Scheune. Heu ragte aus dem Dachsparren, wo weitere Lichterketten funkelten. Dann bog Pippa nach rechts in die Stallbox ab, die sie zu einem Schlafzimmer umgebaut hatte.

Und auch hier war „umgebaut" großzügig ausgedrückt. Sie hatte den Raum geschrubbt und einen alten Teppich ausgerollt, aber wir waren immer noch von Sprossen umgeben, an denen sich die früheren Bewohner die Nasen mit ihren Nachbarpferden gerieben hatten.

Jetzt gab es nur uns beide und eine... zwei... drei flackernde Kerzen.

Die Zahl wuchs mit jedem Schritt, den Pippa machte. Wäre ich nicht anderweitig beschäftigt gewesen, hätte ich mich vielleicht staunend umgesehen. Das war noch nie passiert. Andererseits waren Pyromagier dafür bekannt, Spätzünder zu sein. Und das war auch gut so. Ich wollte mir keinen ängstlichen, frustrierten Teenager vorstellen, der Feuer entfachen konnte – mit oder ohne bewusster Absicht. Die Hälfte der Schulen im Land würden niedergebrannt werden, zusammen mit einer Menge kieferorthopädischer Praxen.

Jedenfalls war ich in diesem Moment nicht in der Lage, an vieles zu denken. Mir viel vorzustellen. Das brauchte ich auch nicht, vor allem nicht, als sich meine große Liebe vor mir auf die Matratze legte und ich sie eine Weile bewundern konnte.

Sie streckte ungeduldig eine Hand aus, aber ich schüttelte den Kopf. Vor langer Zeit hatte Pippa Leute verspottet, die einen Sonnenuntergang oder eine schöne Aussicht nur mit einem kurzen Blick oder einem einzigen Schnappschuss würdigten. Ich hatte vor, diesen atemberaubenden Anblick eine Weile zu genießen.

Ihre Mundwinkel zuckten und sie ließ ihre Hände an ihre Brüste gleiten. „Was ist mit dieser Aussicht?"

Und wieder hatte sie meine Gedanken gelesen. Nicht, dass ich etwas dagegen gehabt hätte.

„Die gefällt mir, aber... "

Ich testete sie und dachte an eine andere Stelle.

Ihre Augen funkelten und sie ließ eine Hand tiefer gleiten. Tiefer...

Mein Kehlkopf wippte und ich vergaß für die nächste Minute, zu atmen. Ich holte noch einmal tief Luft, als Pippa ihre Beine spreizte und einen Finger in sich schob, den sie dann kreisen ließ.

Ihre Augen wurden glasig, aber sie behielt ihren Blick fest auf mich gerichtet. Zweifellos las sie mich wie ein Buch – oder ein schmutziges Magazin. Was auch immer ich mir vorstellte, sie tat es, tastete sich tiefer vor und drückte einen zweiten Finger hinein...

Ich stürzte mich auf sie und wir begegneten uns in einem leidenschaftlichen, besitzergreifenden Kuss.

Du gehörst mir, heulte mein Wolf immer wieder und wieder.

Das war schon immer so, hörte ich ihre mentale Antwort. *Und wird immer so sein.*

Ich rutschte über sie, getrieben von dem Instinkt, mein Revier zu markieren und in Besitz zu nehmen. Ich rieb mit den Bartstoppeln über das weiche Fleisch ihrer Brust, dann berührte, küsste und streichelte ich jeden Zentimeter von ihr.

„Oh... "

Ihr Stöhnen klang sehnsüchtig und sagte mir, dass ich an ihre Grenzen stieß.

Wage es ja nicht, aufzuhören, warnte sie mit einem mentalen Knurren.

Gut zu wissen, dass ich nicht der Einzige war, der sich verzweifelt nach mehr sehnte.

Sie verschlang meinen Mund mit ihrem. Mit den Fingernägeln ihrer linken Hand kratzte sie über meinen Rücken. Dann schloss sie ihre Beine um meine, was uns in die perfekte Position brachte.

„Ja", stöhnte sie, als ich in sie glitt.

Innerlich heulte mein Wolf. Äußerlich blieb mir der Mund offenstehen und meine menschliche Seite erwiderte das Gefühl. Dann holte ich tief Luft und fing an, mich zu bewegen.

Zuvor hatte ich Pippas Gedanken darüber aufgeschnappt, wie dilettantisch unser Liebesspiel damals gewesen war. Jetzt war ich entschlossen, sie daran zu erinnern, wie weit wir seither gekommen waren. Jeder meiner Stöße war sanft, hart und absolut, vollkommen zielsicher.

Pippa stöhnte auf und drückte meinen Hintern fester zusammen.

Wir bewegten uns noch ein paar Mal in diesem perfekten Rhythmus, dann wechselten wir in eine neue Stellung, wie Tänzer, die vor dem großen Finale, aufeinander abgestimmte Bewegungen vollführten. Das bedeutete, dass ich mich auf die Knie zurücklehnte mit Pippa auf der Seite, einem Bein unter meinen und dem anderen darüber.

Ich knurrte laut.

„So gut… "

Ja, das war es. So tief und sehnsüchtig, aber auf eine gute Art. Und als sie ihre inneren Muskeln in einer wogenden Bewegung zusammenzog…

Mit einem animalischen Heulen warf ich den Kopf zurück.

Um uns herum flackerten die Kerzen und warfen ihre Schatten. Unter mir glühte Pippas Haut in einer feurigen Färbung und ich sah unsere Silhouetten erotisch über die Wand tanzen.

„Ja… ", schrie Pippa und presste mich enger an sich.

Ich schaffte noch drei weitere Stöße. Dann explodierte ich.

Die Kerzen flackerten so hoch, dass ihr Licht um mich herumwirbelte. Ich verlor jeden Orientierungssinn und wusste nur noch, dass ich mit Pippa verbunden war. Wir hätten durch den Weltraum trudeln oder in einem Strudel feststecken können, aber solange wir zusammen waren...

Allmählich tauchten die Wände des Zimmers – so wie sie waren – um mich herum wieder auf. Das Bett war auch noch da, zusammen mit den zerwühlten Laken und Decken, aber mich interessierte nur Pippa.

Wir schauten uns in die Augen und hielten für eine Ewigkeit inne, als wir einander ein Dutzend kurzer, stummer Nachrichten übermittelten.

Ich liebe dich so sehr.

Wir gehören zusammen.

Lass uns für immer so bleiben. Bitte.

Ihre Brust hob und senkte sich mit jedem schweren Atemzug. Meine auch. Nach und nach verringerte sich unser Pulsschlag und wir sanken auf die Matratze hinunter. Schließlich, nachdem wir uns mit der Ecke eines Bettlakens gesäubert hatten, kuschelten wir uns aneinander. Pippa zog mir eine Decke über die Schultern, ließ ihre Seite jedoch offen.

„Ich bin immer so heiß, weißt du", murmelte sie.

Ich lachte laut auf und schmiegte mich eng an sie. „Das stimmt allerdings."

Kapitel 20

PIPPA

Ich wachte langsam auf und genoss die Wärme meines Bettes – und Ingo. Ich lag in seinen Armen, mit seiner Hand auf meinem Bauch und er streichelte meine Haut mit einem Daumen. Er war also auch wach.

Wach, glücklich, aber beunruhigt, genau wie ich.

Ich drehte mich zu ihm um und wir brachten beide ein Lächeln zustande.

„Guten Morgen", flüsterte ich und hielt seine Hand fest umklammert.

Er küsste meine Fingerknöchel. „Dir auch einen guten Morgen."

Ich schaute ihm in die Augen und überlegte. Wunderte mich und wünschte. Aber beides führte in keine gute Richtung, also schloss ich die Augen wieder, kuschelte mich an ihn und lauschte auf seinen stetigen Herzschlag. Ich ahnte, dass ein anstrengender Tag vor mir lag, und ich hatte vor, Ruhe zu tanken, solange ich es konnte.

Was erstaunlich gut funktionierte. So gut, dass ich anfing, mich zu fragen, ob wir es eines Tages tatsächlich schaffen würden, wieder zusammen zu sein. Ingo schoss nicht aus dem Bett, um sofort Bösewichte zu jagen, und ich spürte nicht die übliche Lethargie, die es mir an den meisten Morgen schwer machte, in die Gänge zu kommen.

Im Gegenteil, ich hatte eine ganze Liste von Missionen im Kopf, die es zu erfüllen galt, auch wenn sie alle durch das Gefühl gemildert wurden, sich nicht beeilen zu müssen, wie man es nach umwerfend gutem Sex oft spürte. Ich war zwar noch nicht in der Lage, mich auf den Weg zu machen, aber ich hatte zumindest meine Prioritäten gesetzt.

Nummer eins, Frühstück, kombiniert mit einer Strategiebesprechung mit Ingo.

Nummer zwei, eine schnelle Arbeitsrunde auf der Ranch, während ich die Details dieser Strategie durchdachte.

Nummer drei, loszugehen, um mich an Victor Jananovich zu rächen.

Nummer vier, glücklich bis ans Ende meiner Tage leben?

Draußen erschien die Sonne gerade erst am Horizont und die Pferde streiften ruhig auf ihrer Koppel herum. Ich lauschte und versuchte es mit Achtsamkeit, aber ich spürte, wie sich langsam eine dunkle Wolke am Horizont zusammenbraute.

„Du runzelst die Stirn", bemerkte Ingo leise und strich mir über die Wange.

Das mochte sein. Trotzdem, welch ein Vergnügen, mit ihm in Flüsternähe am Morgen aufzuwachen.

„Nicht deinetwegen. Ich denke an Victor Jananovich."

Ingo hob eine Augenbraue. „Ich werde versuchen, es nicht persönlich zu nehmen, dass du an ihn denkst, während du mit mir im Bett liegst."

„Du weißt, was ich meine."

Er gluckste ein wenig, dann seufzte er. „Das tue ich. Und es tut mir leid. Ich glaube, ich verstehe jetzt endlich, wie du dich fühlst."

Ich runzelte die Stirn. „Inwiefern?"

„Wenn man mit jemandem aufwacht, dessen Gedanken um das Böse schwirren, kann einem das schon den Spaß verderben."

Meine Kehle wurde ganz trocken und ich blinzelte die Tränen zurück. „Ich wollte nicht... "

Ingo drückte mir einen Finger auf die Lippen. „Das war keine Anschuldigung. Eher ein Blick in den Spiegel."

Ich schluckte. Schwer.

„Es tut mir leid. Das tut es wirklich", sagte ich. „Ich verstehe jetzt, wie schwer es dir fällt, deine Arbeit auszublenden. Vor allem, wenn man weiß, dass der Bösewicht immer noch dort draußen herumläuft und bereit ist, jemanden zu verletzen."

„Es ist schwer. Ich brauche definitiv mehr Übung im Abschalten."

Ich dachte einen Moment lang nach und deutete dann nach draußen. „Wie wäre es, wenn wir uns Zeit geben, bis die Sonne über die Kante des Zauns gestiegen ist?"

„Ist das dein Wecker?" Er grinste und streichelte meine Seiten, bis seine Augen funkelten. „Womit sollen wir uns bis dahin beschäftigen?"

Ich gluckste. „Oh, ich hätte da ein paar Ideen... "

Mehr als ein paar, wie sich herausstellte. Ich streichelte seine Seite und dann seinen stählernen Hintern. Dann... andere Stellen. Ingo drehte mich und hob mich hoch und schon bald fand ich mich rittlings auf ihm wieder. Als mein Körper über seinen glitt, beschleunigte sich mein Puls.

Ingo neigte seinen Kopf zurück und senkte die Augenlider halb, als er sich der puren Lust hingab.

So gut es sich auch anfühlte, spürte ich, dass ich mich nach etwas sehnte, das gerade außerhalb meiner Reichweite lag. Dann hielt ich in einem brillanten Moment inne und lehnte mich zur Seite.

Ingo öffnete fragend die Augen.

„Erinnerst du dich daran?" Ich erhob mich, schwang ein Bein herum und drehte mich auf ihm.

Er stöhnte auf, als wir den Kontakt verloren, dann knurrte er, als wir wieder zusammenkamen und ich jetzt in der umgekehrten Cowgirl-Stellung auf ihm saß. Für mich war die Aussicht nicht so gut, aber Ingo schien seine zu genießen, und der Winkel war genau das, was ich brauchte.

„Oh ja", murmelte er ganz heiser. „Ich erinnere mich."

Als Teenager hatten wir eine Zeitschrift in die Finger bekommen, in der verschiedene Sexstellungen abgebildet waren, und wir hatten alle ausprobiert. Bei einigen mussten wir so sehr lachen, dass wir keinerlei Leidenschaft darin fanden, aber bei anderen stöhnten wir. Die meisten erwiesen sich als zu kompliziert für jeden außer einem Schlangenmenschen. Normalerweise griffen wir auf drei altbewährte Stellungen zurück: Missionarsstellung, Cowgirl und Wolfsstyle, wie Ingo es gern nannte.

Damals, als fleißige Studenten, hatten wir die umgekehrte Cowgirl-Stellung von der Liste abgehakt und weitergemacht. Aber jetzt...

Mein Körper wurde heiß und Verzückung erfüllte meinen Geist, so wie heller Nebel an einem schönen Frühlingsmorgen über den Bach tanzte.

„Hinreißend... ", brummte Ingo.

Ja, die Aussicht gefiel ihm definitiv gut. Ich nahm mir vor, die Übungen für einen straffen Bauch und flachen Hintern, die ich in diesem Online-Video gefunden hatte, definitiv weiterzumachen.

Ich stützte meine Arme auf seine muskulösen Beine und drückte mich nach unten, während ich unzusammenhängend vor mich hin murmelte. Die Übungen für die Innenseite der Oberschenkel waren auch sehr nützlich.

Ich beugte mich vor und ließ meine Hüfte kreisen. Und als Ingo die Hände ausstreckte und mich berührte...

Mein Atem stockte und mein ganzer Körper zuckte.

Ich stöhnte und bewegte mich schneller.

Ingos Atemzüge wurden lauter und rauer und verrieten mir, dass auch er nah dran war. Ich schloss die Augen und rieb mich noch tiefer an ihm. Dann warf ich meinen Kopf zurück und wurde von einer intensiven Welle mitgerissen.

Ingo zischte und kam im gleichen Moment. Die Ekstase ließ uns für eine Weile in dieser Position verharren.

Sekunden – Minuten? – später drehte ich mich langsam zu Ingo um. Als ich mich abgewischt und an ihn gekuschelt hatte, gluckste ich.

„Wenn wir damals gewusst hätten, was wir jetzt wissen... "

Ingo lachte. „Gut, dass wir es nicht wussten. Wir wären süchtig danach geworden." Dann funkelten seine Augen. „Vielleicht sollten wir noch ein paar der anderen Stellungen ausprobieren, die wir damals verworfen haben. Vielleicht ist ja noch ein Juwel darunter."

Ich lachte, dann wurde ich ernst und schaute ihm in die Augen. Vielleicht war die Stellung nicht der entscheidende Faktor. Vielleicht waren es die Reife und die auf die harte Tour gelernten Lektionen.

Natürlich würde ich seine Theorie gern testen. Sehr gründlich.

Ich schlang meine Arme um ihn und drückte ihn fester an mich. Vielleicht, wenn wir einander noch eine Chance gäben...

Draußen wieherten die Pferde und ich seufzte. Die Sonne stand über der Zaunlinie – jetzt schon.

In der Ferne knirschten Schritte über den Kies und Autotüren quietschten.

„Oh! Ist das nicht Ingos Auto?", hörte ich Claire zwitschern.

„Sieht so aus." Selbst aus dieser Entfernung war Abbys Missbilligung laut und deutlich zu vernehmen.

„Hat er hier übernachtet?"

Ingo grinste. Ich vergrub mein Gesicht im Kopfkissen.

„Vielleicht", brummte Abby.

„Auf jeden Fall", murmelte Ingo und küsste mich.

Draußen wechselte Abby das Thema. „Komm schon, meine Süße. Zeit, zur Schule zu gehen."

Was auch immer Claire als Nächstes sagte, ging im Geräusch des startenden Motors unter, Gott sei Dank.

Trotzdem verbarg ich mein Gesicht, bis das Geräusch des Wagens auf der Einfahrt verschwand.

Ingo klopfte mir auf den Rücken. „Die Luft ist rein."

Ich schüttelte den Kopf, ohne mich umzudrehen. Die Luft war nie rein, wenn man sich ein Grundstück mit seinen Schwestern teilte. Selbst wenn es sich um eine Ranch von dreißig Hektar handelte.

Wenigstens war Erin nicht da. Ballonfahrten waren eine Angelegenheit früher Morgen.

„Komm schon, Dornröschen." Ingo zupfte an meiner Schulter.

Ich setzte mich langsam auf, dann begegnete ich seinem Blick.

Zuerst lächelten wir, aber dann musste ich an Stacy denken und mein Herz wurde schwer.

Ingo küsste mich noch einmal, dann schwang er entschlossen die Beine über die Bettkante. „Also gut. Es ist an der Zeit, die bösen Jungs zur Strecke zu bringen. Oder zumindest einen Plan zu machen."

∞∞∞∞

Wir brainstormten, während ich meine morgendlichen Aufgaben erledigte. Ingo war ein Star, er half mir, die Pferde zu füttern und nach dem Vieh zu sehen, ohne auch nur zu murren. Er half beim Frühstück und wusch danach ab.

An so einen Morgen könnte ich mich gewöhnen, wäre da nicht die dunkle Wolke, die über uns hing. Eine Wolke, die umso dunkler wurde, je länger wir Ideen ausheckten. Und je länger wir das taten, desto mehr war ich überzeugt, dass ich eine Lösung hatte.

Doch Ingo verwarf sie jedes Mal mit der gleichen Begründung.

„Zu riskant."

„Sie ist die am *wenigsten* riskante."

„Es ist ja nicht so, dass Jananovich Beweise herumliegen lässt, die das Catering-Team finden könnte", beharrte Ingo. „Zumindest nichts, was der Behörde als überzeugenden Vorwand dienen könnte, um einzugreifen."

„Wenn der Zeitpunkt stimmt, wird es Beweise geben. Glaube mir."

In meinem Kopf spielten sich zufriedenstellende Bilder von Gesetzeshütern ab, die auf dem Höhepunkt einer Blutorgie hereinplatzten. Sie kämen gerade noch rechtzeitig, um unschuldige Menschen zu retten und die Bösewichte zu verhaften, ohne ihr eigenes Leben zu riskieren. So war das doch in den Filmen, nicht wahr?

Ich nahm mir vor, dass ich diese Idee eines Tages einem Hollywoodagenten vorschlagen würde. Sie war brillant.

Auf der anderen Seite hatte ich den leisen Verdacht, dass das wirkliche Leben und Hollywood sich in etwa so glichen wie Pferde und Schweine.

„Wenn das Timing falsch ist, verliere ich meinen Job und Jananovich läuft weiter frei herum", knurrte Ingo. „Oder schlimmer noch, eine weitere Person kommt ums Leben." Er warf mir einen vielsagenden Blick zu, der vermittelte: *Jemand wie du.*

Aus irgendeinem Grund beunruhigte mich das nicht. Aber mein Herz blutete, wenn ich an Stacy, Janet Sullivan und ihre Familien dachte.

Ich ballte die Hände zu Fäusten. Es war an der Zeit, Jananovich für immer hinter Gitter zu bringen. Zur Hölle, ich würde ihm Beweise unterjubeln, wenn es sein musste, und die Agentur mit einem anonymen Tipp anrufen.

Letzteres war tatsächlich ein Abklatsch unseres ersten Notfallplans – Kyle Williams, den Gesetzeshüter aus Arizona, zu bitten, die ABDKS mit einer dringenden Bitte um sofortiges Eingreifen der Behörde anzurufen. Aber die Wölfe des Twin Moon Rudels wollten sich nicht einmischen – *weder* bei der Behörde *noch* bei den Vampiren – aus Angst, die Büchse der Pandora zu öffnen, die ihr friedliches, kleines Paradies verwüsten könnte.

Ich würde sie eines Tages wirklich besuchen müssen, wenn sie mich ließen. Das war der zweite Gedanke, den ich mir an diesem Morgen vornahm. Außerdem war es positives Denken. Wenn ich eines Tages die Twin Moon Ranch besuchte, hätte ich meinen Sturz ins Haifischbecken überlebt. (Ingos inspirierende Analogie, nicht meine.)

„Ich war schon einmal in La Puebla", sagte ich. „Das habe ich auch überlebt."

Ingo runzelte die Stirn. Nun, das war schon besser, als würde er wieder so ausflippen wie zuvor, als ich zugegeben hatte, bei Victor Jananovich vorbeigeschaut zu haben.

„Einmal ist schon einmal zu viel", brummte er.

„Ich bezweifle sowieso, dass ich gut schmecke", scherzte ich, aber das ging daneben.

„Es ist nicht nur der Geschmack, hinter dem die Vampire her sind", sagte Ingo. „Es ist die Macht, die das Blut durchdringt. Vor allem die magische Kraft. Je stärker das Opfer ist, desto größer ist der Effekt, den das Blut auf den Vampir hat."

Ich fühlte mich seltsam getröstet, denn ich hatte kaum magische Kräfte.

Dann erinnerte ich mich an das Lagerfeuer.

Ich schluckte. Ich hatte noch nie wissentlich irgendeine echte Macht heraufbeschworen, aber manchmal passierte es unabsichtlich. Keine sehr nützliche Art von Macht – jedenfalls nicht für mich. Aber für einen Vampir…

Ich stemmte meine Hände an die Hüften. „Hast du eine bessere Idee?"

Ich wusste, dass er keine hatte, denn seine beste Idee war gewesen, *sich* selbst einzuschleichen. Aber Jananovichs Sicherheitsmänner würden ihn innerhalb einer Minute durchschauen, während ich schon einmal hereingelassen worden war. Außerdem stand Ingo *Strafverfolgung* ins Gesicht geschrieben. Ich war nur ein unschuldiges, kleines Ding.

Ich klimperte mit den Wimpern, um Ingo zu verdeutlichen, was ich meinte.

Fünf Minuten später war ich am Telefon, während Ingo ganz und gar nicht erfreut mithörte.

„Hi, Nancy. Ich bin es, Pippa. Es tut mir leid, dass ich erst so spät Bescheid gebe, aber ich würde gern bei diesem Cateringjob heute helfen." Ich wartete, dann nickte ich Ingo selbstgefällig zu. „Ja, genau. Der leichte, rein-wieder-raus Job." Ich wartete wieder, dann lächelte ich ins Telefon. „Perfekt. Bis nachher."

Kapitel 21

PIPPA

Ein paar Stunden später schaute ich zu, wie sich das Tor von La Puebla öffnete und das Catering-Team – und mich – hereinließ. Irgendwie erschütterte diese Bewegung jedoch mein Selbstvertrauen, das in dem Moment verschwand, als wir hindurchfuhren.

Oder besser gesagt, das mit einem dramatischen Rauschen weggeschwemmt wurde. Plötzlich schienen Ingos Sorgen nicht mehr so übertrieben zu sein.

Sicherheitspersonal. Vampire. Kaltblütige Killer.

Scheiße, scheiße, scheiße.

Gott sei Dank gab es Nancy, die ihre Helfer – Wendy, mich und zwei Jungs vom Personal im La Puebla – beim Ausladen der Lebensmittel mit ihrer üblichen Effizienz anleitete.

„Fangt bitte mit den Getränken an. Diese vier Kisten müssen direkt in den Kühlschrank und diese vier können in der Küche auf dem Boden stehen bleiben."

Jedes Mal, wenn ich zwischen dem Lieferwagen und der Küche hin und her ging, warf ich einen Blick auf die Landschaft jenseits des Zauns. Irgendwo dort draußen pirschte Ingo herum – in Wolfsgestalt? Als Mensch? Ich war mir nicht sicher. Er hatte genug Ausrüstung für ein ganzes Einsatzkommando eingepackt, bevor er sich auf den Weg machte, obwohl ich ahnte, dass er sich mehr auf seine animalischen Instinkte als auf Technik verließ. Ich schnüffelte in der Luft, nicht, dass ich eine Chance gehabt hätte, ihn zu riechen. Zum einen wehte ihm der Wind entgegen und zum anderen fügte er sich in die Landschaft ein.

Hin und her ging ich vom Lieferwagen zur Küche, dann von der Küche zum Wohnzimmer, wo Nancy mich Teller, Besteck und Servietten auf einen Tisch stapeln ließ. Ich tat dies und hielt dann ein Messer gegen das Licht, um es auf Abdrücke zu prüfen. Dann eine Gabel und so weiter. Zwischendurch ließ ich meine Hand in meine Tasche gleiten, zog die Nanny-Kamera heraus, die Ingo mir gegeben hatte, und stellte sie auf ein Regal. Sie war bereits mit dem Wi-Fi Passwort programmiert, also sollte sie direkt an Ingo senden.

Ich hob ein weiteres Messer, prüfte den Kamerawinkel aus dem Augenwinkel und beschloss dann, diese Mission für beendet zu erklären.

Wow. Ich war praktisch eine Geheimagentin.

Ich machte mich auf die Suche nach einer Toilette und kam „versehentlich" an Victors Büro vorbei. Aber als Schritte auf dem Flur zu hören waren, verlor ich die Nerven und huschte zurück in die Küche.

Okay, vielleicht war ich doch keine so gute Geheimagentin.

Ich war so aufgeregt, dass ich tatsächlich den Weg zur Küche nicht fand und stattdessen die Tür zu einem Abstellraum öffnete. Ich schloss sie ebenso schnell wieder und erstarrte dann, als ich nachdachte.

Ich schaute nach links. Nach rechts. Die Luft war rein, aber mein Herz überschlug sich.

Die Tür des Abstellraums quietschte erneut, als ich sie zum zweiten Mal öffnete. Ich starrte auf den Verteilerkasten mit den gut beschrifteten Sicherungen, darunter eine mit der Aufschrift *Sprinkleranlage.*

Klick.

Ich drückte auf den Schalter. Denn, nun ja, man konnte nie wissen.

Und verdammt. Jetzt konnte ich auch noch *Saboteurin* zu meinem Lebenslauf hinzufügen.

Dann schoss ich wieder hinaus und erwartete fast, dass ein Alarm losging.

Dies war nicht der Fall, aber mein Puls war immer noch nicht ruhiger geworden, als ich die Küche wieder betrat. Schon gar nicht, als ich den Butler sah, der mit Nancy sprach.

Ich bog in eine scharfe Kurve ab und betrat den Kühlraum, bevor er mich entdeckte. Ich könnte mich leicht erklären, wenn mich jemand von meinem letzten Besuch wiedererkennen würde – schließlich jobbte ich tatsächlich nebenbei für Nancys Catering Firma –, aber im Idealfall würde ich es vorziehen, unauffällig zu bleiben.

Ich schnaubte. Im Idealfall hätte Ingo La Puebla mit Dutzenden von Geheimagenten umzingelt und ich wäre kilometerweit weg. Im Idealfall hätte Stacy diesen Tag und noch viele, viele weitere erlebt.

Ich holte tief Luft und rückte meine Entschlossenheit zurecht wie eine schlecht sitzende Frisur. Es gefiel mir nicht, aber ich würde damit leben müssen. Im Moment brauchte ich Beweise. Und zwar schnell.

Aber verdammt. Wie wahrscheinlich war es, dass ich die in einem begehbaren Kühlschrank finden würde?

Meine Haut kribbelte, als ich den kalten, schummrigen Raum betrat. Wendy war bereits drin und rieb sich die Arme wegen der Temperatur.

„Gott, es ist eiskalt hier drin“, beschwerte sie sich. „Und die Haftnotizen kleben nicht.“

Eine flatterte von einem Tablett mit Hors d'oeuvres, als ich vorbeikam, und ich jagte ihr hinterher wie einem Schmetterling.

„Verdammt… “ Ich kniete mich hin und spähte in die hinterste Ecke, wo sie gelandet war.

Um sie zu erreichen, musste ich erst eine große Kiste bewegen, dann eine weitere.

„Ich bin gleich mit etwas Klebeband zurück“, sagte Wendy und ging weiter.

Der Zettel war immer noch unerreichbar, also schob ich eine weitere Kiste zur Seite und erstarrte dann bei einem vertrauten *Klirr*.

Ich lehnte mich zurück und starrte. Bis auf das dumpfe Surren des Kühlschranks herrschte Stille.

Ich warf einen Blick auf die offene Tür, dann wieder auf die Schachtel. Zehn laute Herzschläge später zog ich die Schachtel näher heran.

Zehn weitere Herzschläge. Zwei weitere Blicke auf die Tür. Ein paar weitere Schraubenzieherdrehungen für meine Entschlossenheit. Schließlich öffnete ich die Schachtel leicht und kippte sie in Richtung Licht an. Mein Schatten fiel auf den Inhalt, aber ich wusste bereits, was sich darin befand.

Ampullen. Dutzende und Dutzende von Ampullen.

Ich nahm eine heraus und hielt sie eher wie eine tote Maus als ein Stück Glas, das ich mit meinen eigenen Händen geformt hatte, zwischen den Fingerspitzen.

Mit einem wichtigen Unterschied. Ich hatte sie leer geliefert. Jetzt war die Ampulle mit einer zähen roten Flüssigkeit gefüllt.

Mein Magen krampfte sich zusammen, als ich die Ampulle gegen das Licht hielt.

Das Etikett, beschriftet mit sauberer geschwungener Schrift, zeigte einen Namen, ein Datum und ein Symbol.

Saanvi, stand da, dazu das Datum der letzten Woche und das Symbol eines Tigers.

Ich schluckte und zog eine weitere heraus.

Rob, stand darauf. Das gleiche Datum, ein anderes Bild. Ein Löwe.

Gut, dass ich vorhin schon zu aufgedreht gewesen war, um zu essen. Ich hätte mein Mittagessen über die Ampulle kotzen können.

Becca, stand auf der Nächsten. Ich verstand nicht, was das Fischschwanzsymbol bedeuten sollte, bis ich an die üppige Schönheit dachte, die ich an dem Tag, an dem wir die Eskorts bedient hatten, im Whirlpool gesehen hatte.

Dann machte es *klick*. Becca, das Meerjungfrauenrelikt.

Mein Blut gefror zu Eis und das nicht aufgrund des Kühlschranks.

Beweise. Irgendwie. Vielleicht.

Ich zückte mein Handy und schoss ein paar Fotos, zoomte auf einige Etiketten und machte eine Aufnahme von oben auf die gesamte Schachtel. Ich hatte die Ampullen in recycelbaren Verpackungsflocken geliefert, aber jetzt waren sie in ordentlichen Reihen gestapelt wie die Reagenzgläser im Labor eines verrückten Wissenschaftlers.

Oder so ordentlich wie Nancys Hors d'oeuvres und auch genauso klar beschriftet wie diese.

Mein Magen zog sich jetzt wie eine Brezel zusammen. Zum Teil wegen des Bluts, zum Teil aus Angst, dass die Fotos von Ampullen als Beweismittel nicht ausreichen könnten. Aber ich könnte mir ganz sicher keine dieser Ampullen in den BH stecken, um sie hinauszuschmuggeln.

Ich entschied mich dazu, zwei zu nehmen und sie vorsichtig in meine Tasche zu schieben.

Und Junge, war das eklig. Die Ampullen waren nur kühles Glas, aber es lief mir kalt den Rücken hinunter, als ich mir vorstellte, wie das Blut an meinem Hosenbein hinuntertropfen könnte. Doppelt eklig – wie zum Teufel sollte ich *so* einen Fleck erklären?

„Okay, nächster Versuch." Wendy stapfte zurück in die Kühlkammer.

Ich schob die Kiste wieder an ihren Platz und zuckte bei dem Klirren, das dabei ertönte, zusammen.

„Willst du ein Weinetikett dafür haben?", fragte Wendy.

Meine Kehle war zu trocken, um zu schlucken. „Nein. Der Karton ist etikettiert."

Das war er nicht, aber ich wollte unbedingt dort raus. So verzweifelt, dass ich in die Küche stürmte und direkt gegen – einen massigen, altbekannten Körper stieß.

„Entschuldigung", sagte er.

Ich blinzelte zu einem attraktiven, typisch amerikanischen Gesicht auf. Es war Rob, der „Berater", den ich für einen Footballspieler gehalten hatte.

Er neigte den Kopf. „Geht es dir gut?"

Abgesehen davon, dass ich eine Ampulle mit seinem Blut in meiner Tasche hatte? Klar. Perfekt.

„Ja. Danke. Entschuldigung." Ich strich mit der Hand über die Seite meiner Hose.

Er grinste wie ein selbstbewusster, eingebildeter Footballspieler – ähnlich wie Ryder, mein gelegentlicher Tanzpartner – und klopfte sich stolz auf die Brust.

„Ich übernehme heute Abend den Grill."

Ich presste die Lippen zusammen, bevor ich etwas wie *hoffentlich nicht* herausplatzte.

„Kannst du mir zeigen, wo ich die Steaks finde?", fuhr er fort.

Ich konnte es mir schon vorstellen – Vampire, die auf dieser wunderschönen Terrasse Small Talk mit ihren „Eskorts" führten, während blutige Steaks auf dem Grill brutzelten.

„Mmmm, Wendy wird es wissen." Ich zeigte auf sie.

Die gute Nachricht war, dass er mich nicht erkannt hatte. Die schlechte Nachricht war, dass ich eine verdammte Ampulle seines Bluts in meiner Tasche mit mir herumtrug und fürchtete, dass er bald mehr „spenden" würde.

Ich schaute ihm hinterher. Wie viel Verzweiflung, Gier oder verkorkstes Verlangen brauchte es, um sich als Vampireskort zu verpflichten? Wie konnte es das Geld wert sein?

Ich schnappte mir ein Geschirrtuch und eilte zu einer von Nancys tragbaren Kühlboxen hinüber. Dort wickelte ich die Ampullen in ein Tuch und ließ sie in das Eis am Boden sinken. Diese Kühlboxen waren voll angeliefert worden und würden bald leer weggefahren werden. Ich schoss ein Foto von der Nummer der Kühlbox, dann beugte ich mich in der begehbaren Speisekammer über mein Handy und ließ meinen Daumen mit Lichtgeschwindigkeit arbeiten.

Beweise? War alles, was ich schreiben konnte, bevor ich die Bilder anhängte und auf *Senden* drückte.

Das Symbol auf meinem Handy drehte sich in quälend langsamen Kreisen.

Und dann, puh – ein Häkchen. Die Nachricht war unterwegs.

Ich ließ meine Daumen wieder über das Display fliegen, löschte jedes Foto und leerte dann den Papierkorb.

Ich atmete auf und steckte das Handy zurück in meine Tasche. So. Ich hatte es geschafft. Ein Beweisstück... hoffentlich. Selbst wenn es das nicht war, hatte ich genug von La Puebla. Es war an der Zeit, zu packen und mit Nancy zu verschwinden.

Ich wandte mich wieder der Küche zu und war so begierig darauf, zu gehen, dass ich erneut mit Rob zusammenstieß.

„Entschuldigung", sagte ich und wich zurück.

Dann erstarrte ich. Aber es war weder Rob noch Deidre noch der Butler. Es war mein schlimmster Albtraum.

Victor Jananovich.

Er zog seine dünnen, blassen Lippen zu einem schmalen Lächeln, als er mich sah.

„Ah, Ms. Martin, die Glaskünstlerin."

Scheiße. Der Durchschnittstyp brauchte fünf Versuche, um meinen Namen richtig zu sagen. Dieser Vampir hatte ihn sich eingeprägt.

Schlimmer noch, die Art, wie er mich anschaute, sagte, dass er sich *mich* eingeprägt hatte.

Seine Nasenlöcher bebten und seine Augen flackerten auf. Wenn ich meinem Blut hätte befehlen können, nicht mehr so durch meine Adern zu rauschen, hätte ich es getan.

„Was verschafft mir die Ehre?", fragte er.

Ich zwang mich zu einem Lächeln. „Das Vergnügen ist ganz meinerseits." Ich zeigte auf Nancy. „Ich arbeite nebenbei für die Cateringfirma."

„Eine Frau mit vielen Talenten", sagte er liebenswürdig.

Doch sein Blick wanderte zu meinem Hals. Genau dorthin, wo mein Puls rauschte.

Das Lachen, das ich erzwingen musste, kam eher als ein Gackern heraus. „Das könnte man so sagen."

Ich schaute Nancy an und hoffte verzweifelt, dass sie ihr Notizbuch zuklappen und verkünden würde, *Wir müssen jetzt wirklich gehen.*

Aber sie fuhr fort, mit George, dem Butler, über Garnierungen und Soßen zu sprechen.

Mein Herz klopfte heftiger, während es auf die Höhe meiner Leber hinuntersank. So sehr ich auch versucht war, mich aus dem Staub zu machen, war mein Auftrag wirklich erledigt? Würden die Bilder der Ampullen einen stichhaltigen Beweis darstellen?

Zweifelhaft, schlussfolgerte mein Herz – oder meine Leber.

Sicherlich nicht genug, um die Agentur zu einer Razzia heute Abend zu bewegen, gerade noch rechtzeitig, um Jananovich bei seinem Spiel zu erwischen und Becca, Saanvi und den umwerfenden, dummen Rob zu retten.

Einen Augenblick später verdrängte ich den Gedanken. Vielleicht war Rob nicht dumm. Vielleicht war Saanvi nicht leichtfertig und Becca völlig normal. Vielleicht waren sie aus edleren Gründen hier, um Geld für die Krebsbehandlung eines Verwandten zu sparen, oder um lähmende Kredite zu tilgen. Vielleicht, nur vielleicht, hatte einer von ihnen eine Ranch, die seiner Familie alles bedeutete, und sie konnten keinen anderen Weg finden, um eine plötzliche Erhöhung der Grundsteuer zu begleichen.

Das kam mir sehr bekannt vor.

War meine Aufgabe hier also erfüllt?

Nein. Bei Weitem nicht.

Meine Gedanken überschlugen sich, als ich eine ganz neue Idee ausbrütete. Eine narrensichere Methode, Beweise zu sammeln... oder eine, die mich zum Narren machen würde.

„Und, meine Güte. Was für ein Zufall." Jananovich hob bei meiner Bemerkung über den Nebenjob die Augenbrauen.

Er schaute mich an, dann sah er sich in der Küche um, und berechnete die Wahrscheinlichkeit eines solchen Zufalls.

Nicht sehr hoch, und wir wussten es beide.

Es war an der Zeit, in die Offensive zu gehen.

Ich zog seine Visitenkarte aus meiner Gesäßtasche. Ich hatte sie als Rückversicherung mitgebracht, für den Fall, dass einer der Sicherheitsbeamten meine Anwesenheit auf dem Gelände infrage stellte. Auf diese Weise konnte ich immer behaupten, vom großen Boss eingeladen worden zu sein.

Ich hatte mir nie vorstellen können, dem großen Boss selbst eine andere Version dieser Geschichte zu verkaufen, aber hier waren wir. Und Stacy wartete darauf, dass ich mich für sie an ihm rächte.

„Tatsächlich habe ich mich auf die Gelegenheit gestürzt, noch einmal hierherkommen zu können", log ich und zeigte ihm die Karte. „Ich hatte gehofft, mit Ihnen über die von Ihnen erwähnte Beschäftigung sprechen zu können."

Er musterte mich mit einer Mischung aus Versuchung und Misstrauen.

„Ist das so?"

Ich tat mein Bestes, um Ehrlichkeit auszustrahlen. „So ist es. Aber ich sehe, es ist kein guter Zeitpunkt.“

„Nicht der beste... aber vielleicht auf eine andere Art und Weise günstig.“

Mein Puls beschleunigte sich.

„Ach ja?“

Seine Augen blitzten bedrohlich auf, aber Nancy rief, bevor er antworten konnte.

„Vielen Dank allerseits. Wir werden jetzt gehen. Pippa. Wendy...“ Sie deutete in Richtung Tür.

Die linke Seite meines Körpers brannte darauf, ihr zu folgen. Die rechte Seite hielt sich zurück, bereit, den Racheengel zu spielen. Beide Impulse hoben sich gegenseitig auf und am Ende ruckelte mein Körper nur und kam nicht weiter.

„Pippa?“ Nancy neigte den Kopf.

Geh, solange du noch kannst, schrie mein Verstand.

Ich bin hier noch nicht fertig, beharrte mein Herz.

Ich öffnete den Mund, aber es kam kein Ton heraus.

„Geben Sie uns bitte eine Minute“, murmelte Jananovich.

Und einfach so leerte sich die Küche. Sogar Nancy warf mir einen letzten fragenden Blick zu.

„Ich lasse mich später nach Hause fahren“, versicherte ich ihr.

Ein weiteres Versprechen, von dem ich wirklich hoffte, es halten zu können.

Die Stille fiel wie ein Vorhang. Jananovich beugte sich langsam und bedrohlich vor und forderte mich stillschweigend auf, zu sprechen. Eine sehr große, sehr unheimliche Aufforderung.

Ich holte tief Luft und fing an.

„Wie ich schon sagte, hatte ich gehofft, Sie zu sehen.“

Irgendwie schwankte meine Stimme nicht. Bonuspunkte für mich.

„Tatsächlich.“ Seine Stimme klang so sanft wie immer, aber seine Augen nahmen den Glanz eines Jägers an.

Ich atmete tief ein und dann wieder aus. Ganz oder gar nicht, nicht wahr? Ich hoffte nur, ich würde nicht in einem Leichensack enden.

„Ich weiß, dass Sie ein Vampir sind", sagte ich so sachlich
wie möglich.

Jananovichs Augen funkelten auf eine Weise, die sagte: *Das
klingt aber interessant.*

„Ich weiß auch, wofür die Ampullen sind. Ich weiß, wofür
die Eskorts sind. Ich weiß, dass Ihre Gäste an exotischen Ge-
schmacksrichtungen interessiert sind", sagte ich und hob meine
Finger zu Gänsefüßchen.

Er sah weder überrascht noch beleidigt aus, was mich wirklich ärgerte.

„Aha. Lassen Sie mich raten. Sie sind hier, um mich zu
erpressen."

„Ha. Als wäre ich so dumm, einen Vampir zu erpressen.
Ich will nicht für den Rest meines Lebens ständig über meine
Schulter schauen müssen."

„Solange Ihr Leben andauert", warf er ach so beiläufig ein.
Ich schnaubte. „Wie ich schon sagte, nicht dumm."

Andererseits befand ich mich in seinem Versteck und legte
alles offen, was ich wusste. Nun ja, fast alles. Also, dumm?
Vielleicht.

Vampire waren ein blasses Völkchen, aber Jananovichs
Wangen wurden vor Neugierde geradezu rot.

„Was genau bieten Sie an?"

Ich hob mein Kinn und streckte die Brust heraus. Wer wagt,
gewinnt, nicht wahr?

„Was biete ich an? Ganz einfach." Ich schaute ihm direkt
in die Augen. „Mich."

Kapitel 22

PIPPA

Wow! Der direkte Ansatz war verdammt effektiv. Und auch verdammt beängstigend.

Jananovich hörte mir aufmerksam zu, als ich ihm erklärte, wie viel Geld ich brauchte, und wie dringend. Er nickte sogar, als hätte er die Geschichte schon hundertmal gehört, und das hatte er wahrscheinlich auch. Von Stacy. Von Janet Sullivan. Von Rob, Saanvi und den anderen, ohne Zweifel.

Und verdammt. Wollte ich mich wirklich auch auf diese Liste setzen?

Als ich sprach, ließ er seinen Blick über meinen Hals gleiten und seine Nasenlöcher bebten wieder. Igitt.

„Nun, seit Stacy nicht mehr da ist, haben wir eine Mitarbeiterin zu wenig", meinte er schließlich und rieb sich das Kinn.

Nicht mehr da, von wegen. Sie befand sich zwei Meter tief unter der Erde, oder würde es bald sein.

Und ich schwöre, ich werde diesen Mörder dafür bezahlen lassen, schwor ich mir im Stillen.

„Welchen Preis stellen Sie sich vor?", fragte er.

„Was bezahlen Sie normalerweise?"

Er überlegte kurz. „Für eine Einstiegsposition?"

In meiner Vorstellung gab es nur zwei Positionen. Erstens: fest zusammengekniffene Augen mit zurückgeneigtem Kopf, während ein Vampir sich daran ergötzte, mein Blut zu saugen. Zweitens: fest zusammengekniffene Augen mit weit gespreizten Beinen, während ein Vampir sich an anderen Aspekten meines Körpers ergötzte. Beides hatte exakt Null Reiz.

Aber hey. Ich hatte selbst ein paar Aktionen geplant. Nummer eins, ein Tritt in die Eier. Nummer zwei, ein Pflock ins Herz.

Nummer drei, flüsterte eine kleine Stimme. *Den Laden abfackeln.*

„Fünftausend pro Abend", sagte er. „Vorausgesetzt, Sie brauchen keine Kost und Logis."

Das setzte er richtig voraus.

Aber, verdammt. Was würde er als Nächstes anbieten? Medizinische Versorgung? Rentenbeiträge? Zahnarztkosten?

Ich runzelte die Stirn bei der Vorstellung. Zähne... Vampire...

Igitt.

Das Verrückte war, dass ich mich tatsächlich dabei ertappte, wie ich im Geiste nachrechnete. Sechs Abend mit Jananovich und unsere Steuererhöhung wäre abbezahlt. Nur drei Wochenenden...

Dann siegte meine Vernunft. Auf gar keinen Fall würde ich meinen Körper oder mein Blut prostituieren.

Ich schüttelte den Kopf. „Keine Kost und Logis. Meine Sicherheit hingegen ist nicht verhandelbar."

Er winkte mit der Hand ab, um den Gedanken zu verwerfen. „Ich kann Ihnen versichern, dass wir unsere "Berater„ als Investitionen betrachten. Es ist nicht in unserem Interesse, jemanden zu verletzen."

Ach ja? Das hatte er Stacy wahrscheinlich auch versichert.

Seine Augen funkelten. „Tatsächlich wurde mir sogar gesagt, dass die Erfahrung für die Eskorts sehr angenehm ist. Angeblich ein echter Rausch."

Auf einer Skala von eins bis zehn, wobei eine Eins „ein wenig geschmacklos" und eine Zehn „absolut widerlich" war, gab ich dem Ganzen eine Neun – und das auch nur, weil ich die Zehn für die Realität reservierte und nicht nur für die Vorstellung davon.

„Das habe ich gehört", sagte ich trocken.

Er runzelte die Stirn. „Von Stacy?"

„Nein, sie hat kein Wort gesagt", verteidigte ich sie, obwohl ihr das jetzt nicht mehr helfen würde. „Ich habe es selbst herausgefunden, obwohl es eine Weile gedauert hat."

Auf diese Weise ging es für eine Weile weiter. Schließlich unterschrieb ich eine Geheimhaltungsvereinbarung und machte mich dann auf den Weg zu den anderen Eskorts. Jananovich rief mich jedoch zurück, bevor ich zur Tür hinausgehen konnte.

„Eine letzte Sache, Ms. Martin. Normalerweise überprüfen wir unsere Eskorts sorgfältig, aber die Zeit drängt."

Ein Hubschrauber surrte über uns und Jananovich erhob sich.

„Deshalb wird Deidre die ganze Zeit über bei Ihnen bleiben. Natürlich nur, um Ihnen unsere kundenfreundliche Vorgehensweise zu erläutern."

Deidre? Die zickige Brünette mit den zentimeterlangen Fingernägeln, die die Ampullen abgeholt hatte?

Ja, diese Deidre. Sie trat aus dem Schatten und es kostete mich alles, nicht zu erblassen. Vor allem, als ich den Geruch wahrnahm, den sie zuvor überdeckt haben musste. Vampirin.

Trotzdem zwang ich mich zu einem Nicken. „Natürlich."

Sie trat mit einem gestelzten Gang näher, der von ihrem engen Cocktailkleid diktiert wurde. Die Pailletten blitzten auf, genau wie ihre Augen.

Um mir Dinge zu erläutern? Wohl eher, um mich umzubringen, wenn ich aus der Reihe tanzte.

„Folge mir", brummte sie.

Und einfach so war ich drin. Nun, zur Tür hinaus, aber hinein zu den Eskorts, die sich in einem großen Raum im Erdgeschoss eines anderen Gebäudes, das zu dem Labyrinth von La Puebla gehörte, für den Abend zurechtmachten. Der Raum war wie die Umkleide für eine Modenschau eingerichtet, mit Kleiderständern und einer Reihe von beleuchteten Spiegeln.

Deidre stellte mich kurz vor und alle schauten mich mit der Miene von Verbindungsstudenten an, die bereits darüber urteilten, ob ich cool genug war, um ihrem exklusiven Club beizutreten.

Ich wünschte, ich könnte ihnen versichern, dass ich das wirklich, wirklich nicht wollte. Ganz und gar nicht.

Glücklicherweise übertönte das Geräusch der Haarföhne jeden Versuch einer Unterhaltung und niemand schien mich zu erkennen. Entweder war ich so unscheinbar, dass man mich leicht vergaß, oder sie waren alle so benommen gewesen, dass sich niemand mehr an mich erinnerte.

Aber ich erkannte sie. Kelly, Rob, Becca, Saanvi und die anderen. Auch die arme, kleinlaute Delaney war da und sah aus wie ein Reh im Scheinwerferlicht, als sie den anderen in ihren Handlungen folgte.

Ingo und ich hatten geahnt, was hier vor sich ging, aber als ich es sah, wurden mir die Details klar.

Die Ampullen. Die Eskorts. Die große Veranstaltung mit VIP-Gästen.

Jananovich verkaufte nicht nur Sex oder Blut. Er betrieb ein perverses Geschäft, das auf Vampire ausgerichtet war – Kenner, könnte man sagen, nicht von edlen Weinen, sondern von seltenen Blutsorten. Warum sollte man sich mit einem gewöhnlichen menschlichen „Jahrgang" zufriedengeben, wenn man eine feine Mischung der besten Bouquets probieren konnte. Eine Mischung aus Mensch und Meerjungfrau zum Beispiel. Ein Hauch von Drache. Vielleicht sogar mit einem Spritzer Pegasus.

Meine Augen wurden feucht, als ich an Stacy dachte. War sie sich ihrer Herkunft überhaupt bewusst gewesen? Hatte sie davon geträumt, über weite Ebenen zu galoppieren und zu fliegen, so wie ich davon träumte, Feuer zu kontrollieren?

Ich schaute mich im Raum um. Wusste irgendjemand von den Eskorts von seinem Erbe?

Irgendwie bezweifelte ich es.

Aber Jananovich wusste es. Ich konnte mir vorstellen, dass er ein paar Bärengestaltwandler mit guten Nasen anheuerte – wie den, der Stacy im Auge behalten hatte –, um Bars und Fitnessstudios nach vielversprechenden neuen „Talenten" zu durchforsten.

Schlimmer noch, ich konnte mir den Rest vorstellen. Blutproben, die abgenommen und in Ampullen gefüllt wurden. Ampullen, die dazu dienten, zahlungskräftige Kunden zu Veranstaltungen wie dem mit Spannung erwarteten „Dinner" heute Abend zu locken.

Hunderttausend Dollar pro Person, hatte ich eine der Eskorts stolz sagen hören.

Nancys Catering war gut, aber nicht *so* gut. Die Hauptattraktion – die geheime Soße, könnte man fast sagen – waren Jananovichs Eskorts.

Ich dachte an all die Ampullen zurück, die Stacy in den letzten Wochen abgeholt hatte. Viel mehr als nötig, um Kunden zu einem Abendessen anzulocken. Es sei denn…

Mein Magen zog sich zusammen. Ich würde gutes Geld wetten – sagen wir $30.000 –, dass Jananovich ein ganzes Geschäft betrieb, das ausschließlich auf kleinen Mengen von Blut basierte. Mit anderen Worten hatte er es auf ein anderes Segment des Vampirmarktes abgesehen, das für handverlesene Proben, die monatlich verschickt wurden, eine Prämie zahlte, so wie manche Leute ein Kaffeebohnen-Abonnement hatten.

Mein Puls stieg und ich sehnte mich danach, Ingo das alles zu erklären.

Das konnte ich jedoch nicht – nicht jetzt –, aber ich nutzte einen Ausflug zur Toilette, um eine abgekürzte, telegrammähnliche Nachricht zu schicken. Dann schaute ich nach der Nanny-Kamera – und hätte fast laut geflucht. Jemand hatte einen Breitbildfernseher davorgestellt und alles, was sie jetzt zeigte, waren verschwommene Kabel.

Scheiße, scheiße, scheiße. Ich würde wieder hineingehen und die Kamera neu positionieren müssen.

Ich schickte eine weitere SMS, in der ich das Problem in einem Stakkato von Text mit Tippfehlern erläuterte. Das war das Beste, was mir gelang, bevor Deidre sich vor meiner Toilettenkabine räusperte. Wenn ich nicht schleunigst herauskommen würde, würde sie mich herauszerren und filzen.

Ich drückte auf *Senden*, löschte die Konversation und kappte die Verbindung zur Kamera, bevor ich mit einem verlegenen Lächeln herauskam. Im Handumdrehen wurde ich in ein plissiertes Chiffonkleid und passende smaragdfarbene Pumps gezwängt und mein Haar wurde zu langen, lockeren Wellen frisiert.

Und oh. Ein Blick in einen Ganzkörperspiegel verriet mir, dass ich verdammt gut aussah. Aber das war nicht gut. Nicht heute Abend. Ich zerzauste mein Haar und zupfte an meinem Kleid, um die Wirkung ein wenig zu verderben.

Die Eskorts stellten sich an der Tür auf, wo ein Sicherheitsbeamter alle abtastete, bevor er sie ins Haupthaus gehen ließ.

Ich blieb zurück und riss die Augen weit auf.

„Ist das wirklich nötig?", flüsterte ich Kelly zu.

Ihr Blick sagte, *was denn sonst*, obwohl ihre Worte freundlicher waren. „Das gehört zu den Regeln. Keine Handys, keine Geräte, nichts. Es macht aber Sinn."

Ich starrte sie an. Natürlich – wenn man eine kriminelle Organisation leitete und nicht wollte, dass Beweise durchsickerten.

„Und mach dir keine Sorgen." Sie zuckte mit den Schultern. „Es ist wie bei der Flughafenkontrolle."

Nein, war es nicht, denn die war dazu da, die Guten zu schützen.

Mein Puls raste, während ich die Hintertür im Auge behielt. Es war höchste Zeit, irgendwie von hier zu verschwinden. Die Nanny-Kamera könnte irgendwas Nützliches aufgezeichnet haben und die Ampullen, die ich versteckt hatte, könnten auch als Beweismittel dienen. Die Eskorts würden wahrscheinlich die Nacht überleben und irgendwann würde das Gesetz Jananovich einholen. Ich hatte heute Abend schon genug riskiert.

Wenn unsere Rollen vertauscht wären und Ingo an meiner Stelle der Insider wäre, würde ich ihn anschreien, dass er sofort verschwinden sollte. Dass es sein Leben nicht wert wäre. Dass er nicht den Helden spielen musste.

Aber da ich es war...

Langsam dämmerte mir die Erkenntnis. Es ging hier nicht darum, ein Held zu sein. Es ging um Verantwortung. Nicht die Verantwortung gegenüber einem Arbeitgeber oder einer Behörde, sondern gegenüber meinem eigenen Gewissen. Ich konnte nicht einfach zusehen und nichts tun.

Aber, Scheiße. Ich hatte noch nie etwas so Gefährliches getan. Sich als Eskort auszugeben, war schon schlimm genug.

Wenn Jananovich herausfand, was ich wirklich hier machte, würde er mich umbringen. Langsam.

Ich korrigiere. Er würde mein leckeres Pyromagier/Drachenblut trinken und mich dabei töten. Langsam.

Mein Magen zog sich zusammen. Meine Schwestern wären am Ende. Mein Vater am Boden zerstört. Meine Mutter...

Ich seufzte. Mom wäre vielleicht etwas traurig, aber sie würde darüber hinwegkommen.

Ingo hingegen würde sich das nie verzeihen und ich erschauderte bei dem Gedanken, was er sich selbst oder anderen antun würde, wenn ich dies nicht überlebte.

Es tat weh, sich vorzustellen, so vielen Menschen so viel Kummer zu bereiten. Aber ich verstand, warum Ingo es an meiner Stelle getan hätte. Es war das Richtige und er könnte nicht mit der Schuld leben, einen Rückzieher gemacht zu haben.

Genauso wie ich nicht mit mir selbst leben könnte, wenn ich es nicht täte.

Ich tätschelte die Kleidung und meine persönlichen Gegenstände sanft, die ich zurückließ, und fragte mich, ob ich sie jemals wiedersehen würde. Dann riss ich mich zusammen und reihte mich in die Schlange ein, um abgetastet zu werden.

Draußen wärmten die letzten Strahlen der untergehenden Sonne meine Haut. Ich warf einen Blick auf die umliegende Wildnis und betete, dass Ingo verstehen würde, warum ich das hier tun musste.

Eine weitere Welle der Erkenntnis überspülte mich. Ingo murmelte wahrscheinlich jedes Mal dasselbe Gebet, wenn er sich auf eine Mission begab. Und ich hatte ihm nie auch nur das geringste Verständnis entgegengebracht. Ich hatte ihm unmögliche Entscheidungen nie leichter gemacht, sondern nur schwerer.

Gott, ich war so egoistisch gewesen.

Ich neigte meinen Kopf mit einem letzten Schwur. Wenn ich das hier lebend überstehen würde, würde ich Ingo für immer und ewig innig lieben. Ich würde ihn zu einem Teil meines Lebens machen – wenn er mich haben wollte – und jeden Moment, den wir zusammen hatten, feiern. Ich würde mein Bestes tun, um ihn aus Schwierigkeiten herauszuhalten, aber ich würde ihn gehen lassen, wenn es nötig war. Und ich würde dafür sorgen, dass er stets mit dem Wissen aus dem Haus ging, dass ich stolz auf ihn war.

Sei stolz auf mich, Ingo, dachte ich laut und deutlich und hoffte, er würde mich hören. *Und ich schwöre, ich werde alles in meiner Macht Stehende tun, um zu dir zurückzukommen.*

Ich schluckte, dann ließ ich mich von der Dunkelheit des Flurs verschlingen.

Kapitel 23

PIPPA

„Auf die Plätze, allerseits. Auf die Plätze." Deidre schnippte mit ihren Fingern.

Die Eskorts verteilten sich im Wohn- und Essbereich des Haupthauses. Delaney und mir wurde der Getränketisch zugewiesen – zumindest für den Anfang. Sobald die Dinge in Schwung kamen, sollten wir Eskorts uns unter die Gäste mischen.

Untermischen. So ein unschuldiges Wort. Welch eine schreckliche Bedeutung.

Ich für meinen Teil hatte nichts dergleichen vor. Ich wollte die Nanny-Kamera neu ausrichten und mich dann direkt zur Tür hinausschleichen.

Ich beäugte den riesigen Bildschirm, der die Kamera blockierte. Er zeigte eine Bühne, deren Vorhänge sich langsam öffneten. Ein roter Punkt und winziger Schriftzug in einer Ecke verkündeten *Live von der Met* und eine stämmige Frau in einem roten Kleid und einem sehr strapazierten Push-up-BH fing an, in schrillen Tönen zu singen.

Eine Oper. So viel wusste ich, auch wenn ich *Tosca* nicht von *Aida* unterscheiden konnte. Ich war mir aber ziemlich sicher, dass beide am Ende starben.

Die Lautstärke war leise genug, um im Hintergrund zu spielen, ebenso wie die gedämpfte Optik.

Ich ließ meinen Blick zu Deidre wandern. Die Frau hatte die Augen eines Falken und sie waren direkt auf mich gerichtet.

Scheiße, scheiße, scheiße. Wie sollte ich das hier auf die Reihe kriegen?

Meine Kehle war trocken und meine Finger kribbelten, als ich mir vorstellte, den ganzen Ort in ein feuriges Inferno zu verwandeln. Aber das würde Jananovich nicht aus dem Weg schaffen und es würde unschuldige Leben gefährden, so wie das von Delaney.

Ihre Hände zitterten, als wir Saft und Wasser in Gläser füllten.

„Du musst das nicht tun, weißt du", murmelte ich und hielt meinen Blick gesenkt.

Überrascht drehte sie den Kopf zu mir um. Dann schaute sie hinunter und goss weiter ein. „Das muss ich. Ich muss es tun."

Ihre Stimme klang dünn und zittrig, aber voller Entschlossenheit, und ich fragte mich, welches Unglück sie hierhergeführt hatte.

Ein weiterer Helikopter donnerte über uns hinweg und wir alle folgten ihm mit unseren Blicken.

Ich schluckte schwer. Die VIPs trafen ein. Was auch immer passieren würde, war nun offiziell im Gange.

Kurz schloss ich meine Augen. Was auch immer heute Abend geschah, ich würde mindestens zwei Personen lebendig hier herausholen. Mich selbst und Delaney.

„Sie kommen!", zwitscherte Kelly aufgeregt von der Tür.

Aufregung, als könnte sie es kaum erwarten, ein wenig – oder viel – Blut zu verlieren.

Tatsächlich wurde mir sogar gesagt, dass die Erfahrung für die Eskorts sehr angenehm ist. Jananovichs Worte hallten in meinem Kopf nach. *Angeblich ein echter Rausch.*

Ha. Ein ebensolcher Rausch wie russisches Roulette, dachte ich mir.

Die Tür öffnete sich und die Eskorts strahlten erwartungsvoll.

Die ersten beiden Gäste waren Männer mittleren Alters, die zu jedem gewöhnlichen Geschäftstreffen gepasst hätten. Nun, gehobene Feste, wenn man die maßgeschneiderten Anzüge und Seidenkrawatten in Betracht zog. Sie schauten sich mit abschätzenden Augen um und zwinkerten sich dann zu. Meine Schwestern und ich taten wahrscheinlich das Gleiche, wenn wir im Supermarkt über ein günstiges Angebot für Brownie-Backmischung oder Eis stolperten, aber verdammt. Das hier waren Vampire.

Victor Jananovich kam als Nächster herein und lächelte dem Mann an seiner Seite zu – einem großen, dünnen Mann mit grauem Haar und einer runden Brille – das Ebenbild von John Lennon, wenn er nur alt geworden wäre. Mir drehte sich bei dieser trügerischen Ähnlichkeit der Magen um. John Lennon war ein Künstler gewesen, kein Vampir, und er hatte wunderschöne Lieder über Frieden, Liebe und ein paar wirklich abgefahrene psychedelische Trips geschrieben. Dieser Doppelgänger saugte unschuldigen Opfern das Blut aus.

Die Flammen im Kamin neben mir züngelten und knisterten. Deidre runzelte die Stirn und fummelte an der Ofenklappe herum.

Ich überlegte, wie ich das zu meinem Vorteil ausnutzen konnte.

Die nächsten Gäste waren ein Mann und eine Frau – ähm, ein Vampir und eine Vampirin –, die im Ballsaal von Marie Antoinette nicht fehl am Platz gewirkt hätten, nur dass sie weder gepuderte Perücken noch Schuhe mit Schnallen trugen. Ansonsten waren ihre Kleider ziemlich altmodisch und voluminös genug, um diese reiche, exzessive Stimmung auszustrahlen. Ihre Zähne verlängerten sich beim Anblick des köstlichen Menüs, das vor ihnen ausgebreitet war.

Des *menschlichen* Menüs.

Das Pärchen sah aus, als wäre es um die vierzig, aber mein Gefühl sagte mir, dass sie sehr viel älter waren. Wie viele Opfer hatten sie im Laufe der Jahrhunderte ausgesaugt?

Alles Blut strömte aus meinen Wangen, als die Vampirin auf Rob zusteuerte, während der Mann direkt auf Kelly zuging. Erstaunlicherweise sahen die beiden Eskorts hocherfreut aus. Vielleicht gaben die zwei gute Trinkgelder? Das, oder diese Vampire waren so mächtig, dass sie sie aus der Ferne bezirzen konnten.

Weitere Gäste trafen ein, bis mehr als ein Dutzend in dem riesigen Wohnzimmer verteilt waren. Ich zwang mich zu einem Lächeln, als sich ein vornehmer Latino mit einem gefährlichen

Schimmer in den Augen näherte. Mein Herzschlag verdreifachte sich, dann wurde er langsamer, als er sich ein Glas Wein nahm und sich abwandte. Er war mehr daran interessiert, andere Möglichkeiten als Delaney oder mich auszuchecken. Uff.

Aber hinter dem Getränketisch konnte ich nichts erreichen. Nicht, wenn die Nanny-Kamera blockiert war. Ich nahm meinen Mut zusammen, schnappte mir zwei Gläser Wein und ging quer durch den Raum.

Ich konnte Deidres Blicke auf mir spüren, als ich mich in die Richtung des Fernsehers bewegte. Ich schaffte es bis zu den Regalen, aber John Lennon war bereits da – und er drehte sich erwartungsvoll zu mir um.

„Wein?", bot ich an und reichte ihm das Glas.

Und verdammt. Die Eskort, mit der er sich angefreundet hatte – eine süße Asiatin – schnappte sich das zweite Glas. Das bedeutete, dass ich eine zweite Runde drehen musste.

Und eine dritte und eine vierte, wie sich herausstellte, wobei Deidre mich die ganze Zeit beobachtete. Dann, auf halbem Weg durch den Raum und beim fünften Versuch, zuckte ich mit dem Ellbogen in Richtung Kamin.

Wusch! Die Flammen verdoppelten sich in ihrer Größe, züngelten und knisterten.

Deidre drehte sich um, um nachzusehen. Ich duckte mich hinter den Fernsehbildschirm und schnappte mir die Nanny-Kamera vom Regal. Als ich mich wieder erhob, streckte ich mich lang und stellte sie auf ein anderes Regal. Dann griff ich nach dem Weinglas, gerade als Deidres suchende Augen mich wieder entdeckten.

Also puh. Kamera neu positionieren, abgehakt. Jetzt konnte ich daran arbeiten, meinen Arsch hier herauszukriegen.

Ein Gast kam zu mir herüber. Eine Art John Jacob Astor-Typ im Smoking mit den Manieren und der Eleganz eines vergangenen Zeitalters, wenn man dem *Titanic*-Film Glauben schenken durfte.

„Ein schöner Abend, nicht wahr?" Er musterte mich mit langsamem Blick.

Ich wich zurück und zwang mich zu einem Lächeln. „Hinreißend. Victor weiß wirklich, wie man eine Party schmeißt."

„Das tut er ganz sicher."

Die Minuten verstrichen mit quälendem Small Talk. Ich hatte keine andere Wahl, denn Deidre warf mir die ganze Zeit strenge Blicke zu.

Ich schluckte und tat mein Bestes, um mitzuspielen, obwohl ich mich dabei so unattraktiv wie möglich machte.

„Neu in Arizona? Nein", sagte ich als Antwort auf seine Frage. „Ich habe die meiste Zeit meines Lebens hier verbracht. Kleinstadtmädchen", kicherte ich laut, um die Botschaft zu unterstreichen, dass ich nicht sein Typ war.

Leider schreckte ihn das nicht ab.

„Uni? Ja, ich habe Tierarzthelferin mit Spezialisierung auf Rinder studiert", log ich. „Ich liebe Rinder."

Sein Interesse erlahmte, also fuhr ich fort.

„Erst letzte Woche habe ich rektale Untersuchungen durchgeführt." Ich ahmte die Arbeit mit einem schulterlangen Plastikhandschuh nach. „Ich musste bis ganz hineinreichen und alles!"

Er rümpfte die Nase. „Bis zum Anschlag?"

„Ganz rein." Ich nickte zufrieden und schnupperte an meinem Arm, dann kicherte ich. „Uff. Manchmal braucht man Tage, um den Geruch loszuwerden."

Er stellte sein Glas ab und eilte davon. „Wenn Sie mich entschuldigen würden, ich muss Victor in einer wichtigen Angelegenheit sprechen... "

Mein Gefühl des Triumphs erstarb einen Augenblick später, denn Marie Antoinette und Rob knutschen bereits. Sie küssten sich, befummelten sich... Ihr langes Haar verbarg die Details, aber ich konnte schwören, dass sie sich auf seinen Hals konzentrierte. Seine Augen waren geschlossen und sein Kopf mit einem Ausdruck erhabener Erwartung nach hinten geneigt.

Ich war mir ziemlich sicher, dass ich gestern Abend mit Ingo auch so ausgesehen hatte. Aber igitt. Die Variante, mein Blut ausgesaugt zu bekommen, war so überhaupt nicht ansprechend.

Saanvi befand sich in einer ähnlichen Situation mit einem Kerl, den man am besten als John Travolta auf Abwegen beschreiben könnte, und sie kratzte auf eine *Beiße mich, Baby, beiße mich*-Art über seinen Rücken.

Ich näherte mich der relativen Sicherheit des Getränketischs, erstarrte aber einen Moment später. Ein weiterer Vampir – ein verwegener Kerl, der mich an die Zeit der Prohibition erinnerte – stand am anderen Ende des Raums und sprach mit Delaney. Oder besser gesagt, er bedrängte Delaney. Er strich mit dem Finger über ihre Schulter und dann an ihrem Schlüsselbein entlang.

Dann hob er ihr Kinn an und entblößte ihren Hals. Sie ballte die Fäuste, als er sich zu ihr beugte, um an ihr zu schnuppern und sie dann auf die Wange zu küssen. Einen Moment später nahm er ihre Hand, flüsterte ihr verführerisch zu und führte sie weg.

In meinem Kopf schrillten die Alarmglocken und ich trat einen Schritt vor, um ihnen zu folgen – aber Deidre kam mir zuvor.

„Sie macht ihre Arbeit. Mache du deine", bellte sie und zeigte auf den Getränketisch. „Bediene weiter und mische dich unter die Gäste."

Ich hatte mich nie gefragt, wie es sich angefühlt hätte, Sklave bei einer römischen Orgie zu sein, aber jetzt wusste ich es. Und es drehte mir den Magen um.

Ich machte einen langsamen Schritt, dann noch einen und dachte krampfhaft nach. Wie konnte ich Al Capone aufhalten, bevor er Delaney biss? Wie würde ich hier verdammt noch mal lebend herauskommen?

Ich schlich mich hinter den Getränketisch und fummelte an den Flaschen herum, während Deidre mich mit eisigem Blick fixierte. Der einzige Trost in diesem kalten, herzlosen Raum war der Kamin, obwohl die Flammen schwächer geworden waren, als würden auch sie sich schämen, eine Rolle in dieser Sache zu spielen.

Auf dem Fernsehbildschirm stimmte die Opernsängerin ein Lied über Stolz und Trotz an.

Komm schon, Pippa. Ich versuchte, mich aufzumuntern. Ich musste etwas tun, und zwar schnell.

Als Deidre den Blick abwandte, schnippte ich mit der Hand in Richtung Kamin.

Wusch! Das Tipi aus Holzscheiten brach zusammen und ein brennendes Stück Holz rollte auf den Teppich.

„Löscht es aus! Löscht es aus!", schrie John Lennon verzweifelt, aber alle wichen zurück.

Offenbar mochten Vampire Feuer genauso wenig wie Menschen.

Als Deidre sich abwandte, um sich um das Chaos zu kümmern, schnappte ich mir eine Flasche Champagner – die Art mit dem dicksten, schwersten Glas – und eilte aus dem Zimmer. Sobald ich um eine Ecke gebogen war, rannte ich los.

Mein Herz trommelte, als ich durch den Flur stürmte. In welches Zimmer hatte der Vampir Delaney verschleppt? Ich hielt an einem, dann an einem anderen und lauschte. Nichts. Ich joggte weiter. Immer noch nichts. Ich hielt den Atem an und betete um eine Art Hinweis.

Ein gedämpfter Schrei kam durch eine Tür auf der anderen Seite des Flurs und ich stieß sie auf.

„Was zum...", protestierte Al Capone.

„Lauf, Delaney!", schrie ich und schwang die Champagnerflasche.

Ich hatte keinen Plan, was ich als Nächstes tun würde. Aber noch bevor ich zu Ende gesprochen hatte, hustete der Vampir und stürzte nach vorn.

Ich sprang zurück und starrte auf den Gegenstand, der zwischen seinen Schulterblättern steckte. Ein Pflock?

Seine ausgestreckte Hand wurde von blass zu stumpf und seine Haut schrumpfte wie im Zeitraffer, so wie eine Weintraube unter einer Wärmelampe. Seine Kleidung sackte nach innen und der Geruch von Asche stieg mir in die Nase.

„Du hast ihn gepfählt?", stotterte ich mehr diesen Körper als Delaney an.

„Darauf kannst du deinen Arsch verwetten", sagte sie.

Ich riss meinen Blick zu ihr hoch – oder vielleicht war es ihr Stuntdouble, denn die schüchterne, sanftmütige Delaney war verschwunden, ersetzt durch Uma Thurman aus *Kill Bill.* Sie wirkte größer und stärker und wow – sie spuckte sogar auf den schnell verfallenden Körper. „Das war für Janet, Arschloch."

Ich riss die Augen auf. „Du meinst Janet Sullivan?" Die Frau, die am Gunnery Point tot aufgefunden worden war?

Sie nickte. „Meine Schwester. Ich habe sie angefleht, von diesem Ort zu verschwinden. Aber sie war wild entschlossen, etwas Konkretes zu finden, um Jananovich zur Strecke zu bringen."

Ich schluckte. Ein bisschen wie ich.

„Er musste sie durchschaut haben, denn er hat sie getötet. Oder sie töten lassen", schloss Delaney bitter.

Mir blieb der Mund offenstehen. Delaney war nicht Bambi. Sie war verdammt tough. Sie hatte es geschafft, sich in Jananovichs Eskorts einzuschleusen, und auf das Gelände zu gelangen, um ihre Schwester zu rächen.

Wow.

„Wir müssen hier raus."

Ich winkte mit der Hand zur Tür, aber sie schüttelte den Kopf. „Ich gehe nirgendwohin, bevor ich das hier nicht erledigt habe."

Jananovich erledigt, meinte sie.

Ich war dafür... im Prinzip. Aber in der Praxis...

Ich warf einen Blick auf Al Capones Leiche – oder alles, was von ihm übrig war. Zart griff ich nach unten und berührte den Pflock. Er zerbröselte sofort.

Delaney gab ein spottendes Geräusch von sich und griff in ihren hohen, geschnürten Stiefel. „Da, wo der herkam, gibt es noch mehr."

Heilige Scheiße. Sie war entweder eine Superheldin oder eine Verrückte. Aber verdammt. Sie war auf jeden Fall gut bewaffnet und sie schien einen Plan zu haben, was mehr war, als ich von mir selbst sagen konnte.

Also großartig. Ich könnte ihr die Sache überlassen und mich in Sicherheit bringen, oder?

Aber dann dachte ich an Stacy und meine schlackernden Nerven wurden etwas härter.

„Was ist mit dir?", fragte Delaney. „Hast du auch jemanden verloren?"

Ich dachte darüber nach. „Keine Schwester." *Gott sei Dank*, hätte ich hinzufügen können. „Aber Stacy..."

Delaney nickte traurig. „Ab und zu hat einer der anderen sie erwähnt, aber sie wurden immer zum Schweigen gebracht." Sie spottete. „Sie müssen es geahnt haben, aber irgendwie haben sie beschlossen, sich selbst weiter etwas vorzumachen."

Angewidert zeigte ich auf die Tür.

„Wir müssen gehen. Jetzt. Ich habe eine Kamera platziert. Die sollte genug Beweise liefern."

Delaney spottete. „Die Polizei wird nichts unternehmen. Sie hielten mich für verrückt, weil ich an Vampire glaubte."

„Nicht die Polizei. Ein übernatürliches Strafverfolgungsteam."

Sie sah immer noch skeptisch aus. „Irgendwie gelten die Gesetze nicht für Jananovich. Er kommt immer mit allem davon. Der einzige Weg, das hier zu beenden, ist der, ihn zu erledigen. Dauerhaft."

Ich wollte widersprechen, aber ich wusste, dass sie recht hatte. Außerdem waren die anderen Eskorts immer noch in Gefahr.

Meine dunklere Seite schrie laut, sie zu vergessen und mich selbst zu retten. Wenn sie dumm genug waren, sich mit Leuten wie Jananovich einzulassen – und dabei zu bleiben –, dann verdienten sie, was auch immer das Schicksal für sie bereithielt. Niemand hatte darum gebettelt, dass ich ihr Held wäre.

Aber meine gute Seite erinnerte mich daran, dass jeder von ihnen der Sohn, die Tochter, der Bruder oder die Schwester von jemandem war.

Der letzte Teil berührte mich am meisten. Eine Schwester. Wo wäre ich ohne meine? Wo wäre ich, wenn mir das Schicksal keinen liebevollen Vater, einen anständigen Job und Möglichkeiten gegeben hätte – und vor allem Ingo?

Mein Herz wurde warm und ich drückte die Schultern durch. Er war irgendwo in der Nähe, aber immer noch zu weit weg. Er würde auf keinen Fall aufhören, bis die Sache zu Ende war. So richtig beendet.

Und das würde ich auch nicht.

„Geh", drängte Delaney und zog einen zweiten Pflock aus ihrem Stiefel. „Ich mache das."

Ich schüttelte den Kopf und korrigierte sie. „*Wir* machen das.“

Ich streckte die Hand aus und sie grinste, als sie mir einen Pflock reichte. „Also gut. Lass uns diese Blutsauger erledigen.“

Kapitel 24

INGO

Ich pirschte zum hundertsten Mal am Zaun von La Puebla entlang und fluchte. Die Nanny-Kamera war Ewigkeiten blockiert gewesen und als sie sich wieder einschaltete, zeigte sie Pippa, die einen Flur hinunterging – und nicht zurückkam.

Ich warf meine Nachtsichtbrille weg und fing an, die andere Ausrüstung, die ich mitgebracht hatte, abzuschütteln.

„Scheiß drauf. Ich gehe rein." Aus dieser Entfernung konnte ich mit Pippa nicht gedanklich kommunizieren, aber ich konnte ihren allgemeinen Gemütszustand spüren, und ihre Angst hatte sich gerade noch verstärkt.

Kyle Williams, Polizist und Mitglied des Twin Moon Rudels, packte meinen Arm. „Noch nicht. Die Verstärkung ist noch nicht ganz in Position."

„Zum Teufel mit der Verstärkung", grunzte ich und ging auf den Zaun zu. Pippa war bereits vor Minuten verschwunden und jede Sekunde war eine Ewigkeit. Ging es ihr gut? Hatte Jananovich sie durchschaut? Wurde sie gerade von einem Vampir angegriffen?

Vor einer Stunde hatte sie eine Reihe von Bildern und kurze Updates geschickt, aber seitdem hatte ich nichts mehr gehört. Nichts außer den Geräuschen einer Party im Haupthaus. Eine Vampirparty.

Mein Blut kochte.

Der Maschendrahtzaun, der La Puebla umgab, hob und senkte sich mit jeder Kontur des Berges, aber meine Sorge um Pippa ließ mich ihn leicht überwinden.

Kyle griff von außen an den Zaun. „Warte!"

Ich schüttelte den Kopf. Zu warten, bedeutete den Tod. Dessen war ich mir sicher.

„Haltet euch bereit", grunzte ich. „Wenn wir in fünfzehn Minuten nicht draußen sind, müsst ihr reinkommen. Alle." Ich warf einen vielsagenden Blick auf die Schatten am Hang über uns.

Ein Kontingent von Wölfen aus dem Twin Moon Rudel hatte sich rund um La Puebla versteckt, aber die Sorge, die Aufmerksamkeit der Behörde auf sich zu ziehen oder sich einen mächtigen Vampir zum Feind zu machen, bedeutete, dass sie nur als allerletzten Ausweg eingreifen würden.

Was mich betraf, *war* dies unser letzter Ausweg.

Offenbar hatten sie andere Vorstellungen.

Lass mich raus! heulte mein Wolf, als ich geduckt weiterlief.

Ich brannte darauf, meine innere Bestie zu befreien und ihn toben zu lassen, aber die menschliche Form war im Moment das Beste. Das bewies sich zwei Minuten später, als ich den Mann ausschaltete, der am Lieferanteneingang des Haupthauses Wache stand. Ich konnte seinen Schrei mit einer Hand dämpfen und ihm mit der anderen den Hals umdrehen.

Brutal? Ja. Aber ich würde heute Abend kein Risiko eingehen.

Die menschliche Gestalt war auch praktisch, um lautlos Türknäufe zu drehen und sich durch die Gänge zu schleichen. Das Haus war ein gottverdammtes Labyrinth, aber mein Instinkt leitete mich um jede Ecke, ohne dass ich auch nur innehalten musste.

Dort entlang, sagte mein Wolf und drängte mich weiter.

Ich riss eine Tür auf und starrte auf den Aschehaufen auf dem Boden.

Mein Wolf jubelte. *Pippa eins, Vampire null.*

Ich beeilte mich, weiterzugehen, und prüfte die angrenzenden Räume. Zuvor hatte ich gesehen, wie ein Dutzend Vampire das Gebäude betreten hatte. Selbst wenn man einen eliminierte, blieben noch viele andere übrig.

Und was zum Teufel machte Pippa, Vampire zu töten? Sie sollte die Kamera aufstellen und sich dann aus dem Staub machen.

Am Ende des Flurs war die Party in vollem Gange, aber auf der rechten Seite... Die Spuren waren verdammt verwirrend, mit vielen Bewegungen hin und her. Pippa war an dieser Stelle mehrfach vorbeigekommen.

Rechts, bellte mein Wolf.

Ich rannte los und wurde dann langsamer, um eine Ecke zu prüfen. Vier Schritte später nahm meine Nase einen beißenden Geruch wahr und ich spähte in einen Raum auf der rechten Seite.

„Verdammt", fluchte ich und stoppte meinen rechten Fuß wenige Zentimeter vor einem weiteren Aschehaufen. Ich ging in die Hocke und stocherte in den Überresten eines pailletten-besetzten Cocktailkleids herum. Ein weiblicher Vampir? Ich kniff die Augen zusammen und musterte die Form, die aus dem Rücken ragte. Es waren die Überreste eines Pflocks, auch wenn er nur noch Holzkohle war.

Soweit ich wusste, war Pippa *nicht* mit Pflöcken bewaff-net. Sie war nur mit einer kleinen Kamera und ihrem eigenen Verstand hineingegangen. Was zum Teufel war hier los?

Im Nebenzimmer ertönte ein Schlag. Ich erstarrte und eilte dann durch den Flur in den Nebenraum, als ein Körper auf dem Boden aufschlug. Zwei Frauen sprangen zurück, als ich eintrat, und...

„Pippa?" Ich starrte sie an.

„Ingo!"

Mein Wolf heulte vor Freude. Sie war am Leben!

Ihre Augen füllten sich mit Freude, dann mit Panik.

„Warte!", rief sie der zweiten Frau zu.

Ich drehte mich rechtzeitig um, um den Arm der Frau zu greifen, bevor sie mich ebenfalls pfählte.

„Pass auf", befahl ich und hielt ihren Arm fest umklam-mert.

Die Frau war ein Terrier – klein, aber bissig.

„Ist schon gut." Pippa eilte zu uns herüber. „Er gehört zu uns."

Ich starrte sie an. Wer genau war *uns*?

„Ingo, das ist Delaney. Delaney, das ist Ingo."

Ich nickte, ließ sie jedoch nicht aus den Augen. Im Ernst, die Frau sah grenzwertig gestört aus.

Nicht gestört. Sie ist auf einer Mission, murmelte Pippa in meine Gedanken. *Es ist ein schmaler Grat.*

Nun, vielleicht. Aber Delaney bewegte sich definitiv auf die dunkle Seite zu.

Pippa berührte mich und jeder Nerv in meinem Körper wurde ruhig. Langsam ließ ich den Arm der Frau los und wir traten beide zurück.

„Delaney ist Janets Schwester", erklärte Pippa leise.

Ich zog die Stirn in Falten. Die polizeilichen Nachforschungen hatten keine derartige Verbindung aufgeführt.

Meine Skepsis musste sich gezeigt haben, denn nun meldete sich Delaney zu Wort.

„Technisch gesehen, ihre Stiefschwester, da ihre Mutter meinen Vater geheiratet hat. Letztendlich haben sie sich scheiden lassen, aber Janet und ich standen uns immer nahe." Ihre Augen schimmerten mit Kummer und Wut. „Schwestern, durch dick und dünn."

Das war also der Grund, warum die Polizei diese Verbindung übersehen hatte – und warum Jananovich Delaney auch nicht auf die Schliche gekommen war.

Ich beäugte den Pflock. „Habt ihr zwei..." Ich verstummte ungläubig.

„Einen Vampir nach dem anderen hergelockt und umgebracht?", ergänzte Pippa.

Delaney nickte stolz und sie schlugen ihre Hände ein.

„Darauf kannst du deinen Arsch verwetten", schloss Pippa.

Ich wusste nicht, ob ich jubeln oder schreien sollte.

„Und was ist aus deiner Anweisung, die Kamera zu platzieren und zu verschwinden geworden?", fragte ich.

Pippa zuckte mit den Schultern. „Ich schätze, wir hatten eine bessere Idee."

Delaney ging in Richtung Tür. „Wenn ihr mich jetzt entschuldigen würdet..."

Ich starrte sie an. Wie lang war ihre Abschussliste?

Lang, entschied ich. Mit Jananovich an der Spitze.

Trotzdem zog ich sie zurück.

„Einen nach dem anderen auszuschalten, wird nur eine gewisse Zeit lang funktionieren. Früher oder später werden Jananovichs Sicherheitskräfte aufmerksam werden und was tust du dann?"

Und, oh-oh. Delaney strahlte eine unheimliche Ruhe aus. Eine Ruhe wie die eines Kamikazejägers.

„Deshalb nehme ich mir Jananovich als Nächstes vor."

Ihr Tonfall war so ruhig und emotionslos wie der einer Person, die jemandem den Weg wies. *Erst links, dann rechts, dann einem Vampir einen Pflock ins Herz rammen...*

Ich beäugte den Pflock in ihrer Hand. „Wie viele davon hast du?"

„Das ist der Letzte. Und Jananovichs Name steht darauf."

Buchstäblich. Ich konnte die Buchstaben sehen, die in das Holz geritzt waren. Wow. Sie hatte es wirklich auf den Kerl abgesehen.

Pippa eilte zum Schreibtisch und winkte mir zu.

„Das ist das Büro. *Jananovichs* Büro." Sie tippte mit beiden Händen auf den Schreibtisch.

Ich schaute ihr in die Augen, dann sah ich den Schreibtisch an und wünschte mir einen Röntgenblick.

„Und?", fragte Delaney genervt.

„Beweise", flüsterte Pippa.

„Beweise?", hallte es von der Tür herüber und wir wirbelten alle herum.

Meine Nackenhaare sträubten sich und ich spie seinen Namen aus. „Jananovich."

Der Drecksack ignorierte mich und richtete seinen Blick auf Pippa. Zwei weitere Vampire drängten sich hinter ihm durch die Tür.

„Beweise für einen Einbruch", sagte Jananovich völlig aalglatt. Erst dann nahm er meine Anwesenheit zur Kenntnis. „Beweise, die Sie für eine lange, lange Zeit hinter Gitter bringen werden, Agent Kemper. Nicht nur wegen Unruhestiftung, sondern weil Sie diese unschuldigen, jungen Frauen korrumpiert und angeworben haben, um die Drecksarbeit für Ihre fehlgeleitete Sache zu erledigen."

„Korrumpiert?“, kreischte Pippa. „Sie sind hier der Kriminelle.“

Ich ballte meine Hände zu Fäusten. So absurd Jananovichs Anschuldigungen auch waren, er hatte schon früher Wege gefunden, falsche Vorwürfe durchzusetzen. Er könnte wieder einen Weg finden, vor allem, wenn er noch immer einen Insider in der Agentur hatte.

Pippa sträubte sich von Kopf bis Fuß, während Delaney vor Wut kochte.

Aber dies war kein weiterer Hinterhalt, bei dem es nur auf das richtige Timing ankam, um einen Pfahl in einen ahnungslosen Feind zu stoßen. Was verdammt viel Mut erforderte, aber trotzdem. Einem Vampir direkt gegenüberzutreten war eine ganz andere Art von Kampf. Ein schneller Kampf und der Vampir war normalerweise nicht derjenige, dessen Blut am Ende floss.

„Kriminell?“ Jananovich schüttelte traurig den Kopf. „Wie ich sehe, hat Agent Kemper Ihnen seine verdrehten Fakten präsentiert.“ Er seufzte und wandte sich an seine Gäste. „Meine Herren, ich bedaure die Störung.“

Der große, olivhäutige Mann zu seiner Linken grinste und ließ die Spitzen seiner Reißzähne aufblitzen. „Ganz im Gegenteil. Eine Dinnerparty ist immer schön, aber nichts geht über einen guten Digestif.“

Ich zeige dir einen Digestif. Pippas Augen glühten.

Ich schaute mich nach einem Ausweg um. Die Chancen eines Wolfs, einen Vampir zu besiegen, standen bestenfalls fünfzig zu fünfzig. Aber ein Vampir mit Verstärkung in seinem eigenen Revier... Diese Chancen standen eher gleich Null, selbst mit Pippa und Delaney an meiner Seite.

Nicht gut.

Schleich dich langsam in Richtung Fenster. Ich sandte die Nachricht in Pippas Gedanken. *Mach dich bereit, es zu öffnen.*

Ich laufe vor diesen Idioten nicht weg, erwiderte sie.

Ich schüttelte ganz leicht den Kopf. *Nicht zum Weglaufen. Um Kyle und sein Rudel herbeizurufen.*

Und puh. Pippa bewegte sich auf die Glasfläche zu.

„Die Frage ist nur, wer bekommt wen?" Einer von Jananovichs blutsaugenden Kumpels grinste.

Jananovich schmunzelte. „Als guter Gastgeber werde ich natürlich teilen..."

Ich knurrte.

Jananovich ignorierte die Warnung und zeigte auf Pippa. „Aber ich würde es begrüßen, wenn ich sie zuerst probieren dürfte."

Mein Wolf brach so schnell aus mir heraus, dass ich den Schmerz der Blitzverwandlung erst nach einer Verzögerung spürte. Da sauste ich schon durch die Luft und zielte auf seine Kehle.

Und damit war der Kampf eröffnet.

Pippa! schrie ich in ihren Geist. *Ruf um Hilfe!*

Dann grunzte ich und rollte mich ab, als ich von Jananovichs Kumpel zur Seite gerissen wurde. Der dunkelhäutige Vampir war offensichtlich scharf auf einen Kampf. Der kleinere Latino trat ebenfalls vor und zog seine Jacke aus wie ein Gentleman, der sich auf ein Duell vorbereitete.

Vampire. Verdammte Snobs.

Ich wirbelte herum, schlug mit meinen Klauen und Reißzähnen zu, wich dann zurück und knurrte.

Jananovich blieb hinter seinen Kumpels und konzentrierte sich mehr auf Delaney als auf mich.

„Aber, aber", sagte er in einem nervigen Singsangton. „Ich bin sicher, wir können das alles klären."

Delaney starrte mich an – aber zu ihrer Ehre sei gesagt, dass sie nicht wegrannte oder schrie, als sie einen Wolf erblickte – und wandte sich dann an Jananovich, während sie ihren Pflock umklammerte. „Janets Mord klären? Das wird nicht passieren, Arschloch."

„Janet?" Er hob eine Augenbraue. „Ihr Tod war eine Tragödie, aber er hatte nichts mit mir zu tun."

Delaney schnaubte und ich knurrte, dann sprang ich zur Seite, als sich einer der Vampire auf mich stürzte. Die nächste Minute verging in einem Wirbel aus Fäusten und Reißzähnen. Dann lösten wir uns keuchend voneinander.

Kühle Luft küsste meine Wange und sagte mir, dass Pippa das Fenster geöffnet hatte.

„Hilfe! Hier drüben!", schrie sie in die Nacht.

Jananovich schüttelte den Kopf und wandte sich an den stämmigen Wachmann, der soeben eingetroffen war.

„Sieh dir das bitte an." Jananovich schickte ihn wieder weg –, aber nicht bevor ich den Geruch des Mannes wahrgenommen hatte.

Bärengestaltwandler. Der, der Stacy gefahren hatte.

Meine Vermutung war richtig gewesen. Aber wir brauchten Hilfe, und zwar schnell.

Kyle! brüllte ich aus vollem Halse. Es kam als kehliges Brummen heraus, das eher an einen Löwen erinnerte als an einen durchschnittlichen Wolf.

Aber ich war kein durchschnittlicher Wolf. Nicht wenn ich um das Leben meiner großen Liebe kämpfte.

Jananovichs Freunde standen Schulter an Schulter und bereiteten ihren nächsten Angriff vor. Der dunkelhäutige Mann kam mir bekannt vor, obwohl ich ihn nicht einordnen konnte.

Währenddessen sprach Jananovich weiter zu Delaney. „Leg ihn einfach hin, dann wird alles gut."

In meinem seitlichen Blickfeld sah ich, wie sie sich versteifte. Verdammt! Jananovich hatte sie bezirzt und es funktionierte. Schlimmer noch, es schien auch auf Pippa zu wirken.

Sie erstarrte am Fenster und starrte ins Leere.

Scheiße, scheiße, scheiße.

Jananovich gluckste. Im selben Moment stürzten sich seine Kumpels auf mich.

Vampire waren blitzschnell mit langen, klauenartigen Nägeln. In dem darauffolgenden Gerangel schlitzte mir einer die Schulter auf. Ich zischte vor Schmerz und versetzte ihm einen Schlag, der den kleineren Vampir gegen den anderen schleuderte. Dann wich ich zurück und knurrte Jananovich an.

Der Drecksack gluckste und konzentrierte sich auf Delaney und Pippa.

„So ist es gut. Leg den Pflock weg. Tritt zurück. Hole tief Luft."

Und, verdammt. Delaney tat, wie ihr geheißen und bewegte sich wie ein Roboter. Pippas Gesichtsausdruck wirkte ebenso ausdruckslos.

Innerlich schrie ich. *Nein, Pippa! Falle nicht darauf herein! Hör nicht hin!*

Angst überkam mich, denn was, wenn es das war? Die Wölfe des Twin Moon Rudels eilten uns nicht zu Hilfe – noch nicht. Auch nicht die Agentur, die ich nicht eingeschaltet hatte – außer dass ich Nash in letzter Minute eine Nachricht geschickt hatte, um sie zu benachrichtigen. Pippa und Delaney waren hier drin meine einzigen Verbündeten, aber Jananovich war gerade dabei, sie beide zu neutralisieren. In dem Moment, in dem ich fiel – und früher oder später würde ich es tun –, würden Jananovich und seine Gäste sie in einem blutigen Festmahl verschlingen.

Ich stieß ein weiteres lautes Knurren aus und betete um Hilfe von Kyle oder Nash. Ohne sie waren wir dem Untergang geweiht.

Dann bemerkte ich eine winzige Bewegung. Es war Pippa, die langsam ihre Finger in einer Bewegung krümmte, die ich schon einmal gesehen hatte. In der Nacht des Lagerfeuers, als sie sogar ihren Vater in ihren Bann gezogen hatte.

Vielleicht war sie nicht bezirzt. Vielleicht arbeitete sie an ihrem eigenen Trick. Ich wagte es nicht, näher hinzusehen, aus Angst, die Vampire darauf aufmerksam zu machen. Aber ich konnte spüren, wie ihr Geist tickte.

Meine Hoffnungen stiegen oder zumindest schauten sie vom Tiefpunkt wieder bergauf. Wenn ich Jananovich und seine Männer ein wenig länger aufhalten könnte, würde Pippa ihn vielleicht überraschen können und der Spieß wäre umgedreht.

Oder ich bildete mir nur etwas ein und wir waren wirklich verloren.

Die Vampire spreizten ihre Krallen und bereiteten sich auf ihren nächsten Angriff vor. Ich knurrte und trat vor, wobei ich in einem letzten, verzweifelten Versuch alles auf eine Karte setzte.

Kapitel 25

PIPPA

Ich hätte fast geschrien, als Ingo sich in eine weitere tödliche Runde mit den Vampiren stürzte, aber das konnte ich nicht. Nicht weil Jananovich mich bezirzt hatte, obwohl ich den Drecksack das gerne glauben ließ. Ich hatte Besseres zu tun, nämlich mich zu konzentrieren, und zwar ganz genau.

Das fiel mir an einem guten Tag schon nicht gerade leicht und schon gar nicht, wenn ein paar Schritte entfernt ein Kampf tobte. Aber ich hatte keine Wahl.

Delaney und ich hatten es bereits geschafft, mehrere Vampire zu töten. Ich hatte moralische Bedenken, den John Lennon-Doppelgänger zu pfählen, aber Delaney nicht. Und sie hatte recht. Er war ein Vampir und nicht mit dem Beatle verwandt.

Aber dies war etwas anderes als die Zwei-gegen-eins-Quoten, die wir bisher genossen hatten. Es war an der Zeit, aufs Ganze zu gehen und die Sache endgültig zu beenden. Und meine größte Waffe war Feuer.

Meine größte Schwäche jedoch war... ich selbst.

Ich atmete langsam aus und versuchte, mich zusammenzureißen.

Vor mir entfaltete sich ein Strudel entsetzlicher Ereignisse, aber ich zwang mich, die Augen zu schließen und das Feuer zu rufen. Irgendein Feuer, verdammt.

Nach einer gefühlten Ewigkeit orteten meine Sinne zwei Feuer. Das eine war der Kamin im riesigen Unterhaltungsraum, das andere war eine brennende Kerze in einem Zimmer ein paar Türen weiter. Der Raum, in den ein Vampir Saanvi geführt hatte, wie ich gesehen hatte. Delaney und ich hatten geplant, als

Nächstes dorthin zu gehen, aber wir waren auf dem Weg von Jananovich aufgehalten worden.

Ich hob meine Hände und rief das Feuer.

Es dauerte eine Weile, aber dann spürte ich, wie sich erst die Kerze und dann die Flamme im Kamin bewegten.

Okay. Schritt eins war geschafft, genau wie mein Vater es mir erklärt hatte, bevor wir beide die Hoffnung aufgegeben hatten, dass ich das Feuer jemals kontrollieren könnte.

Schritt zwei bestand darin, das Feuer davon zu überzeugen, zuzuhören, und das war der schwierige Teil. Feuer war ein wenig wie ein streunender Hund in einem öffentlichen Park. Man konnte pfeifen, um seine Aufmerksamkeit zu erregen, aber viel Glück dabei, ihn davon zu überzeugen, auf dein Winken und Rufen zu hören.

Hier drüben. Ich bewegte meine Finger sanft. *Hier drüben...*

Ich spürte, wie sich die Kerze in meine Richtung neigte und das Feuer im Wohnzimmer folgte.

Also, puh. Aber das Feuer konnte Zeit und Raum genauso wenig überwinden wie ich. Ich musste es wie ein Blindenführer lenken.

Das offene Fenster erzeugte einen schwachen Luftzug und mein Geist tastete den Zwischenraum ab und identifizierte verschiedene Luftströme.

Hier drüben...

Zentimeter für Zentimeter lockte ich das Feuer näher heran. *Mehr...*

Ingo heulte auf und ich riss die Augen auf, wodurch meine Verbindung zum Feuer unterbrochen wurde. Mein Herz weinte angesichts des Blutes in seinem dunklen, dichten Fell und der Wut in seinen mitternächtlichen Augen.

Ich hatte ihn schon unzählige Male in Wolfsgestalt gesehen, aber noch nie in solcher Wut. Und noch nie in solcher Gefahr.

Mach dir keine Sorgen um mich, keuchte er in meine Gedanken. *Konzentriere dich! Du kannst es schaffen. Ich weiß, dass du es kannst.*

Ich schloss meine Augen und nahm wieder Verbindung zu dem Feuer auf.

„Schnapp ihn dir!", grunzte einer der Vampire dem anderen zu.

„So ist es gut. Bleib einfach da", säuselte Jananovich – zu Delaney? Zu mir?

Ich verdoppelte meine Bemühungen. Vage spürte ich, wie Gemüter alarmiert wurden. Das Feuer im Wohnzimmer musste zu diesem Zeitpunkt schon lichterloh brennen, und wenn jemand nach einem Feuerlöscher griff...

Ich verfluchte den Inspektor, der dafür gesorgt hatte, dass jedes Gebäude in La Puebla den Vorschriften entsprach.

Ich strengte mich, gefangen in einem unsichtbaren Tauziehen, an. Meine schwachen Kräfte kämpften an einem Ende der Leine, während die natürlichen Kräfte, die das Feuer in Schach hielten, am anderen Ende Widerstand leisteten.

Ganz egal, wie sehr ich mich bemühte, das Feuer rührte sich nicht, und ich verlor die Hoffnung.

Hilfe, wollte ich schreien. *Dad. Erin. Abby. Irgendjemand...*

Schlimmer noch, Ingo ging in seinem ungleichen Kampf die Luft aus und Jananovichs Stimme fing an, sich ihren Weg in meinen Geist zu bahnen. *Bleib einfach da...*

Nein, nein, nein! schrie ich innerlich. Ich durfte nicht versagen. Nicht dieses Mal.

Aber, verdammt. Es sah ganz so aus, als würde ich es tun.

Schließlich rührte sich das Feuer. Ich konnte spüren, wie es den Gang hinunterkroch, eine winzige Glut nach der anderen. Ich bemühte mich, die Verbindung aufrechtzuerhalten und es in diese Richtung zu locken.

Schreie ertönten und Jananovich murmelte etwas, das ich jedoch über die üblen Geräusche von Ingos Kampf gegen die Vampire kaum hörte. Ich klammerte mich an den Gedanken in meinem Kopf und lockte langsam das Feuer an.

Mehr Schreie. Schritte polterten den Korridor entlang.

„Feuer! Feuer", schrie jemand.

Ein beißender Geruch stieg mir in die Nase und Rauch drang unter der Bürotür durch.

Mach weiter! Du schaffst das!

Ich musste wirklich an meine Grenzen stoßen, denn jetzt stellte ich mir vor, wie mich meine Schwestern anfeuerten.

„Verdammt… ", knurrte Jananovich angesichts des herannahenden Feuers.

Ich riss ein Auge auf, obwohl meine Gedanken immer noch in Verbindung mit dem Feuer standen. Ingo brüllte und stützte sich auf die Kehle des kleineren Vampirs. Es folgte ein ekelhaftes Röcheln.

Jananovich fluchte, dann schrie er den zweiten Vampir an – den größeren, kräftigeren.

„Schnapp ihn dir, Gregor!"

Ich strengte mich fester an und zog das Feuer immer näher. Dichter Rauch quoll unter der Tür hervor.

Ja! jubelte ich. *Ja! Hier drüben…*

Rauch wogte im Raum und die Temperatur stieg. Ein Knistern ertönte direkt vor der Tür.

Ja, ja, ja! Ich jubelte fieberhaft.

Es war eine berauschende Erfahrung, das Feuer zu kontrollieren. Ich konnte alles tun, jeden besiegen. Ich könnte diesen ganzen Ort zu Schutt und Asche verbrennen. Ich könnte jeden Feind schlagen und meine Gegner vor Angst zittern lassen.

Dann erinnerte ich mich daran, was mein Vater stets gesagt hatte. Um das Feuer zu beherrschen, musste man sich selbst beherrschen, denn seine Macht hatte die Eigenschaft, einen zu verderben.

Ich blinzelte heftig und konzentrierte mich neu.

Jananovich stand knapp außerhalb des Radius des Kampfes, der zwischen uns tobte, und starrte mich an. Seine Augen waren dunkel und bedrohlich, ganz anders als der Charmeur, den ich zuvor kennengelernt hatte.

Er hob einen Arm und streckte ihn in einem stummen Befehl in meine Richtung aus. Eine Druckwelle schloss sich um meinen Geist, wie die Mutter aller Migränen, die sich nach einem schlechten Tag einschlich. Der Drecksack versuchte, mich zu bezirzen.

Ich konzentrierte mich auf meine Kräfte anstatt auf seine. Oder besser gesagt, auf *unsere* Kräfte, denn mir wurde bewusst, dass ich mit meinem Kampf nicht mehr allein war. Es war genau wie in jener Nacht auf der Ranch, als meine Schwestern und ich einen Wirbel anzapften und seine Kraft lenkten.

Aber ich war jetzt nicht auf der Ranch und es gab auch keinen Wirbel.

Andererseits waren meine Schwestern auf der Ranch. Und wenn sie meinen Notfall gespürt hätten...

Das hatten sie, wurde mir klar. Und sie halfen mir – irgendwie.

Du kannst es schaffen, spürte ich, wie Abby mir sagte.

Ich stellte mir vor, wie sie auf der Ranch an einem der geheimen Wirbel lehnte und sich bemühte, seine Kraft zu mir zu senden.

Ich hatte nicht die gedankliche Kapazität, um jetzt darüber nachzudenken, wie das möglich war. Ich kämpfte einfach weiter, denn selbst mit diesem Schub war Jananovich ein verdammt starker Gegner. Seine Kräfte wirkten auf meinen Verstand und legten einen Nebel über alles.

Ich wackelte mit den Fingern und lockte den Rauch zu seinen Füßen. Er wickelte sich um seine Schuhe und kletterte an seinen Knöcheln hoch.

Ja, murmelte ich. *Mehr...*

Der Rauch wickelte sich wie eine Ranke um seine Beine. Oder besser gesagt, wie zwei Pythons.

Der Rauch wurde dichter und Jananovich schaute erschrocken hinunter.

„Hey!", protestierte er, als hätte ich gegen die Regeln verstoßen oder so.

Ha. Wenn er nicht fair spielte, würde ich es auch nicht tun.

Doch das war nur Rauch. Ich brauchte Feuer.

Das Beängstigende daran war, dass ich es *wirklich* brauchte. Feuer war meine Droge und ich sehnte mich danach.

Wow. Dad hatte in Bezug auf den Machtkomplex nicht gescherzt.

Währenddessen kämpfte Ingo hart, wurde jedoch schwächer. Sein Gegner schien genauso stark zu sein wie zuvor. So stark, dass ich befürchtete, dass er nur mit Ingo spielte. Aber mein treuer Wolf weigerte sich, nachzugeben, und das machte mich nur noch wütender.

Ich hob meine Arme und verdoppelte meine Anstrengungen.

In der Ferne heulten Sirenen. Menschen schrien. Rauch strömte aus allen Ecken der Tür in den Raum. Ingo und Gregor wirbelten herum, traten und bissen nacheinander. Und irgendwo in dem zunehmend schummrigeren Chaos des Raumes bewegte sich noch etwas.

Es war Delaney, die an der Wand entlangkroch. Versuchte sie, zu fliehen? Das hoffte ich sehr.

Dann entdeckte ich den Pflock in ihrer Hand und die Wut in ihren Augen.

Sie versuchte nicht, zu fliehen. Sie wollte es zu Ende bringen, und das sollte ich auch.

Und einfach so löste ich meine innere Bremse und entlud meine ganze Wut.

Jananovich war ein Manipulator und ein Mörder. Er war schlimmer als ein blutrünstiger Vampir – er war ein blutrünstiger Geschäftsmann ohne Grenzen oder Moral. Was auch immer ihm passte, das tat er. Was – oder wer auch immer – ihm nicht passte, schob er brutal beiseite.

So wie Stacy. So wie Janet. Wie so viele andere.

Ein lautes Knacken tönte und Feuer gesellte sich zu dem Rauch, der an den Rändern der Tür hereinströmte. Der Rauch um Jananovichs Beine verdichtete sich und verschlang ihn in seinen eigenen Bewegungen.

„Hör auf damit!" Jananovich schlug danach.

Nein. Nein, das würde ich nicht tun.

Ich formte den Rauch mit meinen Händen und schuf eine geisterhafte Gestalt, die so groß wie der Vampir war. Zuerst vage, dann immer lebensechter.

„Stacy?" Seine Augen wurden riesengroß.

Es war nur Rauch, kein Geist, aber hey. Sollte er doch zittern. Ich formte die Luft und machte Stacy größer, gemeiner und wütender, als sie es in Wirklichkeit war. Rachsüchtiger. Ich ließ sie Jananovich lang und intensiv anstarren, während ich Feuer vom Rahmen der Tür zupfte und es dem rauchenden Bild hinzufügte. Es flackerte an den Rändern ihres Körpers und beleuchtete sie wie einen Engel.

„Lass mich in Ruhe!", schrie Jananovich.

Seine Worte schürten meine Wut nur weiter. Ich bewegte meine Hände schneller und bearbeitete das Bild erneut. Es verschwand kurz, bevor sich Details abzeichneten. Ein längeres Gesicht. Ein größerer, eleganter Körper.

Jananovichs Kinnlade klappte auf, als der Rauch einem Feuer in Form eines Pferdes wich. Und, *schnapp!* Das mächtige Pferd öffnete seine riesigen Schwingen und bäumte sich vor ihm auf.

Pegasus! Ich erinnerte mich an Claires Jubel am Lagerfeuer.

Aber das war ein freundliches Feuer gewesen. Diese riesige, feurige Kreatur, die Jananovich jetzt gegenüberstand, war verbittert und sehr, sehr wütend.

Sie bäumte sich auf und peitschte mit ihren Vorderbeinen nach Jananovich.

Wusch! Eine Hitzewelle folgte der Bewegung und Funken sprühten durch die Luft.

„Was zum..." Gregor, der zweite Vampir stolperte davon und brach seinen Kampf mit Ingo ab. Sie starrten beide.

Jananovich hob beide Arme und versuchte, den Pegasus zurückzutreiben. Aber das Feuer hatte sich verselbstständigt. Jetzt, da es sein Ziel erfasst hatte, konnte ich es nicht mehr umlenken, selbst wenn ich es wollte.

Zu diesem Zeitpunkt war die Wand hinter Jananovich bereits von Rauch verdeckt, aber ich konnte eine kleine Bewegung erkennen.

Delaney. Mit dem Pflock. Sie schlich sich immer näher heran.

Der Pegasus blähte seine Nüstern auf und in seinen Augen spiegelten sich die goldenen und roten Flammen seines Körpers. Jeder Schlag seiner mächtigen Flügel ließ Wellen von Hitze pulsieren. Er schüttelte seine Mähne und schlug mit den Hufen nach Jananovich, sodass er ihn auf Delaney zutrieb.

Der Vampir stolperte zurück und brüllte vor Wut. Doch das Geräusch verwandelte sich zu einem Schrei und er krümmte sich seltsam. Sein Brustkorb wurde nach vorn gestoßen und seine Augen weiteten sich.

„Victor?", rief der zweite Vampir.

Jananovich erstarrte in einer furchtbaren Fratze und kippte nach vorn, als hätte Delaney, die hinter ihm stand, ihn getreten. Dann kippte er mit dem Gesicht auf den Boden. Der Pflock in seinem Rücken glühte, dann ging er in Flammen auf und nach ein paar qualvollen Verrenkungen sackte Jananovich zusammen. In Sekundenschnelle verdorrte sein Körper und zerfiel zu Asche.

Der feurige Pegasus tänzelte und schüttelte seine Mähne, sodass Flammen in jedem Hufabdruck sprühten.

Delaney schluckte, dann nickte sie dem Pegasus zu.

„Für dich", flüsterte sie. „Und für meine Schwester und all die anderen."

Der Pegasus warf den Kopf zurück und ich stellte mir ein Wiehern vor, das den Klang von Stacys Lachen widerspiegelte. Als er sich wieder aufbäumte, schlug er triumphierend mit den Flügeln und die Botschaft war klar.

Jananovichs Opfer waren gerächt worden. Kein noch so großer Zauberer konnte sie zurückbringen, aber sie konnten in Frieden ruhen, denn sie wussten, dass er nie wieder jemandem etwas antun würde.

Tränen trübten meine Sicht und auch der Pegasus verschwand, bis er kein geflügeltes Pferd mehr war, sondern ein gewöhnliches, flammendes Inferno.

Und, oh-oh. Dieses Inferno breitete sich schnell im Raum aus.

Ich blinzelte, dann griff ich nach Delaney. Wir hielten einander an den Händen und wirbelten herum – nur um der hochaufragenden Gestalt des zweiten Vampirs gegenüberzustehen.

„Interessant. Sehr interessant", murmelte Gregor und musterte mich lange langsam.

Nicht mit einem *Huch, mit der sollte ich mich besser nicht anlegen*-Blick. Eher auf die Art von *Lecker, ich kann es kaum erwarten, dein Blut zu kosten.*

Hinter ihm ging Ingo in die Hocke und mein Herz klopfte wild.

„Interessant?", lockte ich Gregor. „Ich werde dir zeigen, was interessant ist."

Er lachte über meine erhobenen Fäuste und ich zwang mich, mich auf sein Gesicht zu konzentrieren und keinen Blick über seine Schulter zu werfen, wo Ingo sich erst hinunterduckte und dann mit weit aufgerissenem Maul auf ihn zusprang.

Als er mit dem Vampir zusammenstieß, stolperten sie beide. Delaney und ich sprangen zurück, als Knurren und Schreie tönten. Dumpfes Knurren, denn Ingo hatte seine Zähne im Nacken des Vampirs vergraben. Nicht genug für einen sofortigen Todesstoß, aber wenn er lange genug durchhielt...

Gregor wehrte sich, trat und griff um sich, um Ingo mit seinen langen, scharfen Fingernägeln zu verletzen.

„Keine Pflöcke mehr?" Ich hustete in Delaneys Richtung. Der Rauch wurde dichter, die Flammen höher.

Sie schüttelte den Kopf, dann rannte sie zum Bürokamin und fing an, ihn zu durchwühlen. Sie zog ihren Kragen über Nase und Mund.

Inmitten des Getöses des Feuers und des Kampfes tönte ein unangenehmes Knacken.

Ingo hatte dem Vampir gerade einen Knochen im Genick gebrochen. Trotzdem kämpfte Gregor weiter.

„Hier!" Delaney warf mir ein dickes Stück Anzündholz zu.

Ich starrte darauf und mir wurde schlecht. Das war eher ein *Stöckchen* als ein *Pflock*. Wäre es der Aufgabe gewachsen? War ich es?

„Tu es!", schrie Delaney.

Ich hob den Stock hoch und stieß mit beiden Händen zu. Gregor zuckte und seine Nägel kratzten über meine Seite. Aber das Schlimmste war das sanfte Nachgeben seines Körpers, der Schwall von Blut.

Und immer noch wehrte sich dieser Vampir.

Ich bohrte mit meinem gesamten Körpergewicht tiefer. Meine Hände wurden kalt, als eiskaltes Vampirblut über sie floss. Dann tönte ein weiteres Knacken und seine Augen weiteten sich. Einen Moment später erschlaffte er.

Ich sprang davon, als der Körper zusammenbrach und zu Asche zerfiel. Ich starrte ihn an und eilte dann zu Ingo.

Er wich von dem Vampir zurück und spuckte Blut und Asche.

Ich kniete mich hin und legte einen Arm über seinen pelzigen, blutverschmierten Rücken. „Geht es dir gut?"

Er knurrte und spuckte angewidert. *Es könnte schlimmer sein*, sagte er in meinen Gedanken.

Erleichtert sackte ich zusammen und schaute mich dann um, denn es war einer dieser Momente, in denen man vom Regen in die Traufe kam. Wenn es nur Wasser gäbe.

„Kannst du es aufhalten?" Delaney deutete auf die Flammen, die die Tür verzehrten.

Hustend schüttelte ich den Kopf, entsetzt über das, was ich ausgelöst hatte.

Aber ein *Nein* war nicht gut genug. Ein Blick aus dem Fenster hatte mir gezeigt, dass wir uns hoch über einem steinernen Vorsprung befanden. Zu hoch. Es wäre entweder die Tür oder gar nichts.

Ich zog mein Hemd über meine Nase und Mund und stellte mich mit den Händen in Gebetshaltung vor die Tür. Ich neigte die Hände nach vorn und rief dem Feuer zu.

Zur Seite! befahl ich und riss meine Hände auseinander.

Das Feuer knisterte kaum.

„Pippa. . . ", drängte Delaney.

Ich versuchte es erneut.

Ich sagte, zur Seite! Sofort! Selbst in meinem Kopf klang meine Stimme heiser.

Immer noch nichts. Ich schluckte, dann schloss ich die Augen und griff nach der Macht, die ich zuvor gespürt hatte. Ich streckte mich und streckte mich. . .

Ingo drückte sanft gegen die Rückseite meiner Beine. *Du schaffst das, Pippa. Ich weiß, dass du es kannst.*

Meine Haut kribbelte und Schweiß tropfte an meiner Stirn hinunter. So intensiv war die Hitze.

Du schaffst das, Pippa, spürte ich Abby wiederholen.

Zur Seite! Sofort! befahl ich dem Feuer.

Die Hitze schwankte und die Flammen verstärkten sich an den Rändern der Tür.

„Mach das noch mal!", rief Delaney.

Ich wiederholte die hackende Bewegung. Die Flammen schlugen um die Seiten der Tür, während die Mitte erlosch.

Ich tat es wieder und wieder und drückte die Flammen von der Mitte der Tür weg. Dann trat ich zur Seite, als Delaney mit Jananovichs Bürostuhl gegen die Tür rammte. Er schlug in einem Funkenregen ein und Delaney stolperte vorwärts. Ich sprang als Nächste hindurch und Ingo folgte.

Der Flur stand in Flammen, aber ich konnte mit meinen Händen einen schmalen Fluchtweg räumen. Die Standardprozedur bei einem Feuer wäre, sich fallenzulassen und zu kriechen, aber mit Magie zu hantieren, war ein wenig so, als würde man einen Baseballschläger schwingen. Also blieb ich auf den Beinen und stürmte vorwärts, während ich durch den Rauch kaum etwas sehen konnte. Jedes Mal, wenn wir einen Schritt vorankamen, schlossen sich Feuer und Rauch hinter uns und trieben uns immer weiter vorwärts. Unsere ersten Schritte waren zaghaft und wurden schneller, als das Feuer schwächer wurde, bis wir im Laufschritt durch eine Tür stürmten. Wir alle drei stürzten hustend und spuckend zu Boden.

„Wow“, brachte Delaney zwischen Hustenanfällen hervor.

Keuchend zog ich sie und Ingo weg, dann drehte ich mich um und starrte auf das Inferno. Ein flammendes Inferno, das ich entfacht hatte.

In Anbetracht der Umstände wäre Dad stolz.

Ingo ließ ein schwaches, wölfisches Grinsen aufblitzen und leckte mir über die Seite des Gesichts. Er war auch stolz.

Und ich auch, entschied ich einen Moment später. *Ich auch.*

Kapitel 26

PIPPA

Ingo, Delaney und ich saßen in der geschwungenen Einfahrt und schauten zu, wie das Gebäude brannte. Und brannte und brannte.

Jananovich war tot. Mehrere andere Vampire auch. Ingo, Delaney und ich hatten überlebt. Also, Mission erfüllt.

Aber verdammt, es war knapp gewesen.

Ingo lehnte sich an mich, seine pelzige Schulter streifte sanft mein Bein. Ich schlang meine Arme um ihn und hielt ihn fest.

Vor Jahren hatten wir gemeinsam auf Berggipfeln gesessen und uns Gedanken über die Zukunft gemacht. Jetzt waren wir in dieser Zukunft und trotz des Chaos um uns herum blühte die Hoffnung in meinem Herzen auf. Vor allem, als Ingo schwer seufzte, sich drehte und mir Nase an Nase gegenüberstand.

In meiner Brust wurde es warm. Das hatten wir früher auch gemacht, als wir bis über beide Ohren verliebt waren.

Ich sprach in Ingos Gedanken und korrigierte mich schnell.

Immer noch wahnsinnig verliebt.

Er schenkte mir ein ermattetes, wölfisches Grinsen, dann stupste er meine Seite an. *Geht es dir gut?*

Ich seufzte und zupfte an meinem Ärmel. „Nicht schlecht. Nur ein bisschen aschig. Was ist mit dir?"

Er neigte seine Schnauze zu einem Nicken. *Gut genug.*

Er spielte es herunter, denn ich hatte das Blut gesehen. Gott sei Dank, gab es beschleunigte Gestaltwandlerheilung. Ich selbst hatte nur ein paar blaue Flecken, obwohl ich todmüde war, weil ich das Feuer geführt hatte.

In der Ferne heulten Sirenen und Leute rannten hin und her. So wie es aussah, hatte Kyle Plan B in die Tat umgesetzt – die örtliche Polizei anzurufen und zu behaupten, er habe einen dringenden, anonymen Hinweis auf Menschenhandel im La Puebla erhalten.

Also, puh. Die Polizei hatte schnell genug gehandelt, sodass sich die Wölfe der Twin Moon Ranch nicht zu erkennen geben mussten. Ich konnte spüren, dass sie in der Nähe waren und die Dinge im Auge behielten.

Dann, *wusch!* Ein paar dunkle Schatten fielen über uns und wir zuckten alle zusammen.

Delaney schaute auf und machte große Augen. „Drachen?"

Ich nickte, als Erin und Nash in Drachengestalt vorbeischossen.

Ich lasse meine kleine Schwester für eine kurze Zeit allein und dann passiert das?, scherzte Erin in meinem Kopf.

Ich grinste. *Du warst doch diejenige, die mich in einen Blitzkampf hineingezogen hat.*

Sie kicherte, dann glitt sie in einem langen, sanften Bogen dahin, während sie sich umschaute. *Kümmert es uns, dass Leute fliehen?*

Ja, wenn es Vampire sind, antwortete ich.

Ingo musste Nash dasselbe mitgeteilt haben, denn er brüllte in die Nacht hinein und flog feuerspeiend davon. Erin schloss sich ihm an und ich kam nicht umhin, ein wenig ehrfürchtig zu sein.

Meine Schwester, die Drachengestaltwandlerin.

Und sie war nicht die Einzige, die mir zu Hilfe geeilt war. Ich konnte Abby zu Hause auf der Ranch spüren, die vor Anstrengung keuchte, weil sie einen Wirbel angezapft hatte. Irgendwie hatte sie trotz der großen Entfernung etwas von dieser Kraft auf mich übertragen. Wenn ich nach Hause kam, würde ich sie umarmen.

Ingo lehnte sich gegen meine Beine und sagte mir, wie unglaublich ich sei. Und wenn ich an die letzten Stunden zurückdachte... Nun, vielleicht war ich es zumindest ein bisschen.

„Wow." Delaney starrte, als kurze, abgehackte Ausbrüche von Drachenfeuer den Berghang erhellten.

Ich beschloss, dass sie meine Stimme für die *Unglaublichste* heute Abend gewonnen hatte. Sie war nur ein Mensch – nun ja, größtenteils –, aber sie hatte sich genug beherrscht, um Vampire zu töten, den Anblick von Ingo, der sich in einen Wolf verwandelte, zu verkraften, und jetzt auch noch die Existenz von Drachen zu verarbeiten.

Ich war mir sicher, dass sie ein Relikt war, aber ich bezweifelte, dass sie sich dieses Teils bewusst war.

„Niemand darf es wissen", warnte ich sie.

Sie schnaubte und ihr Blick war noch immer auf die Drachen gerichtet. „Das würde mir sowieso niemand glauben."

Wir beobachteten Erin und Nash. Ihre Augen leuchteten in der Dunkelheit sie schlugen mit den Flügeln und peitschen mit ihren gewaltigen Schwänzen. Ab und zu, wenn sie Feuer spien, durchdrang ein gequälter Schrei die Nacht.

Delaney nickte anerkennend. „Und noch einer beißt ins Gras."

Ich nahm mir vor, dass ich Ingo fragen musste, ob die Agentur Vampirjäger suchte.

Aber das Wichtigste zuerst. Die Polizei umzingelte die Gegend und hinter ihnen fuhren Feuerwehrfahrzeuge den Berg hinauf. *Menschliche* Polizisten und *menschliche* Feuerwehrleute. Es war Zeit für Ingo, sich wieder in seine menschliche Gestalt zu verwandeln. Aber Delaney hatte bereits genug übernatürliche Aktivitäten für eine Nacht erlebt – außerdem wäre Ingo nach der Verwandlung nackt. Sehr *muskulös* nackt, aber trotzdem.

„Hier drüben."

Ich führte ihn zu dem Umkleideraum, den ich zuvor benutzt hatte. Es war darin unheimlich still, abgesehen vom Aufblitzen der roten und blauen Blaulichter, die an den Fenstern reflektierten.

Ich holte meine Sachen, als Ingo sich kräftig am ganzen Körper schüttelte und Asche und Staub aufwirbelte. Kurz nachdem ich mich wieder zu Delaney gesellt hatte, tauchte Ingo in Menschengestalt auf. Er trug eine Hose und Stiefel und fummelte an einem Hemd herum.

Meine Weiblichkeit bebte. Hatte ich schon erwähnt, dass meine große Liebe muskulös war?

Er zog das Hemd an und rümpfte dann die Nase. „Ich stinke immer noch."

Das taten wir alle, obwohl ich mir mehr Sorgen über die Wunden an seinen Armen und Schultern machte.

„Geht es dir wirklich gut?"

„Das wird schon wieder", versicherte er mir, obwohl er ein wenig zusammenzuckte und dann seufzte. „Zumindest, was die Verletzungen betrifft."

Ich blinzelte in die blinkenden Blaulichter der Polizeifahrzeuge. „Ist die Agentur schon da?"

„Nein. Aber sie werden kommen."

Und wenn sie auftauchten, würden sie fragen, warum sich Ingo auf dem Grundstück eines Vampirs befand, den er eigentlich meiden sollte.

Ich spitzte die Lippen und dachte nach. „Wer sagt eigentlich, dass du überhaupt hier warst?"

Er neigte den Kopf. „Was meinst du?"

Langsam überlegte ich mir die Einzelheiten, dann flüsterte ich ihm und Delaney meinen Plan zu. Kurz darauf verschwand Ingo in der Dunkelheit, während Delaney und ich direkt auf die Polizei zugingen.

„Denk daran, keine Erwähnung von Vampiren, Drachen und ganz bestimmt nichts über einen Wolf", flüsterte ich, als wir uns näherten.

„Wolf? Welcher Wolf?", murmelte sie. „Und Ingo habe ich auch nicht gesehen. Ich kenne ihn nicht einmal."

Wir hoben unsere Arme und näherten uns dem Getümmel am Sicherheitseingang, wo eine Handvoll Polizisten ihr Bestes tat, um Zeugen und potenzielle Verdächtige – darunter auch Delaney und mich – in Schach zu halten. Doch innerhalb weniger Minuten tauchte Ingo unter den Ordnungshütern auf.

„Wer sind Sie?", fragte die nächste Polizistin, als er darum bat, durchgelassen zu werden.

„Spezialagent Kemper", sagte er.

„Er gehört zu uns", versicherte ein anderer Beamter – ein wirklich heißer mit stacheligem Haar und seelenvollen Augen.

Und einfach so war Ingo durch. Ein paar Minuten später führten er und Stachelkopf uns zu einem Streifenwagen, der in der Nähe eines dichten Waldstücks geparkt war.

„Danke, Kyle." Ingo klopfte dem Polizisten auf die Schulter.

Ah, das war also Kyle Williams, der Wolfsgestaltwandler von der Twin Moon Ranch.

„Danke, dass ihr uns da rausgehalten habt." Kyle nickte in die Richtung des Waldes.

Das Gebüsch raschelte und ich sah in der Dunkelheit leuchtende Wolfsaugen. Als leises Knurren ertönte, eilten drei Männer zurück in den beleuchteten Bereich und stellten sich mit erhobenen Händen der Polizei.

Delaney schaute mich an, aber ich signalisierte ihr, dass ich es später erklären würde. Die Wölfe von Twin Moon hielten sich bedeckt, trugen aber dennoch dazu bei, Jananovichs Kumpane – ob menschlich oder nicht – an der Flucht zu hindern. Da Erin und Nash alle fliehenden Vampire verbrannten, beschloss ich, dass ich in dieser Nacht ruhig schlafen konnte.

Ingo drückte meine Hand und ich grinste. Ich würde heute Nacht definitiv gut schlafen.

Ich hatte kurz nachgezählt und alle Eskorts hatten es lebend herausgeschafft. Sie befanden sich jetzt in Polizeigewahrsam, aber das war auf jeden Fall besser als unter Vampiren. Was auch immer als Nächstes geschah, ich hoffte, dass sie sich in Zukunft von spitzzähnigen Übernatürlichen fernhalten würden.

„Wie werden sie sich der Polizei gegenüber erklären?", murmelte ich und beobachtete, wie Kelly und Rob zu einem Streifenwagen geführt wurden.

„Mit der Wahrheit, mehr oder weniger", sagte Delaney. „Das war Teil des Eskort-Trainings. Wenn wir jemals von der Polizei aufgegriffen würden, sollten wir sagen, dass wir zu einem Begleitservice gehörten und keine Details über das wussten, was in den oberen Reihen geschah. Was auch der Wahrheit entsprach – bis auf das Weglassen des Teils mit den *Vampiren*."

Eine große Auslassung, aber es ergab Sinn.

Eine weitere Feuerexplosion blitzte weiter oben auf dem Berg auf. Wie sollte Kyle das seinen menschlichen Kollegen erklären?

Er musste meinen Gesichtsausdruck gesehen haben, denn er antwortete mit völlig ernstem Gesicht. „Drohnen.“

Ich gluckste. „Drohnen, die was tun?“

Er zuckte mit den Schultern. „Das wird die ABDKS herausfinden müssen.“

Ingo seufzte. „Wenn ich bis dahin noch einen Job habe.“

Ich wollte ihn trösten, riss aber stattdessen leicht die Faust in die Luft.

„Hey!“, brummte der arme Ingo und dachte, ich meinte seinen Job.

„Nein – ich meinte das da. Ihn.“

Ich deutete auf Stacys Bärengestaltwandlerfahrer, der von der Polizei in Handschellen abgeführt wurde.

Eine Beamtin winkte Kyle zu und er entschuldigte sich. Delaney lehnte sich an die vordere Seite des Streifenwagens, während Ingo und ich ein paar Schritte weggingen und beobachteten, wie das Feuer die Nacht erhellte.

„Welch ein Chaos“, murmelte ich.

Er schüttelte den Kopf. „Ein Chaos ist normalerweise, wenn die Dinge mit einer hohen Anzahl von Toten enden. Und zum Glück hinterlassen Vampire keine Leichen.“

„Das ist das einzig Gute, was man über sie sagen kann.“

Er legte einen Arm um meine Schultern. „Ich fühle mich nur schlecht wegen deines Glases.“

Ich stellte mir meinen schönen Dekanter und die Gläser vor. Die Hitze des Feuers hätte sie zu einem Klumpen geschmolzen, genau wie die Rohstoffe, mit denen ich angefangen hatte.

„Ja, all die Arbeit... Aber das war es auf jeden Fall wert“, beschloss ich.

Ingo schüttelte traurig den Kopf und seine Stimme brach. „Ich bin mir nicht sicher, ob es das wert war. Meine Besessenheit von Jananovich hätte dich umbringen können.“

Ich drehte mich um und drückte seine Hände. „Du bist nicht besessen. Du bist einfach prinzipientreu.“

Er schaute reumütig auf. „Um ehrlich zu sein, wahrscheinlich ein bisschen von beidem.“

Ich schüttelte seine Hände leicht. „Ich habe mich entschieden, dort hineinzugehen, und ich habe mich auch entschieden, zu bleiben, nachdem ich die Kamera aufgestellt hatte. Jetzt verstehe ich also, warum du tust, was du tust. Und es tut mir leid – so leid –, dass ich dir deswegen das Leben so schwer gemacht habe.“

Er schüttelte den Kopf. „Nun, ich verstehe es jetzt auch – was du immer gesagt hast. Zu wissen, dass du in Gefahr schwebst, hat mich umgebracht.“

Ich schloss ihn in eine Umarmung und flüsterte ihm dann ins Ohr. „Vielleicht können wir eine Art Kompromiss finden.“

„Das werden wir.“ Er drückte mich fester an sich und wiegte uns von einer Seite zur anderen. „Das verspreche ich.“

∞∞∞∞

Ich schlief in dieser Nacht tatsächlich gut. Zumindest in der Zeit, die davon noch übrig war, nachdem wir in den frühen Morgenstunden nach Hause – zu mir – gestolpert waren. Ingo und ich schliefen sogar aus, obwohl schlafen nicht alles war, was wir taten, als die Sonne aufging. Aber, hey. Ich hatte einen Abend mit einer Horde hungriger Vampire überlebt. Ich hatte es verdient.

Nachdem ich eingeschlummert war, wachte ich auf und fühlte mich verträumt, zufrieden und so stolz auf mich selbst, dass es fast schon kriminell war.

Aber es ging nichts über ein wenig Realität, um einen ein wenig runterzuholen.

„Aufwachen, schlafende Schönheiten.“ Erin klopfte an den Rahmen der Stallbox, die mir als Schlafzimmer diente.

Die Uhr zeigte neun – was eigentlich gar nicht *so* spät war, alles in allem.

„Wir haben Besuch“, schloss sie, während sie den Blick abgewandt behielt.

Ich zuckte zusammen. „Ist es Mom?“

„Noch schlimmer“, sagte sie todernst.

Ingo stöhnte. „Captain Edwards?“

„Bingo“, sagte Erin. „Er ist drüben im Haupthaus und verlangt, Ingo zu sehen, pronto.“

Ingo zog die Bettdecke über unsere Köpfe. „Natürlich weiß Edwards, wo er mich finden kann.“

Die Frage war, was wusste Ingos Boss sonst noch?

Wir wuschen uns und zogen uns schnell an, dann gingen wir zum Haupthaus hinüber, wo ein riesiger Mann auf der Veranda saß, umgeben von Claire und ihren Pferden.

Abby zwinkerte uns zu, als Ingo und ich uns näherten. *Ich sagte ihm, dass er warten müsse, und er wurde ganz ärgerlich. Dann hat Claire ihn verzaubert.*

Ich grinste. Ach, wieder eine süße Achtjährige zu sein. Womit ich damals alles davon gekommen bin…

Ingo räusperte sich. „Sie wollten mich sprechen, Captain?“

Edward drehte sich um und sein Blick wandelte sich von sanft zu feurig. „Darauf kannst du deinen Arsch verwetten.“ Dann erstarrte er und schaute Claire an. „Mmmm, ich meinte Allerwertesten.“

Claire kicherte, während Abby ihm einen vernichtenden Black zuwarf, der sagte, *Wie können Sie es wagen, in der Gegenwart meiner Tochter so zu sprechen?*

Ganz abgesehen davon, dass Claire von Abby und uns anderen schon Schlimmeres gehört hatte.

„Lass uns gehen, Süße“, schnauzte Abby und sammelte Claire und ihre Spielzeugpferde ein.

„Tschüss, Mr. Eddie“, rief Claire süß. „Sag Tschüss, Seabiscuit.“

Sie gab ein wieherndes Geräusch von sich und Captain Edwards wackelte mit den Fingern. Kaum war sie weg, verwandelte er sich wieder in einen knallharten Gesetzeshüter.

Ein sehr heißer, grau melierter Leckerbissen eines Gesetzeshüters. Nicht mein Typ, aber immerhin.

Außer, igitt. Er war der Typ meiner Mutter – oder zumindest war er es gewesen, als sie vor vielen Jahren eine Affäre gehabt hatten. Ich hatte Edwards schon einmal unter ebenso bedauerlichen Umständen kennengelernt, als sein Zorn auf Nash gerichtet gewesen war. Jetzt richtete sich sein Zorn gegen

Ingo, der sich den direkten Anweisungen widersetzt hatte, sich von Jananovich fernzuhalten.

„Tschüss", murmelte Abby, die sich mit Claire auf den Weg zum Auto machte.

Ich hob eine Hand und ließ sie dann sinken. Mich bei Abby für ihre Hilfe zu bedanken, würde warten müssen. Sie und Claire waren bereits spät dran für die Schule und die Arbeit.

Wir gingen ins Haus und Edwards setzte sich an den Esstisch. Ingo und ich blieben stehen und eine lange Minute war das einzige Geräusch das Klopfen von Edwards Fingern auf der Tischplatte.

Ich verschränkte meine Arme fest. Dies war mein Haus – sozusagen – und mein Grundstück. Nun ja, zu einem Drittel mein Eigentum. Aber immerhin. Er erwartete besser nicht, dass ich irgendwelche Befehle befolgte.

Tipp, tipp, tipp, machten seine Finger, während er Ingo böse anfunkelte.

Ich fragte mich, was der Morsecode bedeutete. Und hmm. War Edwards wirklich alt genug, um das Morsealphabet zu kennen?

Tipp, tipp, tipp.

Welche Art übernatürliches Wesen war er? Ein Drache? Ein Wolf? Ein Hexenmeister? Alles, was ich an ihm riechen konnte, war Calvin Klein Eternity.

Tipp, tipp, tipp.

Ich rollte mit den Augen. „Wie können wir Ihnen helfen, Captain?"

Er ließ seinen Blick in Richtung Küche wandern. War das Klopfen ein Morsecode für *Wollen sie mir keinen Kaffee anbieten?*

Ich schaute ihn weiter an. Nein. Wollte ich nicht.

Er verzog das Gesicht, dann sprach er und musterte uns auf unsere Reaktionen. „Ich bin wegen des Feuers hier." Als keiner von uns antwortete, schaute er finster und fuhr fort. „Das Feuer auf dem Gelände von Victor Jananovich."

Ich zog eine Schulter hoch. „Oh. Dieses Feuer."

„Was haben Sie dort gemacht?"

Die Frage richtete sich an Ingo, der gleichförmig antwortete. „Ich habe den Ruf auf der lokalen Polizeifrequenz gehört und bin ihm gefolgt."

„Trotz der einstweiligen Verfügung?"

„Ja, Sir. Ich hielt es für wichtig, dass ein Mitglied der Agentur anwesend war, um Hinweise aufzuschnappen, die von menschlichen Strafverfolgungsbehörden übersehen werden könnten."

Edward sah nicht beeindruckt aus. „Was für ein Zufall." Dann wandte er sich an mich. „Was ist mit Ihnen?"

Ich schenkte ihm ein unschuldiges Lächeln. „Ich war Teil des Catering-Teams."

„Catering", wiederholte Edwards in demselben ungläubigen Ton. „Und was ist mit dem Feuer? Haben Sie eine Ahnung, was es ausgelöst hat?"

Ich öffnete den Mund und hätte beinahe etwas gesagt wie: *Ja, habe ich und es war großartig. Ich musste das Feuer von der anderen Seite des Hauses herüberlocken.*

Ingo hustete in seine Hand und ich überlegte mir meine Antwort noch einmal. „Ich weiß es nicht, aber Jananovich hatte ein Feuer im Kamin und viele Kerzen. Vielleicht war das der Auslöser."

Und, oh, welch Ironie. Endlich konnte ich Feuer kontrollieren, aber ich konnte nicht einmal die Lorbeeren dafür ernten.

Edwards machte eine Show daraus, ein Notizbuch zu prüfen, in dem wahrscheinlich nichts Belastenderes als Telefonnummern von Pizzalieferanten standen. „Ich habe gehört, Ihr Vater ist ein Pyromagier."

Ich zog eine Augenbraue hoch. „Und meine Mutter ist ein Drache. Aber das wissen Sie ja, nicht wahr?"

Ha. Ein Hauch von Erröten zeigte sich auf seinen Wangen. Ich hoffte nur, dass es Verdruss war und kein Anflug von Sehnsucht.

„Ach. Ihre Mutter. Ich nehme an, sie ist nicht in der Stadt?" Seine feste Stimme schwankte zum ersten Mal.

Gott, ich hoffte ni–

Die Tür schwang auf und meine Mutter schlenderte herein. Einfach so, als wäre dies ihr Zuhause und nicht unseres.

„Was höre ich da über Vampire?“, fragte sie.

Keine Begrüßung. Keine Umarmung. Kein *Oh mein Gott, geht es dir gut, Schätzchen?*

Edward strahlte wie ein Golden Retriever, der seine lang vermisste Besitzerin begrüßte, aber sie beachtete ihn nicht, bis er verträumt flüsterte.

„Virginia. . . “

Sie schaute hinüber und wies ihn innerhalb einer Nanosekunde ab. „Oh. Hallo, Todd. “

„Tom“, murmelte er.

Ein lehrbuchmäßiger Beweis, dass Hoffnung nie starb.

Edwards riss seinen Blick gerade lange genug von Moms schlanker Figur los, um sein Haar im Spiegel zu prüfen.

„Ich wusste nichts von den Vampiren, als ich den Catering-Job annahm“, log ich.

Edwards kratzte sich am Kinn. „Nun, Sie und Ihre Schwestern haben wirklich ein Händchen dafür, in Ärger zu geraten. Das war ein ziemliches Feuer, das das Anwesen verschlungen hat. “

Mom strahlte vor Stolz. „Das habe ich gehört. “

Ich stieß einen inneren Seufzer aus. All die Fußballspiele, bei denen ich mich als Kind verausgabt hatte. . . Hatte sie jemals Interesse gezeigt?

Nein. Niemals.

Meine schönsten Glaskunstwerke. . . Hatte auch nur eines von ihnen den geringsten Anflug von Anerkennung geweckt?

Keinen Schimmer.

Aber ein millionenschweres Anwesen niederzubrennen – das reizte Mom. Vielleicht lag es daran, dass sie von Generationen feuerspeiender Drachen abstammte – die Liebe, Dinge in Schutt und Asche zu verwandeln.

„Es war schrecklich“, sagte ich zu Edwards, und das war es auch. Nur nicht so, wie er es sich vorstellte. „Ich konnte nur um Hilfe rufen und mein Bestes tun, um Leute aus dem Gebäude zu holen. “

Und auf dem Weg noch ein paar Vampire zu pfählen, wünschte ich mir, hinzufügen zu können.

„Na also. Siehst du?" Meine Mutter schniefte: „Alles ganz unschuldig. Und es hätte auch gar keinen Ärger gegeben, wenn deine Agentur ihren Job gemacht hätte." Sie schaute ihn etwas hochmütig an, als wäre sie diejenige, die ihr Leben dem öffentlichen Dienst gewidmet hatte.

„Das war *sein* Job", brummte er und zeigte auf Ingo.

„Nicht, wenn es um Jananovich ging", sagte Ingo. „Sie haben mir befohlen, ich dürfte mich ihm nicht nähern oder seine Aktivitäten untersuchen."

Der säuerliche Ausdruck auf Edwards Gesicht war unbezahlbar.

Meine Mutter spottete. „Vampire."

Als hätten Drachen eine so makellose Vergangenheit.

Edwards fuhr mit seinem monotonen Verhör fort. „Jananovich wird für tot gehalten, ebenso wie mehrere andere Vampire, darunter Gregor Hadik. Ich nehme an, Sie haben ihn dort nicht gesehen?"

Ich schüttelte den Kopf. „Ich habe keinen von ihnen erkannt, das tut mir leid. Nun ja, einer sah aus wie John Lennon. . . "

Edward schien nicht interessiert zu sein. Jedenfalls nicht an dem Typ.

Ich zuckte mit den Schultern. „Es war das erste Mal, dass ich für Vampire gecatert habe."

„Das erste und letzte Mal", brummte meine Mutter.

Und sie meinte nicht den Teil mit den Vampiren. Sondern das Catering, ein Job unter der Würde eines Drachen.

Edwards zog eine dieser Skizzen hervor, die die Polizei anfertigte, wenn sie kein Foto des Verdächtigen hatte. Und, oha. Lag es daran, weil sie nie eins gemacht hatten, oder weil Vampire auf Fotos nicht zu sehen waren? Oder hatte die moderne Technik das verändert, weil Digitalkameras keine Spiegel benutzten?

Ich nahm mir vor, Ingo später danach zu fragen.

Edwards tippte auf die Skizze. „Gregor Hadik. Erkennen Sie den?"

„Nicht den Namen, aber ich habe ihn dort gesehen", sagte ich.

Ich hatte auch gesehen, wie Ingo ihn getötet hat, aber warum sollte ich Edward mit solchen Details langweilen?

„Gregor?" Meine Mutter schnaubte, als sie die Skizze sah. „Der ist kein Verlust. Nicht mal ein bisschen." Dann gluckste sie. „Ha. Verstehst du? Biss-chen? Vampire?"

Ich runzelte die Stirn. „Ich hätte sterben können, Mom."

„Jetzt sei nicht so dramatisch. Ich habe meine Töchter nicht dazu aufgezogen, dumm zu sterben."

Genauer gesagt, hatte sie uns gar nicht aufgezogen, aber bei meiner Mutter konnte man nicht gewinnen.

Captain Edwards kehrte zum ursprünglichen Thema zurück. „Ich kann nicht sagen, dass ich um Hadik trauen werde. Ich wollte diesen Drecksack schon seit Jahren wegsperren."

Meine Hoffnungen stiegen. Wenn Edwards darüber erfreut war, würde er vielleicht nicht so hartnäckig auf Ingos Beteiligung an der ganzen Sache herumreiten.

„Nun, dann. Ende gut, alles gut", schloss meine Mutter.

Das wäre es, wenn die Strafverfolgung so funktionieren würde. Aber, verdammt. Meine Mutter hatte Edwards mit ihrer Magie bezirzt, als Nash damals auf dem heißen Stuhl gesessen hatte. Vielleicht konnte sie es jetzt auch tun.

Als sie gähnte und nach Kaffee fragte, ergriff ich meine Chance.

„Wir haben keinen. Aber in der Stadt gibt es ein tolles Lokal zum Brunchen. Tolle Aussicht, toller Service..."

Mom sah nicht interessiert aus, aber sie wurde hellhörig, als ich ihr die *niedlichen Kellner* ins Gedächtnis rief.

„Ihr müsst unbedingt eine anständige Kaffeemaschine kaufen", brummte sie.

Ja, nur für sie und ihre seltenen, unangekündigten Besuche. Ich würde es auf die Liste unserer prioritären Ausgaben setzen, gleich nach den Tausenden, die wir an Grundsteuern schuldeten.

Bei dem Gedanken wurde mir ganz schummrig. Wir hatten unser Vampirproblem gelöst, aber unsere finanziellen Sorgen nicht. Meine Hoffnung, den $25.000-Preis zu gewinnen, war mit Jananovich gestorben.

Ingo berührte meinen Rücken und erinnerte mich daran, die guten Dinge zu sehen.

Ich warf ihm ein dankbares Lächeln zu. Ja, das war es definitiv wert gewesen.

„Brunch ist eine tolle Idee“, sagte Ingo zu Edwards. „Ich könnte einen vollständigen Bericht über den Vorfall schreiben, während Sie dort sind. Ich meine, über das wenige, das ich gesehen habe“, fügte er schnell hinzu.

„Es ist ein *All you can eat*-Brunch und sie haben den besten Espresso in der Stadt.“ Ich warf meiner Mutter einen spitzen Blick zu. *Frag nach Conrad.*

Ihre Augen funkelten. „Vielleicht probiere ich es ja mal... “

Ich nickte eifrig. „Das solltest du wirklich. Außerdem hättest du dann die Gelegenheit, dich mit Todd – ähm, Tom – zu unterhalten.“

Ich arbeitete hier nach dem pathologischen Prinzip, denn es könnte uns sehr gelegen kommen, wenn Edwards unsere Ranch mit der positiven Belohnung meiner Mutter verband.

Was ironisch war, aber ich nahm an, dass die Belohnung des einen der schlimmste Albtraum des anderen war.

Edwards schaute Ingo finster an, aber seine sehnsüchtigen Augen verrieten Hoffnung, wenn es um meine Mutter ging. Schließlich brummte er und stand auf.

„Ich erwarte in zwei Stunden einen vollständigen Bericht.“

„Oder drei“, murmelte meine Mutter und leckte sich über die Lippen. Dachte sie an Kaffee, an Conrad, den süßen Kellner, oder an Captain Edwards? Vielleicht an alle drei?

Ich unterband den Gedanken. Darüber musste ich wirklich, wirklich nicht nachdenken.

Ingo nickte knapp. „Ja, Sir.“

Edwards ging zur Tür und nickte abwesend.

Ich geleitete sie hinaus. „Das Brunch Restaurant – das Chinchilla – befindet sich mitten in der Stadt. Ihr könnt es nicht verfehlen.“

Sie blieben auf der Veranda stehen und musterten sich gegenseitig. Dann streckte Edwards einen Ellbogen in einer schüchternen, hoffnungsvollen Geste aus. Meine Mutter seufzte – so viel Leiden und das alles schon vor zehn Uhr morgens –, hakte aber schließlich ihren Arm unter seinem ein und schlenderte mit ihm davon. Und – doppelt schockierend – ich sah sogar, wie sie Edwards ein schüchternes Lächeln zuwarf, als er ihr die Autotür öffnete.

Ein schneidiger, kleiner Mistkerl, nicht wahr?

„Wow. Das lief gut", murmelte ich, als sie losfuhren.

Ingo grinste und legte einen Arm um meine Schultern. „Stimmt. Obwohl, einen Bericht zu schreiben, das Letzte ist, was ich jetzt tun möchte."

Ich schlang meine Arme um ihn und schaute ihn an. „Ah, aber wenn du fertig bist, kannst du dir ein paar Tage freinehmen..."

Er lächelte reumütig. „Stimmt. Ich habe jede Menge Urlaub angesammelt..."

Jede Menge? Er hatte wahrscheinlich *Monate* davon. Aber ich schwor mir, ihm zu helfen, den in naher Zukunft abzubauen.

Ich grinste und musterte seine Lippen. „Glaubst du, du kannst einen ganzen freien Tag überleben?"

Er ließ seine Hände über meine Seiten gleiten. „Oh, ich denke, wir werden schon einen Weg finden, die Zeit zu verbringen."

„Zum Beispiel, indem du mir im Laden hilfst?"

Er lachte. „Wenn du mich brauchst, ja."

„Oder auf der Ranch?"

Er schaute sich um und lächelte über das, was er sah. „Genau das, was ich brauche, um ein besseres Gleichgewicht zwischen Arbeit und Privatleben zu finden." Dann wurde er ganz ernst. „Ich schwöre, ich werde daran arbeiten."

Ich lächelte. „Und ich schwöre, ich werde dir dabei helfen."

Wir umarmten uns und schaukelten leicht hin und her. Dann lösten wir uns voneinander und ich begleitete ihn zu seinem Auto, wo ich ihn mit einem Klaps auf seinen perfekten Hintern verabschiedete.

„Geh und schreib diesen Bericht, Mister."

„Und ich reiche den Urlaubsantrag ein", fügte er hinzu und stieg in seinen Jeep. „Sehen wir uns später?"

Ich nickte entschlossen. „Je eher, desto besser."

Kapitel 27

INGO

Am Ende ließ mich Captain Edwards glimpflich davonkommen. Er konzentrierte sich zum einen mehr auf den Untergang von Gregor Hadik als auf meine Beteiligung daran – und noch mehr auf Pippas Mutter. Als ich zum Chinchilla fuhr, um meinen Bericht abzuliefern, konnte ich die beiden in ein... nun ja, es war nicht wirklich ein Gespräch, in das sie vertieft waren. Eher ein Kreuzfeuer aus lüsternen, hitzigen Blicken.

Das Chinchilla bot auch Hotelzimmer an, und ich kam nicht umhin, mich zu fragen, ob es auch Tagestarife gab.

Ich beantragte auch ein paar Urlaubstage, aber nach dem Edwards zwei Tage lang nicht reagierte – er hatte vielleicht seine eigenen freien Tage in Anspruch genommen –, rief ich in der Zentrale an und machte aus meinem Antrag eine Absichtserklärung. Nicht, *Kann ich mir freinehmen?* Sondern, *Ich nehme mir jetzt frei.*

Und zum ersten Mal überhaupt, tat ich das auch. Und ich schaltete die Arbeit wirklich ab.

Pippa schaltete alles andere an, sozusagen, und wir verbrachten die nächsten paar glückseligen Tage im Bett oder mit langen langsamen, faulen Spaziergängen auf der Ranch.

„Was für ein Tag", sagte Pippa und genoss den Himmel, die Weite und den Frieden. Frieden, den wir innerlich und äußerlich spürten.

Wir waren auf die Spitze des Tafelbergs an der Westseite der Ranch gewandert und saßen mit baumelnden Beinen auf einem Felsen, von dem wir eine kilometerweite Aussicht hatten.

„Ich könnte mich ewig so entspannen." Ich seufzte und streichelte ihren Arm.

Eine ganze Minute verging, bevor sie leise fragte: „Könntest du das wirklich? Ich meine, wenn du wieder anfängst, zu arbeiten?"

Mein Herz schmerzte für all das, was ich ihr angetan hatte. Und ja, ich musste in ein paar Tagen zurück zur Arbeit. Aber ich spürte bereits den Unterschied, den der Abschluss des Jananovich-Falls gemacht hatte. Mein alter Feind war erledigt und eine rohe, persönliche Wunde war verheilt.

Ich nickte entschlossen. „Ja. Ich kann nicht schwören, dass ich nie wieder in meinem Leben Überstunden machen werde... "

„Das würde ich auch nicht wollen", warf Pippa ein. „Nicht, wenn es darum geht, gefährliche Verbrecher einzusperren. Das verstehe ich jetzt. Aber weniger Risiko und mehr Freizeit wäre doch schön. "

„Ich bin bei diesem Plan voll und ganz dabei, glaube mir. Vor allem, mit mehr Projekten, die ich in meiner Freizeit angehen will. "

„Projekte?" Ihre Augen funkelten voller Hoffnung.

Meine ebenfalls. Ich konnte spüren, wie sie heiß wurden.

„Du weißt schon, vielleicht eine renovierungsbedürftige Bude zu finden, um sie in ein Heim zu verwandeln... "

Pippa gluckste. „Vielleicht sogar eine Scheune umbauen?"

„Für den Anfang. Und dann sind da noch diese Kunstprojekte, bei denen ich helfen wollte... "

„Kunst? Du? Seit wann?"

Ich stupste sie an. „Seit dem Tag, an dem ich in einem örtlichen Glasgeschäft helfen durfte. Es hat sogar Spaß gemacht. Außerdem ist die Frau, die dort arbeitet, ziemlich süß. "

Pippa lachte. „Ach ja? Meinst du, du hast eine Chance bei ihr?"

Ich nickte entschlossen. „Ich denke schon. " Dann holte ich tief Luft. „Ich habe vor, es ihr auch zu beweisen. Jeden Tag, für den Rest meines Lebens. "

Sie lehnte sich an meine Schulter und schmiegte sich an mein Kinn. Ihre Wangen waren gerötet, ihre Augen strahlten.

„Klingt gut, aber man weiß nie. Sie könnte eine wirklich ver-korkste Familie haben."

Ich gluckste. „Nein, die sind schon in Ordnung. Ihre Schwe-stern sind ziemlich super und eine wohnt zufällig mit meinem besten Freund zusammen." Ich warf einen Blick auf die Hütte, in der Erin und Nash wohnten.

„Praktisch", murmelte Pippa.

„Ich habe sogar eine Menge mit ihrem Vater gemein-sam...", fuhr ich fort.

„Das ist gut, aber du könntest einen Albtraum als Schwie-germutter bekommen."

„Nun, das könnte doch unterhaltsam sein."

Pippa schnaubte. „Du hast ja keine Ahnung."

„Ich weiß, dass mein Chef auf sie steht. Das könnte nützlich sein."

Pippa seufzte. „Jede Menge Männer stehen auf sie."

Ich drehte mich und hob meine Hand an ihr Gesicht. „Das ist mir egal. Was zählt, ist, wie sehr ich sie liebe – die Glaskünstlerin, nicht ihre Mutter."

„Ich hoffe doch sehr, dass du das gemeint hast", knurrte Pippa.

Ich gluckste und streichelte ihre Wange. „Ganz sicher. Ich liebe dich." Ich küsste sie sanft und lehnte meinen Kopf an ihren. „Und ich weiß, dass wir den Rest auch hinbekommen. Jobs, Schwiegermütter..."

„Die Schulden der Ranch?"

Ich schloss meine Arme um sie. „Das auch. Irgendwie. Auch wenn es nicht über Nacht passiert."

„Ich hoffe, es passiert bald", murmelte sie mehr zu sich selbst als zu mir. Dann kniff sie die Augen zusammen, als sie eine Staubwolke auf der Straße aufsteigen sah. „Sieht so aus, als hätten wir Gesellschaft."

Beunruhigt liefen wir im Eiltempo zurück und steuerten auf den staubigen Pritschenwagen zu, der neben dem Haupthaus geparkt hatte.

Claire stand auf der Veranda und zeigte einem etwa gleich-altrigen Mädchen ihre Pferde. Und drinnen...

Ich hielt inne und starrte die Gäste an.

„Hi, Pippa. Hallo, Ingo." Abby nickte. „Das sind Lana und Tina von der Twin Moon Ranch."

Ich streckte langsam eine Hand aus. „Wir haben uns schon kennengelernt."

Sie schienen freundlich zu sein, aber ich fragte mich, ob ich das mächtigste Wolfsrudel des Südwestens verärgert hatte.

Abby winkte uns herüber, uns zu ihnen an den Esszimmertisch zu setzen, der mit Papieren bedeckt war.

„Tina macht die Steuern für Twin Moon und die Seymour Ranch, und Lana weiß verdammt viel über... nun ja, über vieles", sagte Abby.

Lana grinste. „Ein Multitalent, wenn es um Land und Ressourcenmanagement geht, könnte man sagen. Ein bisschen Recht, ein bisschen Immobilien, ein bisschen Vermittlung zwischen Interessengruppen... "

„Es freut mich, euch kennenzulernen", sagte Pippa, obwohl Fragen in ihren Augen brannten.

„Kyle hat uns den Kontakt vermittelt", erklärte Tina.

„Lana hat gerade gesagt... " Abby nickte, damit Lana fortfuhr, wo sie eben aufgehört hatte.

„Diese Grundstücksbewertung ist voller Lücken." Lana winkte mit dem Dokument, das Pippa und ihren Schwestern so viel Sorgen bereitet hatte. „Ich bin sicher, dass ihr sie anfechten und eine günstigere Veranlagung bekommen könnt."

Pippa riss die Augen weit auf und Abby nickte ihr freudig zu.

Tina sprach weiter. „Tatsächlich hättet ihr sogar Grund, eine Rückerstattung der in den letzten Jahren zu viel gezahlten Beträge zu beantragen." Sie tippte auf die Steuerformulare, die vor ihr lagen. „Ihr könnt viel mehr Abzüge geltend machen, als ihr es derzeit tut. Die Sturmschäden zum Beispiel... "

Abby und Pippa tauschten geladene Blicke aus. Der *Sturm* war ihre Begegnung mit Harlon Greene gewesen. Ich war mit einer Truppe der Agentur zu spät am Tatort eingetroffen, und obwohl die Details nicht ganz klar waren, war es offensichtlich, dass ein epischer Kampf stattgefunden hatte. Die Schwestern hatten mit ein wenig Hilfe von Nash und einem großen Beitrag durch den Wirbel, über den sie weiterhin schwiegen, gewonnen.

Ich hatte nie nachgefragt, und so sollte es auch bleiben. Je weniger ich wusste, desto mehr vermied ich einen Interessenkonflikt mit meinem Job. Und verdammt. Edward hatte es selbst gesagt: *Es ist einfach nicht möglich, alle übernatürlichen Aktivitäten in allen Bereichen zu untersuchen. Nur die Aktivitäten, die Besorgnis erregen oder Schaden anrichten.*

„Dann sind da noch die Tiere, die ihr hier rettet", meldete sich Lana zu Wort.

Das war hauptsächlich Abby, aber alle drei Schwestern teilten sich die Kosten.

Lana ging auf Details zu günstigen Steuerszenarien ein, aber ich schaltete langsam ab, als klar wurde, dass Pippa und ihre Schwestern sich keine Sorgen mehr um die Ranch zu machen brauchten.

„Ich kann es kaum erwarten, Erin davon zu erzählen!" Abby grinste von einem Ohr zum anderen.

„Wenn man vom Teufel spricht... " Pippa drehte sich um, als ein weiteres Auto die Auffahrt herunterkam. Erin und Nash kamen gerade von ihrer superfrühen Morgenschicht zurück. Pippa winkte sie zum Haupthaus, stellte alle aneinander vor und teilte ihnen die guten Neuigkeiten mit.

„Ich kann es kaum glauben. Das ist großartig!", sagte Erin und umarmte Nash, ihre Schwestern, Nash, mich und – ihr habt es erraten – Nash. Noch einmal.

Lana und Tina boten freundlicherweise an, bei all dem Papierkram zu helfen, und Erin vereinbarte einen Termin, um sich mit ihnen zusammenzusetzen und genau das zu tun. Anscheinend war die Buchhaltung der Ranch ihre Aufgabe. Das war gut so, denn Pippa... nun, jede der Schwestern hatte ihre eigenen Talente, und Papierkram war nicht Pippas Stärke.

Die Gäste verabschiedeten sich und ich hatte den deutlichen Eindruck, dass eine großartige Freundschaft entstanden war – nicht nur zwischen Claire und Lanas Tochter, sondern auch zwischen den Frauen.

„Oh, das hätte ich fast vergessen. Ich habe die Post abgeholt." Erin zog mehrere Briefe aus ihrer Tasche. „Geschäftlich, geschäftlich, Werbung... " Sie warf sie auf einen separaten Stapel. „Einer für mich, noch mehr Werbung, einer für dich... "

Sie reichte einen Brief an Pippa, die ihn studierte und dann zischte.

„Jananovich?“

Alle erstarrten.

Pippa schaute mir in die Augen, dann studierte sie den Umschlag. „Abgestempelt am Freitagmorgen – bevor das alles passierte.“

Niemand sprach, als Pippa die Klappe des Umschlags aufriss und den Brief herauszog. Ein zweiter Zettel flatterte auf den Teppich. Erin bückte sich, um ihn aufzuheben, während Pippa laut vorlas.

„*Sehr geehrte Ms. Martin. Es war mir ein Vergnügen, Sie kennenzulernen und Ihre Glasarbeiten zu bewundern. Sie entsprechen genau unseren Vorstellungen...*“ Sie schnaufte und murmelte: „Darauf könnt ihr wetten.“ Dann fuhr sie fort, zu lesen. „*Obwohl der Ausschuss noch nicht zusammengetreten ist, um alle Einsendungen zu beurteilen, möchte ich mir die Rechte an Ihrer Arbeit mit diesem kleinen Zeichen meiner Anerkennung vorbehalten...*“ Pippa drehte das Papier um, um die Rückseite anzusehen. „Was für ein Zeichen?“

Erin richtete sich langsam auf und starrte auf das Papier, das sie in der Hand hielt. Ein Scheck.

„Das hier.“ Sie drehte es um.

Abby starrte darauf: „Fünftausend Dollar?“

„Fünftausend?“ Pippa kreischte.

„Ausgleichende Gerechtigkeit.“ Erin grinste.

„Wenn sie ihn einlösen kann“, betonte Abby.

Pippa überflog hastig den Rest des Briefes.

„*Diese Summe steht nicht in Verbindung mit dem Preisgeld des Wettbewerbs. Sollte das Komitee Ihre Arbeit zum Sieger erklären, erhalten Sie zusätzlich zu diesem Betrag den gesamten Preis. Ich schätze Ihre Arbeit sehr und freue mich darauf, weit mehr davon zu sehen. Mit freundlichen Grüßen, Victor Jananovich.*“

Völlig sprachlos drehte sie den Scheck zweimal um. „Wow. Aber selbst wenn ich ihn einlösen kann, würde ich damit nicht Blutgeld annehmen?“

„Nein, es wäre eine Entschädigung für das Glasmaterial, dass du im Feuer verloren hast", knurrte Abby.

Ich war zwar nicht sehr zuversichtlich, aber als Pippa am nächsten Tag zur Bank ging, wurde der Scheck eingelöst.

Ich stimmte Erin und Abby zu und verstand das Geld als Entschädigung für alles, was Pippa durchgemacht hatte. Sie hatte jedoch beschlossen, es Delaney zu geben –, aber Delaney lehnte es ab und sagte Pippa, sie solle es für einen guten Zweck verwenden.

Und das tat sie, indem sie damit eine anständige Küche und ein Badezimmer in der Scheune einrichtete. Ich hatte noch nie so viel Spaß beim Einkaufen und wir fanden ein tolles Angebot an gebrauchten Schränken und Geräten. In meiner arbeitsfreien Woche und in den darauffolgenden Wochen steckten wir alles, was wir hatten, in dieses Projekt das perfekte Gegenmittel, wie ich feststellte, um nicht in die Überstundenfalle zu tappen. Wenn meine Arbeitszeit endete, war ich froh, zurückzueilen und noch ein paar Stunden an einem Haus zu arbeiten, dass sich jeden Tag mehr... nun ja, *heimelig* anfühlte.

Jeden Abend fielen Pippa und ich müde, aber zufrieden ins Bett. Jeden Morgen wachten wir eng aneinander gekuschelt wieder auf. Das Frühstück wurde zu unserer gemeinsamen Zeit, anstatt einfach nur Essen in aller Eile hinunterzuschaufeln. Wir fuhren auch gemeinsam in die Stadt zur Arbeit und trafen uns für die Rückfahrt wieder.

Ein perfekter Rhythmus. Ein perfektes Leben. Es blieb also nur noch eine Sache.

Der Paarungsbiss. Ein uralter, ritueller Brauch, der einen Wolf und seine Gefährtin zu Partnern fürs Leben machte.

Ich erinnerte meinen Wolf immer wieder daran, geduldig zu sein, während Pippa alles verarbeitete, was geschehen war. Aber eines Abends, als wir die Küchenschränke und die Arbeitsplatte fertiggestellt hatten...

„Das sieht gut aus", erklärte Pippa.

„Das stimmt", stimmte ich zu und bewunderte den Raum.

Sie tätschelte mir grinsend den Hintern. „Ich habe nicht von den Schränken gesprochen."

Ich lachte, dann wischte ich den Tresen ab und prüfte unsere Arbeit.

Pippa klopfte auf die Arbeitsplatte. „Wir müssen das Ding testen."

Ich nickte, zu sehr im Baumodus, um zu verstehen, was sie wirklich meinte.

Aber ich kam schnell dahinter. Vor allem, als Pippa sich auf die Kante der Arbeitsplatte setzte und mich in den Raum zwischen ihre Beine zog.

„Ich glaube, wir müssen die Verbindungsstellen prüfen", murmelte sie und presste ihre Lippen auf meine.

Ich zog sie bis ganz an den Rand des Tresens, so dass sie komplett an mich gepresst war. Vor allem die guten Teile.

Mein Wolf heulte bei dem Gefühl, mein ganzes *Hartes* auf ihr ganzes *Weiches* zu drücken.

„Wir müssen definitiv die Verbindungsstellen prüfen." Meine Stimme wurde ganz heiser.

Gut, dass ich kein Sänger war. Außerdem war es Pippas Stimme, die ich hören wollte, am liebsten laut und kehlig, wenn sie meinen Namen rief. Auf diese Weise könnten wir auch die Akustik prüfen.

Zur Hölle mit der Akustik, knurrte mein Wolf. *Lass uns mit der Show anfangen.*

Meine Hände wanderten bereits von selbst umher und heckten einen Plan aus. Erst ihr Oberteil ausziehen oder meins?

„Deins", hauchte sie und las meine Gedanken. „Definitiv deins."

In der Sekunde, in der es zu Boden flatterte, konzentrierte sie sich auf eine Brustwarze und umkreiste sie mit ihrer Zunge. Dann knabberte sie daran.

Ich zischte, während ich mir alles merkte. Pippa gab mir eine Vorlage dafür, was sie wollte, wenn unsere Rollen vertauscht waren.

Sie trug ein altes Flanellarbeitshemd von mir über einem Trägertop und einem BH und es machte viel mehr Spaß, ihr das Flanellhemd auszuziehen als mir. Ihr Oberteil und der BH folgten darauf.

Pippa warf stöhnend den Kopf zurück, als ich meine Zunge um ihre festen Brustwarzen wirbelte, und zischte dann gierig, als ich sanft biss.

„Mehr... ", flüsterte sie. „Mehr... "

Ich ließ meine Hand tiefer gleiten und sie spreizte keuchend die Beine weit.

Als ich innehielt und über meine Schulter schaute, knurrte sie.

„Du hörst jetzt *nicht* auf. "

„Ich schaue mich nur nach offenen Flammen um. "

Wir hatten auf die harte Tour gelernt, dass ihre Macht, Feuer zu kontrollieren, einen Höhepunkt erreichte, wenn sie erregt war. Aber Macht ging nicht immer mit Kontrolle einher, also schaute ich mich sicherheitshalber gründlich um. Keine Kerzen, kein Feuer im Kamin. Nicht einmal eine Zündflamme an den Herdplatten. Es wäre eine Schande, die Scheune jetzt niederzubrennen.

Die Pause war ein guter Zeitpunkt, um ihr die Jeans und mir meine auszuziehen. Kaum hatte ich sie beiseitegeschoben, beeilten wir uns, die strukturelle Integrität der Arbeitsplatte zu prüfen.

„Ja... " Sie stemmte sich mir entgegen, als ich mit meinen Fingern ihre Schamlippen aufspreizte und dann hineinglitt.

Sie tanzte unter meiner Hand und ließ meinen Wolf aufheulen.

„Ingo... ", stöhnte sie und umklammerte meine Hüfte.

Sekunden später füllte ich sie aus, Zentimeter für Zentimeter, heiß und hart.

Pippa gab einen Laut von sich, der halb Seufzer, halb Knurren war.

Der Küchentresen war nicht breit genug, damit sie sich zurücklehnen konnte, also schlang sie ihre Arme um meine Schultern und presste ihre Hüfte nach vorn, um jedem Stoß zu begegnen.

Rotflackernde Glut funkelte in ihren glasigen Augen. Meine Sicht verschwamm, als ein ursprünglicher Rhythmus durch meine Adern klang.

Dort, knurrte mein Wolf gierig und starrte auf ihren Hals. *Genau dort...*

Ich leckte mir über die Lippen und beobachtete, wie ihr Puls unter ihrer Haut klopfte.

„Hier", murmelte sie und strich mit einer Hand über genau diese Stelle.

Offenbar hatte sie zur gleichen Zeit den gleichen Gedanken gehabt.

Ein Paarungsbiss.

Für einen Wolfsgestaltwandler war der Drang instinktiv. Pippa wusste alles darüber, denn sie war mit Wolfsgestaltwandlern und anderen Übernatürlichen aufgewachsen. Wir hatten vor Jahren sogar darüber gesprochen – tatsächlich fantasiert – , aber wir wussten damals, dass die Zeit noch nicht reif war.

Aber jetzt setzte sich der innere Mechanismus, der einst auf die Bremse getreten hatte, in die andere Richtung in Bewegung. Unsere Zeit war endlich gekommen.

Bist du dir sicher? fragte ich – leise und nur in Gedanken, weil ich Angst hatte, die Frage laut auszusprechen.

„Ich war mir noch nie einer Sache so sicher", keuchte sie.

Mein Herz schlug höher, aber ich musste es noch einmal prüfen. *Wirklich sicher? Dass du mich willst – für immer?*

Ich wollte nie jemand anderen. Ich kann es kaum erwarten, dass unsere Ewigkeit endlich beginnt, fügte sie hinzu.

Als bräuchte ich einen zusätzlichen Ansporn.

Deine Zähne auszufahren und sie in die Kehle deiner großen Liebe zu stoßen, mochte nicht besonders verlockend klingen, besonders nach einer Begegnung mit einem Vampir. Aber ein Paarungsbiss war etwas völlig anderes. Kein Saugen, zum einen. Kein Nehmen, kein Stehlen, kein Gefährden. Nur eine Verbindung – eine dauerhafte Verbindung, die auf dem Höhepunkt des Sex geschmiedet wurde, und die Erfahrung über den physischen Bereich hinausgehen ließ.

Mein Geist explodierte mit heftigen, intensiven Empfindungen. Lust. Vergnügen. Unendliches Verlangen.

Pippa klammerte eine Hand um meinen Nacken und drängte mich vor. Ich stieß in sie hinein – mit meinem Kiefer und meiner Hüfte – und schon bald bewegten wir uns in einem ursprünglichen Rhythmus.

„Ingo..." Sie sang meinen Namen fast wie ein Synonym für *Für immer*. In meinem Kopf tat ich das Gleiche und wiederholte ihren Namen.

Als ich tief versank, grub Pippa ihre Fersen in meinen Hintern und hielt meinen Kopf fest.

Ja... hauchte sie in meine Gedanken. *Oh ja.*

Mein Blut rauschte und meine Ohren füllten sich mit dem Knistern eines lodernden Feuers. Es brannte höher und höher und schoss feurige, wirbelnde Tornados herum. Ganze Nervenketten explodierten und Blitze zuckten durch meine Adern. Ich klammerte mich an Pippa, als wir von der Erdoberfläche katapultiert wurden und durch Zeit und Raum rasten.

Ich machte mich bereit, sie vor einer harten Landung zu schützen. Aber stattdessen flatterten wir federleicht nach unten. Allmählich kehrte mein Orientierungssinn zurück. Mein Knie stieß gegen die Tür eines Holzschranks und vor mir befand sich der Küchentresen mit Pippa obendrauf.

Meine Eckzähne zogen sich zurück und ich presste meine Zunge auf Pippas Haut, bevor ich mich von ihr löste. Die Wunde verheilte, als ich dies tat, und ich atmete aus und ließ mich an ihre Schulter sinken. Nur meine Arme hielten noch die geringste Spannung, da ich sie festhielt.

Ich werde sie niemals loslassen, knurrte mein Wolf.

„Niemals", wiederholte Pippa und streichelte sanft meinen Rücken.

Kapitel 28

INGO

Einen Monat später...

Meine Lunge brannte, als ich über den harten Boden rannte und gegen den Drang ankämpfte, zu dem Wolf zurückzuschauen, der mich verfolgte. Ich musste es zuerst auf die Spitze des Tafelbergs schaffen. Das wusste ich einfach. Ich jagte durch das schwache Licht des Vollmonds, wich einem Feigenkaktus aus, streifte dann jedoch eine Yucca. Ihre scharfen Spitzen kratzten über meine Seite und zogen parallele Furchen in meinen dicken Wolfspelz.

Ich stürmte vorwärts, dann sprang ich und kämpfte mich auf die Spitze eines großen flachen Felsblocks, der in Mondlicht getaucht war. Erst dann drehte ich mich um, um meinen Widersacher anzusehen.

Hab ich dich! Pippa segelte mit einem triumphierenden Schrei auf den Felsen neben mir. Die Worte tönten in meinen Gedanken und in der Nacht in fröhlicher Wolfsprache.

Meine Zunge hing heraus, während ich keuchte.

Was hast du? Ich war zuerst hier. Ich tänzelte auf der Stelle.

Sie kicherte und tänzelte auf ihrem eigenen Felsen herum. *Es ging bei dem Rennen um den höchsten Felsen. Und der gehört ganz mir, Baby.* Ihre Pfoten tanzten leise über das Gestein.

Ich bin auf dem höchsten Felsen.

Dann fiel mir auf, dass ich direkt in ihre schönen blauen Augen blickte und nicht wie sonst wegen meines Größenvorteils leicht nach unten geneigt.

Ich schaute auf meinen Felsen, dann auf ihren, und hörte auf, mit dem Schwanz zu wedeln. Ich hatte das Rennen einen Schritt zu früh beendet.

Ha! Pippa tänzelte auf ihrem Felsen herum. *Wer ist der beste Wolf, hä? Wer hat endlich gelernt, vier Füße und einen Schwanz zu koordinieren? Wer hat den großen bösen Wolf im Rennen zum Tafelberg besiegt? Ich sage es dir. Ich! Ich bin die Größte!*

Unter uns bildeten die verstreuten Lichter der Ranch den Hintergrund für ihr kleines Solo. Ich grinste und ließ sie ihren Mohammed Ali-Moment genießen, ohne zu kommentieren, dass ihr wedelnder Schwanz und ihre schlapprigen Ohren den Vergleich ein wenig abschwächten.

Oh, Größte, bellte ich. *Darf ich mich auf deinem Thron zu dir gesellen?*

Ich werde darüber nachdenken. Sie rümpfte die Nase in einer Pose, die ihrer Mutter verblüffend ähnlich war.

Dann schnitt sie eine Grimasse, als sie meinen Blick sah. *Oh Gott, nein. Ich schwöre, ich habe nur Spaß gemacht!*

Ich grinste. Ha. Jetzt kannte ich die ultimative Waffe, die ich gegen Pippa einsetzen konnte: jeglicher Vergleich mit ihrer Mutter.

Sie fletschte ihre Zähne, als sie knurrte. *Wage es ja nicht.*

Ich wiederholte ihre eigenen Worte: *Ich habe nur Spaß gemacht.*

Ein Schatten verdunkelte kurzzeitig das Mondlicht. Wir schauten auf und entdeckten ein Drachenpaar, das durch den dunklen Himmel schwebte. Offenbar waren wir nicht die einzigen Turteltäubchen, die die Nacht genossen. Erin und Nash taten es ebenfalls. Sie glitten lautlos über die Landschaft, drehten sich in anmutigen Kurven und verschwanden in der Dunkelheit.

Du wärst nicht lieber auch ein Drache wie Erin? wagte ich zu fragen. Immerhin war Pippa zur Hälfte Drache – und sie liebte Feuer.

Nein. Der Himmel wäre einsam ohne dich. Sie umkreiste mich und rieb ihren Körper dabei die ganze Zeit an meinem. *Ich habe hier unten alles, was ich brauche.*

Sie stieß meinen Kopf sanft an und forderte Platz, um sich an meinen Nacken und meine Schultern zu schmiegen.

Ich grinste. Als hätte sie mich nicht schon vom ersten Tag an gründlich markiert.

Ich muss mir die Konkurrenz vom Leib halten, murmelte sie und rieb sich noch weiter an mir. *All die Frauen in der Stadt wissen lassen, dass du mir gehörst.*

Ich markierte sie genauso heftig. *Das Gleiche gilt für alle Männer, wenn es um dich geht.*

Mein Wolf knurrte, als ich es mir vorstellte. Am Mittwoch zuvor waren wir ins Buffalo Bill's gegangen und hatten zu jedem Song auf der Oldie-Liste getanzt – und ich schwöre, jeder Mann dort hatte die ganze Zeit seine Augen auf Pippas perfektem Hintern. Sie taten das so lange, bis mein böser Blick sie dazu brachte, die Etiketten ihrer Bierflaschen zu studieren, als gäbe es bald ein Quiz über Brauereien im Südwesten. Ein oder zwei der Mutigsten starrten vielleicht noch einmal, als die letzten Töne von „Islands in the Stream" verklungen waren, aber sie hatten die Botschaft verstanden. Pippa gehörte mir – für immer.

Mein Hals kribbelte an der Stelle, an der sie mich mit ihrem eigenen Paarungsbiss markiert hatte.

Endlich fühle ich mich vollständig, hatte sie danach gemurmelt, und ich konnte mich dem nur anschließen.

Meine, brummte mein Wolf glücklich.

Ich hatte noch nie gehört, dass eine „Konvertierte" – wie Wölfe scherzhaft Menschen nannten, die zum Gestaltwandler wurden – die hohe Kunst des Wolfseins so schnell beherrschte wie Pippa. Vielleicht half es, dass sie halb Drache war?

Nein. Das ist einfach nur Pippa, so wie Pippa eben ist, brummte mein Wolf stolz.

Das stimmte. Was auch immer Pippa tat, sie tat es mit der freudigen Begeisterung – und dem Elan – eines Golden Retrievers, der einem Tennisball hinterherjagte. Sie war vom ersten Tag an voll dabei gewesen.

Ich bin so glücklich, dass ich heulen könnte, sagte sie und grinste dann. *Warte. Ich bin jetzt eine Wölfin. Ich* kann *heulen.*

Sie hob ihre Schnauze und ließ ihren weichen, geschmeidigen Sopran über die Landschaft schweben.

Arrruuuuu...

Ich warf meinen Kopf zurück und stimmte harmonisch mit ihr ein. Unsere Stimmen vermischten sich und wurden über die weite, hügelige Landschaft getragen.

Ich kann nicht glauben, dass die Menschen sagen, dass das traurig klingt, murmelte Pippa zwischen zwei langen, gefühlvollen Heulern.

Nun, Menschen hatten einfach kein Ohr für Wolfsgesang. Und manche Heuler waren wirklich traurig, so wie mein Heulen damals, als Pippa und ich getrennt waren.

Nie wieder, verkündete mein Wolf und stieß ein freudiges Heulen aus, um es zu beweisen.

Ich kann es kaum erwarten, Dad zu zeigen, was ich jetzt alles kann, sagte Pippa, nachdem wir unser Duett beendet hatten.

Ich ließ ein zahniges Wolfsgrinsen aufblitzen. *Du kannst es ihm zeigen, wenn er uns morgen besucht*, erinnerte ich sie.

Sie tänzelte fröhlich herum. *Ich werde ihm zeigen, wie schnell ich rennen und wie weit ich springen kann. Oh! Und was ich am liebsten mache – graben!* Sie beugte sich hinunter und ließ Erde zwischen ihren Hinterbeinen hindurchfliegen.

Du kannst ihm fast *alles zeigen*, scherzte ich und dachte an zu Hause und das große stabile Bett.

Pippa warf mir ein unanständiges Grinsen zu. *Wer zuerst unten ist, Teufelskerl.*

Sie stürzte sich in einen Sprint. Mit einem Kläffen rannte ich ihr hinterher.

Schau mir zu, wie ich wieder gewinne, stichelte sie und wedelte mit dem Schwanz.

Wie sich herausstellte, waren wir beide Gewinner. Pippa kam als erste zu Hause an, aber als wir uns in Menschengestalt verwandelten und ins Bett sprangen, war ich oben und wir beide genossen zwei feurige Runden Sex, bevor wir einschliefen.

Am nächsten Morgen machten wir direkt dort weiter, wo wir aufgehört hatten, duschten dann widerwillig, aßen und gingen zur Arbeit. Während Pippas Mittagspause schlich ich mich in die Glaswerkstatt und half ihr, eine ganz neue Verwendung für die Werkbank im Lagerraum zu finden. Dieser Sex war eher langsam und vorsichtig gewesen, mit all dem Glas um uns herum. Aber dennoch befriedigend, trotz der Witze über einen *Wolf im Porzellanladen*, die Pippa zum Besten gab.

„Werde ich jemals aufhören, dich so zu begehren?" Sie seufzte, als wir uns endlich wieder an die Arbeit machten.

Ich wackelte mit den Augenbrauen. „Ich hoffe nicht."

Wir taten nur das, was jedes frisch verpaarte Gestaltwandlerpärchen tun würde – obwohl ich schwöre, dass wir neue Rekorde aufstellten, wenn es um unsere Hitzelevel ging. So hoch wie das lodernde Lagerfeuer, mit dem uns Pippas Vater an diesem Abend beglückte.

Alle versammelten sich genau wie zuvor – Erin und Nash, Abby und Claire, Pippa und ich, und Greg und Mike.

„Ihr beide seid wirklich wie ein Pärchen", scherzte Erin zu ihrem Vater und bezog sich dabei auf die Geschichte, die Mike bei unserem letzten Lagerfeuer erzählt hatte.

„Ich liebe ihn wirklich." Mike spitzte die Lippen in die Luft. „Nur nicht auf diese Weise."

Greg tat so, als wäre er verletzt. „Und ich dachte schon, wir hätten das Zeug zu etwas Schönem."

Mike lachte. „Tut mir leid, Kumpel. Meine Harley und ich haben schon etwas Schönes."

Pippa stand auf, um die Teller vom Grillen wegzuräumen. „Möchte jemand Marshmallows?"

Ich lächelte über die Erinnerungen an unser letztes Lagerfeuer und so viele davor in Colorado. Allerdings wurden die Lagerfeuer hier auf der Painted Rock Ranch zu ihrer eigenen Tradition mit ihren eigenen Insiderwitzen, ähnlich wie bei einem Familienfest zu Thanksgiving.

Und es war ein Fest. Eine schreckliche Bedrohung war beseitigt worden, Pippa und ich hatten unsere Differenzen endlich überwunden und auf der Ranch herrschte wieder Frieden. Ich hatte keine Konsequenzen aus meiner Verwicklung in den

Jananovich-Fall zu spüren bekommen. Im Gegenteil, man hatte mich dafür gelobt, dass ich eine vielversprechende neue Mitarbeiterin für die Agentur gefunden hatte. Delaney hatte die zermürbende Grundausbildung, bei der alle außer den besten Kandidaten aussortiert wurden, mit Bravour bestanden und mit dem Training für verdeckte Einsätze begonnen. Angeblich war sie sogar schon mit einem netten Bärengestaltwandler in der Agentur zusammengekommen.

Ich hoffte nur, dass er ihr dabei helfen würde, die Balance zwischen Beruflichem und Privatem in Einklang zu bringen.

Jananovichs Eskorts waren alle verhört und auf Bewährung freigelassen worden. Eine hatte es in die Phoenix Suns-Tanzgruppe geschafft, während eine andere eine neue Karriere als Social Media Influencerin begann. Sie spezialisierte sich auf Flüssigkeitszufuhr und Ernährung. Zwei andere hatten sich ineinander verliebt und noch ein anderer hatte einen Podcast zum Thema Vampire gestartet, den die ABDKS im Auge – ähm, Ohr – behielt. Hoffentlich würde keiner von ihnen Vampiren jemals wieder nahe kommen.

In der Zwischenzeit hatte ich auch den Doppelagenten aufgespürt, der als Jananovichs Insider in der Agentur fungiert hatte – oder besser gesagt, als Insiderin. Wie ich vermutet hatte, war es Angelina Saint James gewesen – genau die Vampirin, die Nash so viele Probleme bereitet hatte.

Verfluchte Angelina, hatte er geknurrt, als wir es gemeinsam herausgefunden hatten.

Sie hatte nicht nur mit Harlon Greene zusammengearbeitet, sondern auch mit Jananovich und einer Reihe anderer Übernatürlicher. Die Agentur hatte bereits eine Arbeitsgruppe gebildet, um herauszufinden, in welche andere Fälle sie verwickelt gewesen war.

Aber jetzt war ich nicht im Dienst und ich hatte gelernt, eine klare Grenze zwischen meiner Arbeit und dem Privatleben zu ziehen.

So wie jetzt, am Lagerfeuer.

Ich musterte die glücklichen Gesichter, angefangen von Claire, die auf Mikes Schoß kuschelte, bis zu Erin und Nash, die sich aneinanderschmiegten. Pippa warf mir einen Kuss zu, bevor sie die Marshmallows holen ging. Sogar Abby blickte mit einem verträumten Gesichtsausdruck zu den Sternen hinauf.

„Für dich, Grandpa." Kurze Zeit später hielt Claire Greg ihren Stock hin.

Er zupfte das Marshmallow vom Ende ab und ließ es sich demonstrativ schmecken. „Lecker! Außen perfekt geröstet und innen schön klebrig. Eine geborene Pyromagierin!"

„Gott, ich hoffe es nicht", murmelte Abby halb im Scherz, halb im Ernst.

Alle lachten, aber ich kam nicht umhin, mich über Abbys Vater zu wundern. War er „nur" ein Mensch oder etwas anderes?

Nicht menschlich, entschied ich, der Vorliebe ihrer Mutter für mächtige Übernatürliche nach zu urteilen. Aber welche Art? Ein Hexenmeister? Ein Drachengestaltwandler? Und was war mit Claires Vater?

Ich blinzelte ins Feuer und erinnerte mich daran, dass mich das alles nichts anging. Nicht bis zu dem Tag, an dem eine jugendliche Claire uns alle erschreckte, indem sie sich in einen Drachen verwandelte oder aus Versehen eine Scheune niederbrannte.

Aber, verdammt. Solange es nicht die Scheune war, die Pippa und ich renovierten...

„Ist es endlich an der Zeit für eine Geschichte?", fragte Claire nach ein paar weiteren Marshmallows.

Mike war der glückliche Empfänger ihres zweiten Marshmallows gewesen, danach Abby, dann Erin und Pippa, und schließlich Nash und ich.

Wir stehen in der Hackordnung ganz unten, scherzte ich und sandte ihm den Gedanken in den Kopf.

Nash grinste und behielt seinen Arm auf Erins Schulter. *Ich bin einfach froh, Teil des Clubs zu sein, Mann.*

Ich hob meine Bierflasche in einem stillen Toast und stimmte seiner Meinung zu.

„Ich dachte, wir versuchen heute Abend einmal etwas anderes", sagte Greg. „Zum Beispiel ein Wünsch-dir-was-Abend."

Pippa rieb sich die Hände. „Oh, die liebe ich."

„Erzähl mir einfach, was du gern sein oder haben oder tun möchtest und ich werde mein Bestes tun, um es dir zu zeigen", erklärte Greg. Er zeigte auf Mike. „Fang an, Großer."

Mike schloss die Augen und dachte nach. Es war leicht, sich seinen Wunsch vorzustellen und ich rechnete fast damit, dass in den Flammen des Lagerfeuers ein noch größeres und lauteres Motorrad auftauchen würde.

Mike öffnete die Augen und sah Greg in stummer Kommunikation an. Greg nickte, dann hob er seine Hände zum Feuer.

„Oohhh…" Erin drückte sich die Hände aufs Herz, als sich in den Flammen langsam eine Szene bildete.

Es war ein Lagerfeuer, mit jedem von uns in Flammen skizziert, die wir darum saßen. Sogar Nash war dabei.

„Das ist mein Wunsch", murmelte Mike so grollend wie der Donner – der Wettermacher wurde emotional. „Das. Genau das. Meine Familie in Sicherheit, gesund und glücklich."

Erin strahlte. Abby wischte sich eine Träne aus dem Auge. Claire tätschelte seinen dicken Arm.

Und Nash… Ich sah, wie sein Kehlkopf in einem emotionalen Schlucken wippte. Schön zu sehen, dass er allmählich akzeptiert wurde.

Erin war als Nächste an der Reihe. Sekunden, nachdem sie Greg ihren Wunsch zugeflüstert hatte, formte sich ein Heißluftballon in den Flammen und schwebte in den Himmel, während er von einem Drachen umkreist wurde.

„Mein Wunsch ist so ähnlich wie der von Dad", erklärte sie schüchtern. „Mit allen, die ich liebe, fliegen zu gehen. Seht ihr? Ihr seid alle im Korb des Ballons und das ist Nash daneben."

Die Figuren im Korb waren zunächst etwas verschwommen, wurden dann aber immer deutlicher, als Pippa die Hände hob und ihre Finger wie eine Dirigentin bewegte.

„Danke, Süße." Greg strahlte.

Pippa auch.

Als Nächstes mischte sich Mike ein und erzeugte eine Brise, um das wahre Gefühl des Fliegens zu imitieren. Sie spielte mit Pippas langem Haar und der Kapuze meiner Jacke.

Langsam verblasste das Bild und Greg wandte sich an Nash.

„Du bist dran. Alles, was du gern sein, haben oder tun würdest."

Nash räusperte sich und winkte mit der Hand ab. „Ich denke, die ersten beiden haben meine Wünsche schon abgedeckt."

Erin neigte ihren Kopf gegen seine Schulter und rieb seinen Arm. Dann richtete sie sich abrupt auf.

„Oh! Darf ich seinen Wunsch haben?"

Pippa und Abby buhten. „Das ist nicht fair!"

Man könnte sich leicht vorstellen, wie die drei als Kinder um ein Brettspiel herumsaßen und das Gleiche sagten.

Greg mischte sich ein, wie es ihre Tante wahrscheinlich einst auch getan hatte. „Ich glaube, einen können wir noch dazwischenschieben."

„Ich würde nur zu gern sehen, wie ich zur Abwechslung einmal sanft lande", sagte Erin. „Ich schlingere immer noch so."

„Nur ein wenig", versicherte Nash ihr.

Ein feuriger Drache sauste um das Feuer herum und flog dann an Claire vorbei in die Wüste. Alle drehten ihre Köpfe und schauten zu, wie er zu einer perfekten Landung ansetzte. Hinter ihm entstand eine Spur aus Glut, die langsam verschwand genau wie der Drache.

„Bravo!" Mike klopfte Erin auf die Schulter. „Das ist mein Baby. Perfekt!"

„Noch nicht." Sie seufzte. „Aber ich werde es irgendwann schaffen."

Pippa war als Nächste dran und fixierte ihren Vater mit einem verschwommenen Blick, der darauf hindeutete, dass sie geistig miteinander kommunizierten. Augenblicke später hoben sie beide die Hände.

Ein Wolf und dann ein weiterer tauchten nach und nach aus dem Herzen des Feuers auf. Sie sprangen um die Ränder herum und vereinigten sich dann wieder in der Mitte, wo sie sich aneinanderschmiegten. Als sie ihre Schnauzen in den Himmel hoben, war ihr Heulen stumm, aber das Knacken und Knistern des Feuers ergänzte es gut.

„So süß", seufzte Erin.

Greg ließ das Bild langsam verblassen und stieß dann einen theatralischen Seufzer aus. „Nur drei Worte: Es wurde Zeit, dass ihr beide zusammenkommt."

„Das sind keine drei Worte, Dad", sagte Pippa, aber ihr Blick war nachsichtig.

Claire fing an, mit den Fingern zu zählen.

So wie Nash verzichtete ich auf meine Wahl. Es gab nichts, was ich mir wünschen konnte, was nicht bereits abgedeckt worden war.

Würden wir im Uhrzeigersinn um das Lagerfeuer gehen, wäre Abby die Nächste gewesen, aber sie murmelte etwas davon, nach Zutaten für S'mores zu suchen, und entschuldigte sich schnell.

Pippa schaute ihr nach und warf Erin dann einen Blick zu. Ihre Väter schienen gleichermaßen besorgt zu sein, und Greg sah fast so aus, als wollte er ihr folgen. Aber Mike schüttelte nur kurz den Kopf.

„Lass sie in Ruhe", murmelte er. „Niemand muss mitmachen, wenn er es nicht will."

Eine Wolke zog über uns hinweg und ein paar Sekunden verstrichen in unangenehmer Stille. Nun ja, unangenehm für alle außer Claire, die immer noch Wörter zählte.

„Du bist dran, Dad", sagte Pippa.

Greg schüttelte kurz den Kopf. „Dein Wunsch hat meinen schon perfekt erfüllt. Allerdings hätte ich noch ein paar Enkelwelpen hinzugefügt."

Pippa rollte mit den Augen. „Dad… "

Ich persönlich war völlig dafür. Aber es war wahrscheinlich besser, dieses Gespräch für einen weniger öffentlichen Anlass aufzusparen.

„Das heißt, es ist… " Mike trommelte mit den Fingern auf Claires Schulter.

„Ich bin dran! Ich bin dran!", jubelte sie.

Greg beugte sich vor und sie hob ihre Hände, um in sein Ohr zu flüstern.

„Oh, das ist gut", sagte er und rieb sich die Hände. „Bereit?"

„Nein, wir müssen auf Mommy warten“, sagte sie und rief nach Abby.

„Ich komme, ich komme“, murmelte Abby und ließ sich wieder auf ihrem Platz nieder.

„Jetzt sind wir bereit“, verkündete Claire und starrte eifrig ins Feuer. Verdammt, das taten wir alle.

Die scharfen Kanten des Feuers wurden weicher – fast flüssig – und ein schlanker Körper sprang aus dem blauen Herzen der Flammen.

„Ein Delfin!“ Claire klatschte vor Freude.

Alle grinsten. In den letzten Wochen war Claire von Pegasoi zu Meerestieren übergegangen.

Mit einer schnippenden Handbewegung ließ Greg den Delfin hoch durch den Nachthimmel springen. Mike half ihm dabei, indem er wirbelnde Wolken aufpeitschte, die den Ozean nachahmten, und die Ränder funkelten wie Meeresschaum beleuchtet vom Sternenlicht.

Alle jubelten und staunten und Nash und ich tauschten ungläubige Blicke aus. Wir hatten definitiv den Weg in eine verrückte, liebenswerte Familie gefunden.

Es war so, wie Erin so gern sagte. Eine sehr funktionale, dysfunktionale Familie. Bis hin zu den Gestaltwandlern und Hexenmeistern.

Als der Delfin verblasste, ließ Greg seine Hände sinken und entlockte dem Feuer einen neuen.

„Hilf mir, Süße“, murmelte er und behielt seinen Blick auf das Bild gerichtet, das er geschaffen hatte.

Pippa hob ihre Hände, starrte ins Feuer und wartete. Sie fiel in den Takt ein, fast so wie Kinder, bevor sie über ein kreisendes Sprungseil sprangen.

Und *wusch!* Ein weiterer Delfin stieg aus dem Feuer empor und gesellte sich zu Gregs. Die beiden drehten sich umeinander und stiegen spiralförmig ins Universum auf.

„Wow“, hauchte Abby.

Alle waren hingerissen, so auch ich. Ich konnte meinen Blick jedoch lange genug vom Feuer losreißen, um Pippa zu mustern. Ihre Wangen glühten im Schein des Feuers und das Lächeln auf ihrem Gesicht war so wunderschön.

Meine Brust hob sich mit einem glücklichen Seufzer. Sie hatte immer davon geträumt, Kräfte wie die ihres Vaters zu besitzen.

Endlich fühle ich mich vollständig, hatte sie zuvor gesagt.

Ich auch, hätte ich fast geflüstert. *Ich auch.*

Die Delfine boten eine Show, die besser war als die in jedem Vergnügungspark in Orlando. Sie sprangen, überschlugen und drehten sich. Wie Greg und Pippa die wässrige Illusion inmitten eines lodernden Feuers hinbekamen, war mir ein Rätsel, aber es war unglaublich.

Den beiden bei der Arbeit zuzusehen, war ebenso unterhaltsam. Ich liebte den Anblick, wie Pippa ihre Lippen konzentriert zusammenpresste und wie sie ihre Augenbrauen hob oder senkte, während sie die Bewegungen der Delfine lenkte.

Zum großen Finale übernahm Greg beide Delfine, während Pippa mit ihren Händen jonglierte und das Feuer von einem zum anderen schwenkte. Dann winkte sie mit den Armen und ließ einen Ring aus Feuer aufsteigen, durch den die Delfine spiralförmig flogen.

„Wow", murmelte Abby.

„Unglaublich." Erin schüttelte staunend den Kopf.

„Ich will eine Feuertänzerin werden, wenn ich groß bin", verkündete Claire.

„Ich auch", murmelte Nash nur halb im Scherz.

Magie. So wie mit dir zusammen zu sein, flüsterte Pippa in meine Gedanken. Dann platzte sie mit einem *Hoppla!* heraus und rettete ihren abstürzenden Delfin.

„Das ist durch nichts zu toppen", murmelte Nash, als die Show zu Ende ging.

Ich war der gleichen Meinung, aber das hatte ich in den letzten Wochen auch schon oft gedacht. Und ich würde wetten, dass Pippa mich immer wieder überraschen würde, bis... Nun, für immer.

Sie gluckste in meine Gedanken. *Ich bin dabei, wenn du es bist.*

Ich grinste. Das war jetzt mein Leben und es könnte nicht perfekter sein.

Sneak Peek: Traumweberin

In einer Stadt, in der Magie in der Luft liegt, muss eine feurige Schmiedin ihr Schicksal bestimmen, für ihre Familie kämpfen und auf Liebe setzen, die so grenzenlos ist wie die natürliche Kulisse von Sedona.

Die alleinerziehende Mutter und toughe Schmiedin Abby Carson hat Jahre damit verbracht, ihr Leben nach ihren Bedingungen zu führen, ihre Tochter aufzuziehen und Ärger aus dem Weg zu gehen – vor allem der männlichen Sorte, die in einem Flanellhemd und mit einem bezaubernden Lächeln daherkommt. Aber in Sedona, wo Wirbel mit mystischer Energie summen, ist der Ärger genauso hartnäckig wie die Visionen, die ihre Träume färben.

Als die berühmten Wirbel der Stadt anfangen, verrückt zu spielen, schwirrt die Stadt mit Gerüchten über energetische Verschiebungen und kosmischen Unsinn. Abby ahnt, dass etwas Finsteres im Gange ist – vor allem, als ihr nichtsnutziger Ex aus heiterem Himmel auftaucht und plötzlich Vater spielen will.

Als Sedonas Magie aus den Fugen gerät, deckt Abby einen bösen Plan auf, den Wirbeln ihre Kräfte zu entziehen. Es stellt sich heraus, dass sie tiefer mit dieser Magie verbunden ist, als sie sich je erträumt hat, und dass der einzige Weg, ihr Zuhause und ihre Familie zu retten, darin besteht, sie anzuzapfen. Um dies zu tun, muss sie sich widerwillig mit einem gestandenen Bärengestaltwandler zusammentun, der ebenso faszinierend wie nervtötend ist. Cooper ist groß, unergründlich und voller Geheimnisse ... Aber sie ist es schließlich auch.

Weitere Titel von Anna Lowe

Verzauberte Horizonte

Windflüsterin (Buch 1)

Feuertänzerin (Buch 2)

Traumweberin (Buch 3)

Sherwood Forest Gestaltwandler

Verführung des Sheriffs (Buch 1)

Verführung des Gesetzlosen (Buch 2)

Verführung des Löwen (Buch 3)

Aloha Shifters - Juwelen des Herzens

Der Ruf des Drachen (Buch 1)

Der Ruf des Wolfes (Buch 2)

Der Ruf des Bären (Buch 3)

Der Ruf des Tigers (Buch 4)

Die Verlockung des Drachen (Buch 5)

Der Ruf des Fuchses (Buch 6)

Aloha Shifters - Perlen des Verlangens

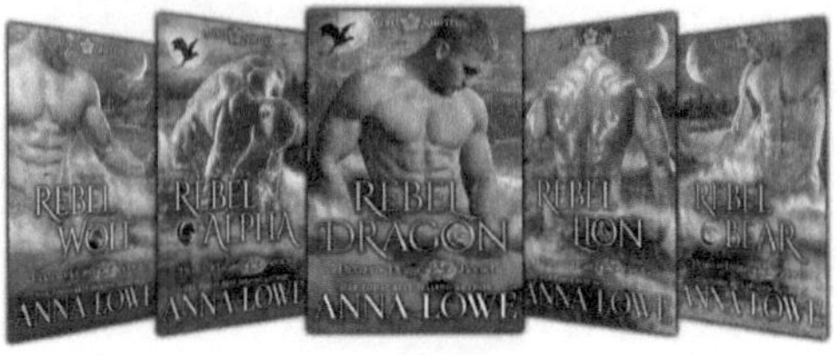

Drachenrebell (Buch 1)

Bärenrebell (Buch 2)

Löwenrebell (Buch 3)

Wolfsrebell (Buch 4)

Rebellenherz (Buch 5)

Alpharebell (Buch 6)

Töchter des Feuers - Billionaires & Bodyguards

Töchter des Feuers: Paris (Buch 1)

Töchter des Feuers: London (Buch 2)

Töchter des Feuers: Rom (Buch 3)

Töchter des Feuers: Portugal (Buch 4)

Töchter des Feuers: Irland (Buch 5)

Töchter des Feuers: Schottland (Buch 6)

Töchter des Feuers: Venedig (Buch 7)

Töchter des Feuers: Griechenland (Buch 8)

Töchter des Feuers: Schweiz (Buch 9)

Die Wölfe der Twin Moon Ranch

Verlockung des Jägers (Buch 1)

Verlockung des Wolfes (Buch 2)

Verlockung des Mondes (Buch $2\frac{1}{2}$ – Vier Kurzgeschichten)

Verlockung des Alphas (Buch 3)

Verlockung der Wölfin (Buch 4)

Verlockung des Herzens (Buch 5)

Weihnachtsverlockung (Buch 6)

Verlockung der Rose (Buch 7)

Verlockung des Rebellen (Buch 8)

Verlockende Begierde (Buch 9)

Verlockung der Nacht (Buch 10)

Die Bären des Blue Moon Saloons

Perfekte Gefährten (die Vorgeschichte)

Verlangen des Bären (Buch 1)

Verlangen des Wolfes (Buch 2)

Verlangen des Alphas (Buch 3)

Verlangen des Gefährten (Buch 4)

Verlangen der Wölfin (Buch 5)

Süßes Verlangen (ein Festtagsschmaus)

Gestaltwandler in Vegas

Wolfspoker

Bärenpoker

Pantherpoker

Drachenpoker

Karibische Abenteuerromantik

Funken der Lust

Prickelndes Wagnis

Süße Verstrickung

Verlockende Tiefe

Sinnliche Strömung

www.annalowe.de

Über Anna Lowe

USA Today und Amazon Bestseller Autorin Anna Lowe schreibt fesselnde Romane mit tatkräftigen Heldinnen und unwiderstehlichen Helden in exotischen Umgebung, mit jeder Menge Zündstoff für scharfe Romantik.

Sie liebt Hunde, Sport und Reisen, die auch die Inspiration für Ihre Bücher liefern. Wenn Anna nicht gerade in die Arbeit an ihrem nächsten Buch vertieft ist, kannst Du Sie am Wochenende beim Wandern in den Bergen antreffen. Egal wo und wie – sie wird den Tag mit einem leckeren Stück Zartbitterschokolade ausklingen lassen.

Einfach mal vorbeischauen, auf **www.annalowe.de**.

www.ingramcontent.com/pod-product-compliance
Lightning Source LLC
Chambersburg PA
CBHW020124310726
48970CB00006B/1712